Eufemia von Adlersfeld-Ballestrem
Das Geheimnis des Rosa Zimmers

Die Deutsche Nationalbibliothek verzeichnet diese Publikation in der deutschen Nationalbibliografie; detaillierte bibliografische Daten sind im Internet über http://dnb.ddb.de abrufbar.

©Abentheuer Verlag Digital
Berlin 2018

2. Auflage 2024
Alle Rechte dieser Textfassung vorbehalten
Textbearbeitung von Karl Ernst Horbol
Covergestaltung von Tibor Horvath

Erstausgabe 1920 in der Verlagsbuchhandlung Max Seyfert, Dresden
mit dem Titel „Das Rosazimmer"

ISBN 978-3-945976-61-6

www.abentheuerverlag.de

Eufemia v. Adlersfeld-Ballestrem

Das Geheimnis des Rosa Zimmers

Kriminalroman aus der Reihe

Vergessene Bücher neu entdeckt

№ 2

überarbeitet von

Karl Ernst Horbol

Das Rosazimmer

Venetianischer Roman
von
E. von Adlersfeld-Ballestrem

1. bis 5. Tausend

Dresden 1920
Max Seyfert, Verlagsbuchhandlung

Innentitel der Erstausgabe von 1920

I.

Der Schnellzug Rom-Wien donnerte pfeifend von Mestre kommend über die Eisenbahnbrücke, die das Festland mit Venedig verbindet, um von dort nach kurzer Rast denselben Weg bis Mestre zurückzunehmen und dann die Reise über Pontebba-Villach fortzusetzen.

Am Fenster eines Abteils erster Klasse des direkten Wagens Rom-Wien stand ein noch junger Mann und sah nicht ohne eine gewisse Sehnsucht im Blick auf die Silhouette der „Meereskönigin", die über die Lagunen hinweg sich fast schwarz gegen das Marineblau des Nachthimmels abzeichnete, auf dem eine phantastisch goldige Mondsichel stand und auf das leichtbewegte Wasser glitzernde Goldflitter streute. Zuerst waren es die Türme von Murano, die aus dem Wasser auftauchten, dann, als der Zug der Station näher kam, die Mündung des Canareggio, aus der eben ein beleuchteter kleiner Dampfer nach San Giuliano zueilte, dann der markante Glockenturm von San Giobbe und schließlich war der hässliche, nüchterne Bahnhof mit seinem Hasten, Treiben, Rennen und Schreien erreicht.

Mit einem kleinen Seufzer trat der einsame Reisende von dem Fenster zurück, zog den Vorhang zu, als wünsche er, nicht gesehen zu werden, und hielt zum Überfluss noch eine Zeitung vor, so dass er von außen sicher nicht zu erkennen gewesen wäre, obwohl die Lampe in dem Abteil hell genug war.

‚Noch reichlich sechzehn Stunden Fahrt!', dachte er mit einem zweiten Seufzer. ‚Wenn die Nonna wüsste, dass ich ihr so nahe bin – und, hol's der Geier, ich stiege mit Wonne aus dieser Schüttelmaschine, um sie zu umarmen, die liebe Alte! Sie hat ja nur noch mich und ich sie in dieser weiten Welt! Und sie darf's nicht einmal wissen, wie nahe ich ihr bin, sie kann nicht gerade jetzt denken: Nun ist er angekommen! – und mir einen stummen Gruß zusenden.'

Er lehnte sich zurück in die Ecke, denn eben war draußen auf dem Bahnsteig die Mütze des Stationsvorstehers, den der Reisende persönlich kannte, vorbeigeeilt. Wie es ihm schien, hatte sich dabei der Kopf des Inhabers bewusster Mütze zum Fenster emporgereckt, als ob er jemanden suchen würde.

‚Das fehlte noch', dachte er, ‚dass der Brave mich hier so laut begrüßt, dass man es bis nach San Marco hören kann, damit es morgen in den Zeitungen steht; der Marchese von Terraferma dalla Luna sei daheim in Venedig angekommen.'

In diesem Augenblick wurde die Tür des Abteils vom Gang aus aufgemacht und der Gefürchtete trat herein. Er schloss die Tür sorgfältig hinter sich und zog die Vorhänge wieder über die Scheiben. Dann salutierte er durchaus militärisch und zog aus der Brusttasche den bereits geöffneten Umschlag eines Telegramms.

„Herr Marchese, ich habe den Auftrag, Ihnen diese Depesche zu überreichen", sagte er nicht ohne ein gewisses Zögern. „Sie ist, wie Sie sehen, an mich, den Bahnhofsvorstand in Venedig gerichtet, und wenn trotz der Unterschrift die Sache keine Mystifikation, kein schlechter Scherz ist ..."

Achselzuckend hielt er inne, denn der junge Mann hatte ihm das Telegramm schon aus der Hand genommen und den mit dem Morse-Apparat gedruckten Inhalt schnell überflogen, der, den bekannten „Depeschenstil" verschmähend, den Wortlaut hatte: *„Der Marchese von Terraferma wird mit dem Zug abends nach neun Uhr im direkten Wagen Rom-Wien eintreffen. Sie sollen ihn, ohne Aufsehen zu erregen, aufsuchen und ihm dieses Telegramm übergeben. Es wird erwartet, dass Sie über diese Angelegenheit absolutes Stillschweigen bewahren. Der Minister der Auswärtigen Angelegenheiten."*

Dann folgte noch eine Reihe unverständlicher Worte. Der Beamte, ein durchaus intelligent aussehender Mann, sah gespannt zu, wie der Marchese die Depesche zweimal las, dann einen Bleistift aus der Westentasche zog und damit die unverständlichen Worte sorgfältig abzählend nochmals niederschrieb und dadurch einen anderen Inhalt zusammenstellte als den augenscheinlichen. Er fand dabei offenbar seine Vermutung bestätigt, dass diese sonderbare Botschaft nur eine Chiffre war, die jenem sagte, was ihm ein Rätsel bleiben sollte.

„Ich danke Ihnen", sagte der Marchese, indem er das Telegramm in seine Brusttasche schob und seine umfangreiche Reisetasche aus dem Netz hob. „Würden Sie die Güte haben, mir einen Gepäckträger zu schicken? Ich bleibe hier."

„Sofort!", erwiderte der Stationsvorsteher und verschwand ohne ein weiteres Wort. Der Marchese setzte den Hut auf, holte den Schirm aus dem Netz herab, steckte ein Buch und die Journale, die auf den Sitzen lagen, in die Taschen seines Sommerüberziehers und übergab dem herbeigeeilten Träger sein Reisegepäck.

„Gondola!", befahl er und folgte dem Mann den langen Bahnsteig hinab zum Ausgang, durch den sich die angelangte Fremdenflut schon in der Hauptsache hinausgedrängt hatte. Trotz des starken Verkehrs fand er ohne Aufenthalt alsbald eine Gondel.

„Palazzo Terraferma dalla Luna – kürzester Weg!", sagte er dem Gondoliere, und dieser legte sich mit respektvollem Gruß alsbald fest ins Zeug. Sich wie ein Aal durch das Gewimmel der vor dem Bahnhof liegenden und abfahrenden Gondeln windend, glitt das lange, schlanke Fahrzeug an der im Mondlicht phantastisch aussehenden Fassade der Kirche der Scalzi vorüber und rechts in den engen, dunklen Rio Marina, dem kolossalen Palazzo Crotta gegenüber, also den enormen Bogen des Canale Grande abschneidend, mitten ins Herz von Venedig hinein.

‚So', dachte der Marchese, sich aufatmend zurücklehnend, ‚mein sentimentaler Wunsch, die liebe alte Nonna wiederzusehen, wäre ja mit zauberhafter Geschwindigkeit in Erfüllung gegangen. Anders zwar, wie ich mir's geträumt habe, aber – ich habe zu gehorchen. Falls ich mich bei dem Lesen der Depesche nicht getäuscht habe, so ...'

Hastig holte er das Telegramm hervor, zog eine kleine Taschenlampe aus der Tasche und las bei ihrem genügend hellen Schein den Text noch einmal durch.

‚Nein, es ist richtig', ging es ihm durch den Kopf, den Blick auf das Blatt heftend, dessen an sich unverständlicher Inhalt in richtiger Lesung den Wortlaut hatte: „Heute Nacht Attentat auf Dokument geplant. Bleiben Sie in Venedig und reisen Sie morgen mit Frühdampfer über Triest nach Wien."

Der Marchese Terraferma bekleidete den Posten eines Sekretärs beim Minister der Auswärtigen Angelegenheiten in Rom und befand sich auf der Fahrt, um ein Dokument von höchster politischer Wichtigkeit an das Kabinett in Wien zu überbringen. Es war kurz vor Beginn des italienisch-türkischen Krieges und die Geheimhaltung des Dokuments, an dessen Inhalt die Türkei das höchste Interesse hatte, folglich von der größten Wichtigkeit, weil eine nur annähernde Kenntnis zu den schwer wiegendsten Konsequenzen führen konnte. Der junge Diplomat war sich sehr wohl der Verantwortlichkeit bewusst, die der ehrenvolle Auftrag, das Dokument an seinen Bestimmungsort zu bringen, ihm auferlegte, und er wusste genau, dass diese unerwartete Reise keine gefahrlose war; er wusste aber auch, dass er sich auf sich selbst verlassen konnte, dass er wachsam war und sich keiner Nachlässigkeit schuldig machen würde. Denn abgesehen davon, dass er den Dienst im Interesse seines Vaterlandes als die höchste Pflicht auffasste, war es für ihn eine Ehrensache, in der diplomatischen Laufbahn vorwärtszukommen, und dieser Auftrag war sicherlich eine Sprosse auf der Leiter, die er erklimmen wollte. Vor knapp einem Jahre erst war er in den Besitz seines Titels durch den Tod seines älteren Bruders gelangt und damit der Chef seines Hauses, eines der ältesten Patriziergeschlechter Venedigs geworden.

Die Terraferma, ursprünglich Arrigo genannt, waren unter den ersten, die vom Festland, der Terra ferma kommend, sich in dem entstehenden Venedig ansiedelten, und erhielten daher ihren Namen, der ihnen verblieb. Die Familie blühte auf, erlangte große Reichtümer und teilte sich im Laufe der Zeit in mehrere Linien, die sich durch Zutaten in dem Wappen unterschieden und nach diesen benannt wurden, wie es in Venedig Brauch ist.

Da später das Stammhaus der Terraferma zur bleibenden Erinnerung an eine erfolgreiche Seeschlacht gegen die Türken, die einer seiner großen Männer befehligt hatte, zur Auszeichnung einen Halbmond in den mit einem silbernen Band belegten purpurnen Schild erhielt, so gab der Volksmund ihm den Beinamen „dalla Luna", den es schließlich offiziell annahm und fortführte.

Im Laufe der Zeiten erloschen die Seitenlinien des Hauses wieder, ihre Paläste kamen in fremde Hände, nur die Terraferma dalla Luna überlebten das Absterben der so zahlreich gesprossten Äste, und wenn auch der einstige Reichtum des Geschlechtes längst legendär geworden war, so hatte es sich doch sozusagen über Wasser gehalten.

Es war noch reich zu nennen gewesen, als der letzte Marchese das Erbe seines Vaters antrat. Eine junge, schöne, mittellose Russin aus großem Haus aber hatte es verstanden, als die von ihm erwählte Gemahlin die Finanzen stark ins Wanken zu bringen, und als er sie, jung noch, nach kurzer, heftiger Krankheit als kinderlose Witwe zurückließ, hatte der Erbe, sein Bruder Giovanni oder Gian, wie der Name im Venezianischen abgekürzt wird, alles zu tun, um wenigstens die schon gemachten Schulden zu begleichen und wieder Ordnung in die Finanzen zu bringen.

Gian dachte auch nicht daran, die eingeschlagene diplomatische Laufbahn zu verlassen, denn er war nicht nur im guten Sinne ehrgeizig, sondern auch arbeitslustig und hätte ein zweck- und zielloses Dasein, wie es sein Bruder geführt hatte, gar nicht ausgehalten. Das lag auch eigentlich nicht in der Tradition seines Hauses, das im Laufe der Jahrhunderte eine wahrhaft glänzende Reihe von Staatsmännern, Feldherren zu Land und zur See, ja im vierzehnten Jahrhundert sogar einen Dogen hervorgebracht hatte, der das alte Stammhaus am Rio Terraferma zu dem Prachtpalast umbaute, den der Durchreisende zwar nicht zu Gesicht zu bekommen pflegt, der aber das Entzücken und die Begeisterung des Kenners venezianischer Gotik erregt.

Der Palast liegt tief im Herzen Venedigs, dem Fremden schwer auffindbar, mit seiner grandiosen, dreistöckigen Fassade südlich gegen den schmalen Kanal, den jetzt eine hässliche eiserne Brücke überspannt; sie dient zugleich als Ausgang für das wundervolle, kleinere, arabisierende Portal in der Westecke. Im Osten streckt der Bau sich die ganze Länge eines Sackkanals entlang, im Westen liegt er an einer engen Gasse, die nach dem Palast benannt ist, und im Norden wird er abermals durch eine schmale Gasse begrenzt, die dort, ein scharfes Knie bildend, in einen der größten Plätze der Stadt mündet, palastumsäumt und von einer sehr alten Kirche mit schlankem Kampanile begrenzt. Die Fassade mit ihren schönen Verhältnissen, ihren interessanten Kapitälen, den eleganten Fenstern und Loggien war früher mit Fresken von Salviati bedeckt, von denen keine Spur mehr geblieben ist, aber wie sie heute noch steht, ist sie ganz wunderbar schön in malerischer Pracht und Färbung. Am Nordende enthält der Palast einen Lichthof, von säulengetragenen Loggien umgeben, die sich bis ins dritte Stockwerk übereinander aufbauen und im Erdgeschoß düstere Hallen bilden. Hier öffnet sich im Osten ein Portal zu dem Sackkanal, im Westen ein ebensolches zu der Gasse, zu welcher noch eine zweite Tür unter einer loggienartigen, byzantinischen Fensterreihe führt, die von einem wunderbar gearbeiteten Eisengitter bedeckt ist, führt.

Der ganze große Palast wurde für gewöhnlich nur von einer einzigen Person bewohnt, von der Großmutter des jetzigen Besitzers. Sie hatte die mutterlosen Kinder ihres Sohnes, der seiner jungen Gattin schnell in die Ewigkeit nachgefolgt war, erzogen und ihnen die fehlenden Eltern nach besten Kräften ersetzt.

Sie war selbst eine echte Venezianerin, die einst durch ihre Schönheit berühmte Tochter eines der ältesten Geschlechter, das den ersten Dogen von Venedig gewählt hatte, eines der berühmten Zwölf, daher die Apostolischen genannt, das der Republik selbst nicht weniger als acht Dogen gegeben hatte. Obgleich Gegnerin der internationalen Ehen, hatte sie doch gute Miene zum bösen Spiel gemacht, als ihr ältester Enkelsohn die Tochter des durch Spiel ruinierten russischen Fürsten heimgeführt, und der Prinzessin als etwas Selbstverständliches den Vortritt gelassen.

Das war aber nur bei den seltenen Gelegenheiten nötig, wenn die junge Frau Venedig einen kurzen Besuch abstattete, denn sie fühlte sich dort nicht wohl. Sie fürchtete sich in dem riesigen Haus mit seinen endlosen, düsteren Räumen, die sie gleichwohl oder vielleicht eben deshalb gründlich durchstöberte; sie hasste das einförmige, stille Leben in dem alten Patrizierhaus und zog Rom mit seiner lebhaften, niemals zur Ruhe kommenden Geselligkeit vor.

Dort war sie auch nach dem Tode ihres Gatten Don Pietro geblieben, und weil auch Don Gian, ihren Schwager, sein Beruf in der Metropole Italiens festhielt, so wurde es immer stiller im Palazzo dalla Luna, obwohl schon seit Jahr und Tag die junge Schwester Don Gians, die aus ihrer Klosterschule wieder heimgekommen war, bei der Großmutter weilte. Aber die junge Dame verlangte es nicht nach lärmenden Lustbarkeiten; sie war eine recht ernste, sinnige Natur, die glücklich war, ihrer geliebten Nonna bei deren Werken christlicher Nächstenliebe, namentlich bei den Bestrebungen zur Hebung der Frauenarbeit zur Seite stehen zu können.

Also waren es, streng genommen, zwei Personen, denen der Palast zur Heimat diente, wenn schon eigentlich nur die alte Marchesa genannt wurde, falls jemand fragte, wer dort drinnen wohnte; denn der Venezianer ist konservativ, und Donna Loredana war ja noch so jung und noch zu kurz im Haus, als dass man sich daran gewöhnt hätte, sie mitzuzählen.

Diesem seinem Palaste also fuhr Don Gian Arrigo, Marchese von Terraferma dalla Luna, an jenem mondhellen Abend entgegen, da das chiffrierte Telegramm so jäh und unerwartet seine Reise unterbrochen hatte. Er ließ die Gondel vor dem Hauptportal inmitten der Fassade anlegen und musste öfters den schweren bronzenen Klopfer herabfallen lassen, ehe der alte, im Dienst des Hauses ergraute Portier öffnete und fast auf den Rücken fiel, als er seinen jungen Herrn vor sich erblickte.

„Ein Nachtquartier will ich, alter Brummbär!", rief Don Gian lachend und ihm seine Reisetasche übergebend. „Was macht die Marchesa? Ist sie schon zur Ruhe gegangen?"

„Was denken Sie? Es ist ja noch nicht zehn Uhr, und Ihre Exzellenz ist doch kein Kind mehr!", entgegnete der Alte mit der Vertraulichkeit eines Dieners, der seinen Herrn auf den Armen getragen und aufwachsen gesehen hat. „Ich werde gleich dem Sebastiano klingeln und dem ..."

„Wie vielen denn noch!", wehrte der Marchese ab, der inzwischen den Gondoliere bezahlt und entlassen hatte. „Lass den Majordomo und den Burschen, wo sie sind. – Ich will die Nonna überraschen. Klingle lieber der Nina, damit sie mein Zimmer richtet! – Meine Schwester ist doch zu Haus?"

„Wo sollte sie wohl sonst sein?", war die mürrische Antwort, denn der alte Agostino liebte Überraschungen nicht, die ihn aus seiner Ruhe brachten. „Sie sind im Salon der Marchesa, soviel ich weiß, die Eccellenza, Donna Loredana und die ..." Aber der Marchese hörte die Aufzählung der Liste nicht mit an, denn er eilte schon durch die mächtige Eintrittshalle die breite Treppe hinauf. Es fiel ihm nur beiläufig auf, dass der Vorsaal im ersten Stock, dem Piano nobile, erleuchtet war, was sonst nicht der Fall zu sein pflegte, wenn die Marchesa allein war, denn sie bewohnte nach venezianischer Sitte das zweite, das sonnigere und luftigere Geschoß, während das erste für gewöhnlich nur dem Empfang und der Repräsentation dient. Es war schon lange die Rede gewesen, für die alte Dame einen Aufzug bauen zu lassen, aber sie hatte der Ausgabe wegen nichts davon wissen wollen, rüstig wie sie ja noch war und an die endlosen Treppenfluchten der venezianischen Paläste gewöhnt.

Don Gian freilich war jung und eilte, immer zwei Stufen auf einmal nehmend, hinauf zum zweiten Stock, wo er leise die Tür zum Salon seiner Großmutter öffnete und lachend in der Vorfreude der Überraschung seines unerwarteten Erscheinens durch den Spalt hineinsah. Aber der Salon, behaglich mit schönen, alten Möbeln eingerichtet und mit grünverschleierten elektrischen Lampen beleuchtet, war leer. Nur das noch nicht völlig abgetragene Teegeschirr verriet, dass er eben noch benutzt worden war.

Selbstverständlich fiel ihm auch hier nur beiläufig auf, dass drei leere Tassen auf dem runden Tisch standen statt zwei. Ohne dem eine weitere Beachtung zu schenken, durchschritt er den großen, eleganten Raum und schlug den schweren, purpurnen Samtvorhang der rechten Tür auseinander.

Hier, in ihrem Boudoir mit den zierlichen, mit gelber Seide bezogenen Empiremöbeln saß die Marchesa am Schreibtisch, eine Figur, die so in ihre Umgebung passte, dass diese in der Tat ein Ausdruck ihrer Individualität zu sein schien; groß und schlank und aufrecht sich haltend wie eine Königin, mit einem blassen, edelgeschnittenen Gesicht wie alt gewordenes Elfenbein, mit gütigen, dunklen Augen und schweren, schwarzen Brauen, zu denen das schneeweiße, wellige und modern frisierte Haar wie gesponnenes Silber kontrastierte, so saß sie, schwarzgekleidet, vor dem aufgeklappten Schreibsekretär, in der weißen, von kostbaren Brillantringen blitzenden Hand die Feder im goldenen Halter, ein Genrebild, für das die heutige Kunst keine Augen mehr hat.

„Nonna!", rief Don Gian halblaut.

„Da! Nun habe ich einen Klecks gemacht! Nein, die Leute so zu überfallen und zu erschrecken! – Ist das eine Manier?", war die mit strahlenden Augen gegebene Antwort, und im nächsten Augenblick hielten Großmutter und Enkel sich fest umschlungen zu einer herzlichen Umarmung, die wahrscheinlich den Spott der modernen Jugend herausgefordert hätte, welche die Zuneigung, Liebe und Zusammengehörigkeit des Blutes und den Zement der Dankbarkeit verneinen und am liebsten ganz aus der Welt schaffen möchte.

„Wo kommst du her, Gian? Ist etwas geschehen? Doch was dich auch so unerwartet herführt; tausendmal willkommen!"

„Nein, es ist nichts passiert, was man darunter versteht", versicherte Don Gian, noch einen Kuss auf die schöne, edle Stirn der alten Dame drückend. „Ich bin – was du aber für dich behalten musst – in einer diplomatischen Mission auf dem Weg nach Wien und erhielt, in Venedig angelangt, telegraphischen Befehl, hier zu übernachten und morgen früh mit dem Schiff weiterzufahren. Das ist des Rätsels Lösung, falls man es so nennen darf, denn ich weiß selbst nichts Genaueres. Also bitte ich um ein Nachtquartier und freue mich nur, dass du dich nicht schon ganz zurückgezogen hast."

„Ich hatte einen Brief zu schreiben. Wir waren eben noch zusammen im Salon, ich, Loredana und ... Xenia", erwiderte die Marchesa etwas zögernd und mit einem scharfen Blick auf ihren Enkel.

„Xenia ist hier?", fragte Don Gian mit plötzlich ernstem Gesicht. „Aber ich bin ihr ja gestern erst noch auf dem Pincio begegnet, und sie hat kein Wort davon gesagt, dass sie nach Venedig reisen wollte."

„Sie kam heute Nachmittag ganz unangemeldet, ohne Angabe des Grundes ihres seltenen Besuches – lachend, launisch wie immer", erklärte die Marchesa achselzuckend.

„Sie ist also mit dem Nachtzug von Rom abgereist und

muss es am Nachmittag, als ich sie zufällig traf, doch gewusst haben, dass sie nach Venedig wollte!", sagte Don Gian, immer noch ganz erstaunt. „Ich möchte wissen ..."

„Sie hat dir also nichts ..."

„Nichts hat sie gesagt, was auch nur die Reise aus dem Stegreif hätte ahnen lassen. Sie war wie immer, lachend und spottend. Unser früheres Sonnenscheinchen ist längst zum mehr oder weniger offenen Duell übergegangen, und ich bekenne offen, es ist keine Liebe zwischen uns beiden. Aber sie muss doch einen Zweck gehabt haben, Nonna! Hat sie ...? Um's knapp zu fassen: Braucht sie Geld?"

Die alte Dame schüttelte den Kopf. „Sie hat's wenigstens bis jetzt mit keiner Silbe durchblicken lassen, dass es das ist, was sie hergeführt hat. Es wäre ja auch zwecklos gewesen ..."

„Ja, und ich glaube auch nicht, dass sie Geld will oder braucht", meinte Don Gian mit der gleichen Bewegung. „Denn – ich weiß nicht, Nonna, ob du es nicht schon aus einer anderen Quelle erfahren hast: Xenia lebt seit Monaten auf dem Fuß unbeschränkter Mittel! Wie macht sie das mit ihrem Wittum? Kostbare Garderobe in Weiß und Schwarz wegen der Halbtrauer, ein Auto allerneuesten Modells, Juwelen, die ich früher nie an ihr gesehen hatte, eine fürstliche Wohnung im Palazzo Barberini, in der sie Hunderte von Gästen empfangen kann, ohne die Zimmer zu füllen. Woher kommt das alles? Ich ... ich wage es kaum, mir die Antwort zu geben."

„Gian!", rief die alte Dame erschrocken. „Das höre ich zum ersten Mal! Willst du damit sagen ..."

„Nein – nein!", wehrte er ab. „Es knüpft sich kein Skandal an ihren Namen; ich habe wenigstens nie etwas gehört, was darauf schließen ließe, was freilich nichts sagen will, denn die Angehörigen sind ja immer die letzten, die so etwas erfahren. Xenia ist kokett, das wissen wir alle längst, aber sie hat sich nie kompromittiert. Dazu ist sie zu klug und zu kalt. Aber ich habe mich oft schon mit wachsendem Unbehagen gefragt, ob der Luxus, mit dem sie auftritt, nicht wohl doch auf eine ... eine Beziehung zurückzuführen ist, die sie heimlich ..."

Er stockte und sah die Marchesa an, die sich mit einem scharfen Atemzuge zurücklehnte.

„Gian! Du willst doch damit nicht sagen, dass deines Bruders Witwe eine ...?"

„Ich will das nicht gesagt haben, denn ich habe nicht den Schatten eines Beweises für diesen Verdacht, für diesen Gedanken, wollen wir sagen, da es sich um meines Bruders Witwe handelt. Schon deswegen nicht, weil ich ja gar nicht zum engeren Kreis ihrer intimen Freunde gehöre und folglich auch nicht weiß, wen sie bei sich empfängt. Das mag meine Schuld sein, denn ich habe mich absichtlich zurückgehalten, um den bösen Zungen kein Futter zu geben."

„Sehr richtig. Xenia ist eine sehr schöne junge Frau, und wenn du auch zehnmal ihres verstorbenen Manns Bruder bist, so könnten die bewussten bösen Zungen doch auf den Gedanken verfallen, dass seine Stelle dir begehrenswerter erscheint als die eines Schwagers", fiel die Marchesa ein.

„Eben darum", bestätigte Don Gian den Einwurf. „Ich habe mich gehütet, den Leuten zu erzählen, dass es für mich keine unsympathischere Person gibt als meine schöne Schwägerin, die es ihrerseits hoffentlich aufgegeben hat, sich mit mir zu identifizieren, nachdem sie erkannt hat, dass ich kein Ross für ihre Siegesquadriga bin und sein will. – Doch lassen wir Xenia. Sag mir lieber, wie es Lore geht."

„Gut, wie ich denke", erwiderte die Marchesa zerstreut. „Willst du sie nicht noch sehen? Sie ist eben erst hinausgegangen. Sie hat die Zimmer über mir im dritten Stock bezogen und diese in der Hauptsache mit Büchern vollgestopft. Sie lebt von Büchern, das liebe Kind – oh, und dabei fällt mir ein: Xenia hat die sonderbare Laune gehabt, die Zimmer unten im Piano nobile, darunter das Rosa Zimmer, beziehen zu wollen. Wo sie doch früher immer erklärt hat, Rosa kleide sie nicht. Es mache sie gelb wie eine reife Mispel! Aber kaum angelangt, hatte sie den Wunsch nach dem Rosa Zimmer. Nun, mir kann es ja recht sein, aber diese springenden Wünsche, diese Launen sind mir so verhasst, dass ich ..."

„Nun, vielleicht hat Xenia inzwischen die Entdeckung gemacht, dass Rosa ihr trotzdem steht", meinte Don Gian trocken. „Ich würde allerdings ihrer ersten Ansicht sein, denn das klare Oliv ihres Teints ist entschieden vorteilhafter auf einem anderen

Hintergrund. Aber ich kann mich ja täuschen. – Also Lore wächst sich zu einem ausgemachten Bücherwurm aus! Du wirst wohl daran denken müssen, mein Schwesterchen der Welt etwas mehr zu zeigen."

Die alte Dame seufzte.

„Ich will nächsten Winter einen Ball geben, obwohl Loredana davon nichts wissen will. Sie meint ... Halt! Ging im Salon nicht die Tür? Vielleicht ist sie es? – Nein, denn deine Schwester pflegt sich nicht durch ein solches Froufrou anzukündigen. Xenia kommt!"

„Ist's erlaubt?", fragte eine tiefe, melodische Stimme hinter dem Vorhang, dessen Falten eine kleine, wundervoll gemodelte, von Ringen blitzende Hand zurückschlug, und ihre Inhaberin, eine zierliche, elfenhafte Gestalt in etwas zu eleganter Abendrobe aus schwarzem, paillettenfunkelndem Chiffon schlüpfte hindurch.

Auf der tadellosen Säule ihres wirklich schwanenartigen Halses saß ein kleiner, schöngeformter Kopf mit krausen Haar von der Farbe erloschener Goldbronze. Große, dunkle Augen, viel zu groß fast für das kleine, zarte Gesichtchen mit dem süßen Mund und den entzückendsten Grübchen in den zarten Wangen, sahen unter zierlich gezeichneten Brauen mit Kinderblick in die Welt, und nur das feine, gebogene Näschen hätte dem scharfen Beobachter verraten, dass in diesem holden Geschöpf, das nahezu wie ein eben aus dem Pensionat gekommener Backfisch aussah, ein starker Wille und auch die Kraft saß, ihn durchzudrücken.

„Großmama, ich komme noch, dich um ein Buch zu bitten, denn ich werde doch nicht schlafen können", begann die Marchesa Xenia di Terraferma, Prinzessin Bodnikoff. Dann stieß sie einen kleinen Schrei aus, der Don Gian auf die Nerven ging, weil er ihn als unnatürlich und gemacht empfand.

„Gian, du bist's!", rief sie aus, indem sie die Hände zusammenschlug. „Ja, träume ich denn? Wir sahen uns doch erst gestern, und da hast du kein Wort davon verlauten lassen, dass du nach Venedig reisen wolltest!"

„Ich kann dir diesen Vorwurf Silbe für Silbe zurückgeben, verehrte Schwägerin", erwiderte der Marchese.

„Mir!", rief sie lachend. „Als ob du nicht wissen könntest, dass ich ein Geschöpf bin, das plötzlich eine Idee fasst, um sie in nächster Minute auszuführen. Mir fiel ein, dass ich Großmama endlich einmal wiedersehen wollte, und da ..."

„Das hast du ganz vergessen, bei deiner Ankunft zu erwähnen", fiel die Marchesa trocken ein.

„Habe ich? Aber das lag doch so auf der Hand, dass es der Erwähnung gar nicht bedurfte", erwiderte Donna Xenia, indem sie neben die alte Dame trat und ihren reizenden Kopf an deren Wange rieb.

„Hm, du hast eigentlich von der ersten Minute an nur deiner Sehnsucht nach dem Rosa Zimmer Ausdruck gegeben", meinte die Marchesa mit freundlicher Neckerei, denn sie war viel zu gütig, um ernstlich zu grollen.

„Ja, denk dir, das Rosa Zimmer fiel mir unterwegs ein", plauderte Donna Xenia wie ein Kind, das etwas Wichtiges erzählt. „Da hat sich die Idee, darin zu wohnen, so fest in meine Gedanken gebohrt, dass ich gleich damit herausplatzte. Und in der Tat – das Rosa, dieses alte Rosa vergangener Zeiten steht mir bei künstlichem Lichte ausgezeichnet. Ich wollte das einmal ausprobieren, denn wenn ich erst wieder anfange, Farben zu tragen – du verstehst, Großmama, dass man daran denken muss – nicht wahr? Also, ich musste einfach wissen, wie mir Rosa steht, und ..."

„Und da war es also das Rosa Zimmer, dem dein Besuch galt, nicht mir!"

„Ein ganz, ganz, ganz klein wenig", gab Donna Xenia mit einer neuen Liebkosung wie ein ertapptes Kind zu, während Don Gian dabeistand und die beiden Frauen mit sonderbaren Gefühlen betrachtete.

„Hm, ja, und dieses Rosa, diese spezielle Nuance ist eigentlich ganz entzückend, besonders bei elektrischem Licht", fuhr Donna Xenia zu plaudern fort. „Wo wird man sie aber herbekommen, wenn man sie über kurz oder lang einmal braucht? – Weißt du was, Großmama, dann lässt du die Vorhänge des Betthimmels abnehmen und schenkst sie mir als Stoff für ein Kleid, nicht wahr? Oh bitte!"

„Welche Idee!", sagte die Marchesa sichtlich erheitert. „Ein

Kleid aus einem Bettvorhang, der hundertfünfzig Jahre alt ist, ja noch älter sogar! Für ein Maskenkostüm! Aber ich habe hier nichts zu verschenken, denn dieses Haus gehört nicht mir, sondern Gian."

„Richtig, das Haus gehört Gian!", rief Donna Xenia mit einem Gesicht, als hätte sie etwas ganz Neues erfahren. „Wer weiß, ob er wirklich so galant sein würde, für mich das Rosa Zimmer zu plündern. – Übrigens bin ich gar nicht mehr so sicher, dass es mich glücklich macht, es zu bewohnen. Bei Tage ging's noch an, aber als ich vorhin hineinkam, müde wie ich war, verging mir plötzlich der Schlaf, und es fing mich dermaßen zu frieren an, dass mir's die Zähne zusammenschlug. Und dabei ist es doch so warm draußen ..."

„Unbewohnte Zimmer haben so etwas an sich. Ich sagte dir gleich, dass ein solcher Staatsraum kein gemütlicher Platz zum Bewohnen ist", erwiderte die Marchesa. „Er wird ja regelmäßig gelüftet wie alle Zimmer drunten, aber wer hat je darin gewohnt? Wünschst du, es nun doch zu wechseln?"

„Nein, nein! Auf keinen Fall würde ich mich so blamieren wollen!", wehrte Donna Xenia lachend ab. „Wer sich die Suppe einbrockt, soll sie auch auslöffeln!"

„Seit wann hast du denn diese Weisheit gelernt?", erkundigte sich Don Gian grimmig.

„Hm, die Weisheit kommt mit dem Alter", erwiderte sie kokett.

„Gott sei Dank!", murmelte er recht deutlich. Donna Xenia schnitt ihm eine Grimasse.

„Woher kommt es nur, dass Verwandte immer so unangenehm sind?", fragte sie naiv.

„Kinder, vertragt euch!", ermahnte die Marchesa etwas nervös. „Liebe Xenia, ich vergaß, vorhin zu sagen beziehungsweise dir anzubieten, dass Lucia natürlich in deinem Ankleidezimmer schlafen soll, weil du ja deine Kammerjungfer nicht mitgebracht hast."

„Was? Du bist allein gekommen? Ohne deine Kammerjungfer?", fiel Don Gian ein. „Ja, um alles in der Welt, wie kommt denn das?"

„Reinweg vergessen!", sagte Donna Xenia lachend. „Mein

Entschluss zu dieser Reise war ein so plötzlicher, dass ich ganz vergaß, Cesarina mitzunehmen. Und die dumme Gans hat mich nicht daran erinnert – das ist das Tollste! Sie fängt an, vergesslich zu werden, diese Cesarina, und war wahrscheinlich heilfroh, Ferien zu haben. Aber ich werde sie dafür zausen, darauf könnt ihr Gift nehmen! – Lucia? Nein, danke, Großmama! Fremde Personen in meiner Nähe machen mich nervös – ich würde keinen Augenblick schlafen können, wenn sie nebenan wäre. Ich fürchte mich überhaupt nicht, absolut nicht! Und dann – Gians Schlafzimmer ist ja über dem meinen. Sollte ich etwas Verdächtiges hören oder merken, dann werfe ich einfach meinen Stiefel an die Decke ..."

„Worüber die Fresken von Tiepolo natürlich begeistert sein würden", fiel Don Gian ein.

„Herr des Himmels! Jetzt hat dieser Mensch einzig und allein Angst um seine Fresken, nicht etwa um mich, die ich nur im äußersten Notfall von diesem Mittel, um Hilfe zu bitten, Gebrauch machen würde!", rief Donna Xenia hellauf lachend, aber es klang gereizt, besonders als sie hinzufügte: „Schlaf ruhig, bester Schwager! Als ich selbst vor einem Jahr noch Herrin dieses Hauses war, hätte ich Gelegenheit genug gehabt, deinem Tiepolo alle meine Stiefel an den Kopf zu werfen. Er ist, soviel ich weiß, unter meiner Herrschaft ganz unversehrt geblieben."

„Gute Nacht, Nonna", sagte Don Gian trocken. „Ich gehe noch kurz zu Loredana und dann ins Bett."

„Ja, willst du denn nicht noch etwas essen?", fragte die alte Dame mit einem antwortenden Blick, der ihm sagte, sie habe verstanden, dass seine Abreise am nächsten Morgen nicht erwähnt werden solle. Er lehnte dankend ab, denn er habe im Speisewagen soupiert und wolle sich nur noch eine Limonade bringen lassen.

„Bist du zu deinen vielen Tugenden auch noch zu den Asketen übergegangen?", rief Donna Xenia.

„Übergegangen nicht unbedingt. Aber ich halte dafür, dass die Abstinenz der Wachsamkeit förderlich ist, und Wachsamkeit, verehrte Schwägerin, ist eine der Kardinaltugenden des Diplomaten", entgegnete Don Gian. Damit küsste er seiner

Großmutter die Hand, machte seiner Schwägerin eine förmliche Verbeugung und verließ das Zimmer, um sich geradewegs zum dritten Stockwerk hinaufzubegeben, in dem seine Schwester seit einigen Monaten wohnte und wo auch der größte Teil der Dienstboten seine Zimmer hatte. Nur Agostino, der alte Portier, hatte seine Wohnung im Erdgeschoß neben der Wasserpforte des Kanals.

Diesmal stieg Don Gian die Treppe sehr langsam hinauf, aber nicht, weil sie ihn ermüdete, sondern weil seine Gedanken ihn zurückhielten.

‚Erstens: Warum ist sie nach Venedig gekommen? Zweitens: Warum ist sie plötzlich so auf das Rosa Zimmer versessen? Drittens: Warum hat sie ihre Kammerjungfer nicht mitgebracht; sie, die nicht imstande ist, sich ein Schuhband selbst zu knüpfen?', fragte er sich. ‚Ihre so genannten Launen haben immer irgend ein Ziel!'

Jede Treppe nimmt einmal ein Ende, auch die, die in ein anderes Stockwerk in einem italienischen Palast führt, und Don Gian befand sich oben, ehe er auch nur eine annähernd befriedigende Antwort auf seine Fragen gefunden hatte. Er klopfte an die Tür des Salons seiner Schwester und fand sie lesend unter der Lampe eines mit Büchern bedeckten Tisches sitzend – eine noch überschlanke Figur mit einem rassigen Kopf, großen, dunkelblauen Augen und einer Fülle rotblonden Haares, in dessen hochaufgebauschter Frisur sie beide Hände im Eifer der Lektüre vergraben hatte.

„Gian! Giannino!", rief sie bei seinem Anblick wie ungläubig und flog ihm stürmisch um den Hals. „Wo kommst du denn auf einmal her?"

„Von Rom natürlich, Kleine! – Nein, frag mich nichts, ich darf dir nicht mehr sagen!"

„Du bist ja der reine Lohengrin. Gut, ich frage nichts mehr. Hast du Großmama schon gesehen?"

„Nennst du das nichts fragen?", neckte er. „Natürlich war ich zuerst bei ihr und habe sogar Xenia schon gesehen und gesprochen."

„Xenia kam gerade so überraschend an wie du. War das Verabredung?"

„Oh nein. Ich bin beinahe auf den Rücken gefallen, dass ich sie hier traf, nachdem ich sie gestern noch in Rom gesehen hatte, ohne dass sie von ihrer Reise hierher auch nur einen Ton gesagt hat?"

Donna Loredana hob die Schultern.

„Wir haben sie nach dir gefragt, aber sie meinte, du schienst ganz vergessen zu haben, dass sie noch existiert. Hast du dich mit ihr gezankt, Giannino?"

„Ich werde mich in Acht nehmen", erwiderte er trocken.

„Dabei zieht man doch den Kürzeren. Wir plänkeln nur, wenn du verstehst, was ich meine. Ist sie eigentlich für längere Zeit hergekommen?"

„Ich weiß es nicht. Kaum. Denn sie hat nur einen kleinen Handkoffer mitgebracht, in dem sie das Kleid hatte, das sie heute Abend trug, und die notwendigste Wäsche. Ich war dabei, wie sie auspackte, aber ich wollte sie doch nicht fragen, wie lange sie bleibt, denn das wäre ja unhöflich gewesen – nicht?"

„Hm!", machte er zweifelhaft. Xenia und nur ein einziges Kleid im Koffer; sie, die mindestens dreimal täglich die Kleidung wechselt.

„Nur eines verstehe ich nicht: Warum wollte sie durchaus das Rosa Zimmer haben?", setzte er seinen Gedankengang fort.

„Nun, es ist doch ein sehr schönes Zimmer, in seinem Luxus so passend zu Xenia", meinte Donna Loredana erstaunt, dass ihr Bruder darin etwas Verwunderliches fand. „Und es ist auch bequemer, denn man braucht nicht die vielen Treppen zu steigen, über die Xenia immer geseufzt hat. Freilich ist es auch etwas einsam, so mitten in der ganzen Flucht der unbewohnten, öden Säle und Zimmer, und wer sich leicht fürchtet, der braucht das Gruseln dort nicht erst zu lernen", setzte sie lächelnd hinzu.

„Das ist's. Weil's einsam ist! Sie wollte unbeobachtet sein und wollte darum auch nicht Lucia neben sich haben!", fuhr es ihm durch den Kopf.

„Höre, Gian – bist du deshalb zu mir gekommen, um vor dich hinzustarren und Gedankenmonologe zu halten?", fragte Donna Loredana halb lachend, halb ärgerlich. „Was beschäftigt dich nur so? Bist du ...? – Du bist doch nicht etwa verliebt?"

Er riss sich zusammen und lachte sogar. „Nein, Lore", versicherte er. „Ich hatte dazu noch keine Zeit. Sei nicht böse, aber mir gehen gerade andere Dinge durch den Kopf."

„Man merkt's", meinte sie lächelnd und setzte ernst hinzu: „Es ist doch nicht wegen Xenia? Unsere Nonna machte Andeutungen, dass sie viel Geld gebraucht hätte, und sprach davon, dass du wohl das Piano nobile vermieten würdest. Ich hoffe aber, das war nur eine Idee. Es wäre ja schrecklich, wenn Fremde hier in unserem Haus einziehen würden!"

„Nun, das wäre eine ganz nette Beihilfe", erwiderte Don Gian achselzuckend. „Allein die Fremden, die sich in Venedig niederlassen, wollen am Canale Grande wohnen, höchstens wären es Engländer, die einen Reiz darin finden, im Herzen Venedigs einen alten Palast zu beziehen, oder ein Künstler, der Stimmung sucht. Und das müsste schon einer sein, dessen Ruhm ihm goldene Lorbeeren gebracht hat, denn an einem niedrigen Mietpreis ist mir nichts gelegen. Zu touristischen Zwecken aber gebe ich mein Haus sicher nicht her. Darüber kannst du beruhigt sein. So weit sind wir gottlob noch lange nicht. Von unseren Portalen brauchen wir unser Wappen und die Dogenkrone noch nicht entfernen zu lassen. Aber wenn wirklich ein reicher Fremder verrückt genug ist, unser Piano nobile für einen guten Preis zu mieten – umso besser. Es ist nicht dringend, wäre aber angenehm."

„Verrückt genug!", rief Loredana vorwurfsvoll. „Wie du das nur sagen kannst Giannino! Wenn wir auch keine berühmte Gemäldegalerie haben, wie die Giovanelli – nun, so ist doch sicher unser Piano nobile eines der schönsten in Venedig."

„Ganz sicher ist es das", gab Don Gian ohne Weiteres zu. „Unsere Gemälde bilden keine Galerie, dafür aber sind sie von hohem Wert und unbestritten echt, solange kein deutscher Kunsthistoriker, der ein neues Werk schreiben will, dahergezogen kommt und klüger sein will als die Überlieferung. Aber unser Haus hat – nicht für uns, die wir daran gewöhnt sind – den Fehler, verborgen an einem schmalen Kanal zu liegen, und die Fremden wollen Licht und Luft für ihre Wohnungen, sie drängen nach der Riva, dem Canale Grande – in der Mehrzahl wenigstens. – Doch lassen wir das jetzt, Schwesterchen. Erzähle mir lieber, wie es dir geht, wie dir das stille Leben hier nach dem fröhlichen Beisammensein mit deinen Klosterschülerinnen behagt."

„Oh, es behagt mir sehr, Giannino", versicherte Loredana mit Überzeugung. „Erstens bin ich eine richtige Venezianerin, liebe unser schönes, edles, altes Haus in diesem stillen Winkel der Stadt – es ist für mich die Geschichte unserer Familie mit unserer großen Vergangenheit, und zweitens liebe ich die Einsamkeit, unser stilles Leben, das mir erlaubt, meiner Leidenschaft für die Bücher zu frönen."

„Die Nonna redete übrigens etwas von einem Ball. Nun, das wäre ja schon etwas, aber immerhin nur ein vereinzeltes Ausrufungszeichen in eurem Einsiedlerleben."

„Die Nonna hat aber doch auch ihren Empfangstag, wo alle Welt kommt, Tee zu trinken und Dolci zu essen", verteidigte sich die junge Dame lachend. „Und wir haben unsere Sitzungen zur Förderung der Frauenarbeit und der Hausindustrie, für die unsere Großmama so segensreich wirkt. Wir machen doch auch Ausflüge zu Wasser und zu Land, Besuche, also kurz, wir leben wie normale Menschen und nicht wie Säulenheilige. Wenn du dir das einbildest in deinem römischen Trubel, dann hast du dich gründlich geirrt."

„Die Hauptsache ist, dass du zufrieden bist", meinte Don Gian lächelnd. „Lange wird's sowieso nicht dauern, denn vermutlich wirst du ja nicht die Absicht haben, ledig zu bleiben."

„Oh, ich werde mich nie verheiraten – nie!", behauptete Donna Loredana im vollsten Ernst. „Ich würde es nie übers Herz bringen, die Nonna allein in diesem großen Haus zu lassen! Wir leben ja so harmonisch, so friedlich und glücklich hier miteinander! Und dann – lache nicht, Gian, aber es ist so! – dann würde ich mich nie auf diese Art verheiraten lassen; eine zwischen den Familien abgekartete Ehe eingehen – niemals!"

Don Gian stieß einen leisen Pfiff aus.

„Also ...", begann er nach einer Weile. Aber sie unterbrach ihn fast heftig.

„Nein, nicht *also*, womit du wohl andeuten willst, dass da schon jemand ist, den ich mir gewählt habe. Niemand ist da! Aber ich finde es unwürdig, sich ohne Neigung, nur um der Tradition willen verheiraten zu lassen, nur weil's immer so war.

Entweder ich habe freie Wahl oder ich bleibe ledig!"

„Hast du diese modernen Ansichten im Kloster gelernt?"

„Nein, ich habe sie aus mir selbst geschöpft", erklärte sie offen. „Ich habe gelesen, nachgedacht, erwogen – du musst nicht lachen, Giannino! Ich bin nun einmal von dieser Art, die selbst denkt. Das bekannte venezianische Sprichwort, das unseren Frauen molti capelli e pocchi cervelli – viel Haar und wenig Gehirn spottend und wohl auch mit Recht zugesteht, braucht nicht auf jede Venezianerin Anwendung zu finden, selbst wenn sie wie deine Schwester erst achtzehn Jahre alt ist. Man muss jeden Menschen seines eigenen Glückes Schmied sein lassen, das ist meine Ansicht."

„Ich habe nicht die Absicht, es dir zu bestreiten, Loredana. Und die Nonna hat trotz ihres Alters immer einen Hang zum Modernen gehabt. Sie wird dich sicher nicht in eine dir unsympathische Ehe hineindrängen", meinte Don Gian nachdenklich. „Unser Bruder Pietro freilich hat sich auch über das Herkömmliche hinweggesetzt und frei gewählt. – Wir können nur leider nicht sagen, dass es ihn glücklich gemacht hat."

„Als ob das ein Beweis wäre! Deine Logik hinkt wie ein lahmer Gaul, Giannino", rief Donna Loredana. „Hast du dir noch niemals einen Anzug gewählt, mit dessen Stoff du nachher nicht zufrieden warst?"

„Na, hör mal Lore, du bist ja eine ganz gefährliche Streiterin!", rief er erheitert. „Ich gebe zu, dass meine Logik lahm war, aber welche Logik bedürfte nicht einer orthopädischen Korrektur? Unter uns, ich würde es genau so machen wie Pietro, nur bilde ich mir ein, damit ein männliches Vorrecht zu besitzen, und muss nun lernen, dass meine eigene Schwester von den modernen Ideen angesteckt ist. Dein Wille geschehe, Lore, nur tu mir den Gefallen und sieh zu, dass deine Wahl nicht unbedingt ins allzu Volkstümliche fällt. Ein Kohlenträger als Schwager wäre mir entschieden genierlich."

„Ich bin eine Terraferma und weiß, was ich meinem Namen schuldig bin", erwiderte sie mit einer Würde, die ihren Jahren zwar fremdartig, aber doch eigentümlich gut stand. Und lachend setzte sie hinzu: „Falls ich mich in einen Gondoliere verlieben sollte, so verspreche ich dir, ihn nicht zu heiraten!"

„Nun, das ist mir eine riesige Erleichterung", entgegnete er, auf ihren Ton eingehend. „Und nun gute Nacht Lore, und auch auf Wiedersehen!"

„Also sehe ich dich doch morgen noch?"

„Wenn du früh genug aufstehst, vielleicht. Das Wiedersehen darf ich ja auf alle Fälle wünschen."

Nachdenklich stieg Don Gian die Treppe zum zweiten Stock wieder hinab, in dessen Flügel die Zimmer lagen, die er für sich bestimmt hatte; eines, das die Ecke der beiden Kanäle einnahm, und daneben, zum Sackkanal gehend, das Schlafzimmer. Das Erstere war vom Salon der Marchesa aus durch ein zweites Gesellschaftszimmer zu erreichen. Die Nachdenklichkeit Don Gians galt aber nicht seiner Schwester, denn er war ganz beruhigt darüber, dass sie trotz aller Rebellionsgelüste gegen die Tradition sich nicht in Irrgänge verlieren würde; die Tür hinter ihm war vielmehr noch nicht geschlossen, als seine Gedanken sich auch schon wieder mit dem Rätsel seiner Schwägerin und ihrer Reise nach Venedig beschäftigten.

Ein gedämpfter Ruderschlag drunten vom Wasser war zu hören; ein leise plätscherndes Geräusch, das hier nicht allzu oft vernehmlich war. Don Gian trat ans Fenster, sah hinaus und gewahrte eine Barke, die mit ein paar Tonnen beladen war und die eben geruhsam vorüberglitt.

‚Was für eine dringende Fracht um diese späte Stunde ...', musste er denken.

Und als er sich umwandte, da meinte er ein leises Knacken des Holzgetäfels in dem tiefen, meterbreiten Rahmen der Tür zu hören, die sein Schlafzimmer von seinem Wohnraum trennte.

Er hatte das Erstere durch einen langen, schmalen Raum betreten, der als Garderobe diente und künstlich beleuchtet werden musste. Das Schlafzimmer, ein saalartiger Raum, war links durch eine verhängte Tür von den anderen, östlichen Gemächern, die unbenutzt waren, getrennt und führte rechts in das Wohnzimmer, das wiederum in einen Salotto neben dem Salon der alten Marchesa sich öffnete. Durch den Ersteren wurden die Besuche geführt, die Don Gian zu sehen kamen, wenn er sich in Venedig aufhielt; er selbst wählte, wie heute auch, meist die Garderobe als Zugang.

Nun durchquerte er den weiten Raum, um sich zu vergewissern, was eben im Holz geknackt hatte; ein überflüssiges Beginnen, wie er sich selbst dabei sagte, denn nach einem so heißen Sommer wie dem diesjährigen pflegten Vertäfelungen, Parkette und Möbel naturgemäß zu krachen.

„Wie man sich nur durch das bloße Bewusstsein, der Hüter eines wichtigen Dokuments zu sein, so nervös machen lassen kann!", schalt er sich, während ihm dabei zum ersten Male eigentlich die ungewöhnliche Breite des Türrahmens auffiel, in dem er stand und kritisch die schön gearbeitete, mit Füllungen versehene Verschalung aus rötlichem, mit Gold abgesetztem Mahagoni betrachtete, die offenbar einer späteren Epoche als der Palast selbst entstammte. Dann trat er durch die in das Wohnzimmer zurückgeschlagenen Türflügel vom gleichen Material, indem er einen raschen Blick durch den Raum warf, der genau wie das Schlafzimmer hell erleuchtet war.

„So, nun wollen wir uns verbarrikadieren", sagte er grimmig vor sich hin. „Im eigenen Haus verbarrikadieren, als ob ich in eine Räuberhöhle geraten wäre. Aber Vorsicht ist die Mutter vieler Dinge, und ich will mir nichts vorzuwerfen haben."

Zunächst schloss er die Läden der hohen, schmalen Spitzbogenfenster, dann die Türen. Danach suchte er jeden Winkel und jede Ecke ab, sah unter das Bett und untersuchte die hohen, geräumigen Schränke im Garderobenraum, worauf er noch die Schlösser aller Eingänge einer genauen Inspektion auf ihre Zuverlässigkeit unterzog. Damit nicht zufrieden, entnahm er seiner umfangreichen ledernen Reisetasche ein Päckchen mit Patenttürverschlüssen; kleine, praktische Instrumente, die, mit dem innen steckenden Schlüssel an der Klinke befestigt, es unmöglich machen, ohne Sprengung der Tür diese nach Herausdrücken des Schlüssels mittels Dietrichs zu öffnen. Es war also unmöglich, ohne ein größeres Geräusch, das auch einen tiefen Schläfer geweckt haben würde, einzudringen. Er hatte diese Apparate, die sich besonders in Hotels sehr empfehlen, wo nächtliche Eindringlinge durchaus nicht zu den Seltenheiten gehören, stets bei sich. Und er legte sie jetzt sorgsam an jeder der Türen, die aus seinen Zimmern führten, an, schob auch alle vorhandenen Riegel vor, die ja an sich schon einen wirksamen

Schutz gegen ein Eindringen ergeben.

‚So', dachte er befriedigt, ‚wenn mich jetzt jemand besuchen will, dann muss er schon durchs Schlüsselloch kriechen, und das traue ich selbst meiner holden Schwägerin nicht zu. Und außerdem gedenke ich nicht zu schlafen. Das Licht mag brennen bleiben; es ist für mich das beste Mittel zum Wachbleiben. – Nun machen wir's uns etwas bequem – den Kragen herunter, die Stiefel von den Füßen – so! Einen leichten Rock angezogen, ohne die Weste mit dem kostbaren Dokument in der inneren Brusttasche abzulegen, und dann wollen wir uns die Zeit mit Lesen und Schreiben vertreiben und – die Ohren offen halten.'

Zu all diesen Vorbereitungen nahm er sich gründlich Zeit. Hin und wieder warf er einen bedauernden Blick auf das einladend zurechtgemachte Bett. Schließlich trat er an ein Tischchen, auf dem neben einem Trinkglas ein Siphon mit Sodawasser und eine kleine Karaffe mit Fruchtsaft stand. Eigentlich hatte er sich ja eine Limonade bestellt. Und ein Dessertmesser, Zucker in silberner Schale, ein gläserner Teller und eine ebensolche Zitronenpresse waren auch auf dem Servierbrett vorhanden, aber die Hauptsache, die frische Zitrone selbst, musste der Diener wohl vergessen haben.

„Nicht über die Türschwelle reicht doch das Gedächtnis dieses Idioten", brummte Don Gian etwas ärgerlich, indem er den Stöpsel aus der Karaffe zog. „Granatapfelsaft", stellte er mit einem Blick auf die darin enthaltene hellrot gefärbte Flüssigkeit fest. „Der wird natürlich nicht vergessen, weil er die Spezialität des Koches ist. Nun, ich habe ihn ganz gern, er ist auch recht erfrischend."

Er goss eine große Portion des Saftes in das Glas, füllte es mit Sodawasser auf und trank es mit einem Zuge bis auf einen etwa fingerbreiten Rest leer. Es schmeckte irgendwie brennend, als ob der Saft in Gärung übergegangen wäre. Hoffentlich machte das Zeug keine Magenbeschwerden. Etwas ärgerlich betrat er nach dem zweifelhaften Trunk wieder sein Wohnzimmer, setzte sich in einen Sessel und nahm die auf dem Tisch davor liegenden Abendzeitungen auf. Er hatte aber noch nicht die erste Seite halb durchflogen, als er das Blatt wieder sinken ließ.

„Bin doch schläfriger, als ich gedacht hatte", murmelte er. „Bleierne Müdigkeit, die mir durch die Glieder kriecht! Will mal ein bisschen auf und ab gehen. Geschlafen wird auf keinen Fall! – Auf – gar – keinen – Fall!"
Damit streckte er beide Arme über den Tisch aus, ließ den Kopf darauf niedersinken und war in der nächsten Minute weit jenseits allen Wollens und aller Vorsätze angelangt ...

II.

Ein wahrer Generalmarsch, der an die Tür seines Wohnzimmers geschlagen wurde, ließ ihn auffahren.

Mühsam hob er den Kopf in die Höhe, der ihm schwer war, wie mit Blei gefüllt, und so heftig schmerzte, dass er ihn gleich wieder zurücksinken ließ. Nur halb die Augen öffnend, sah er den hellen Tag durch die Ritzen der geschlossenen Fensterläden schimmern, ohne sich im Augenblick bewusst zu sein, was das für ihn bedeutete.

„Herr Marchese! Herr Marchese!", erscholl es nach einer neuen Klopfsalve hinter der Tür. „Herr Marchese, es ist sechs Uhr!"
Nun war er ganz wach und erinnerte sich.

„Ja es ist gut! – Ich höre!", rief er mit dem Versuch aufzuspringen, aber die Knie versagten ihm zunächst und die Glieder waren ihm so steif und träge, dass er sich nur langsam und mühselig erheben und taumelnd wie ein Betrunkener an das nächste Fenster bewegen konnte, um den Laden zu öffnen. Die frische, von einer leichten Brise von Osten her bewegte Morgenluft brachte ihn rasch zu sich.

„Herr des Himmels, ich habe nun doch die ganze Nacht geschlafen!", dachte er verwirrt. „Warum, um alles in der Welt, habe ich geschlafen? Und warum bin ich so schwer und steif wie ein Klotz?"
Immer noch taumelnd löschte er das elektrische Licht, machte auch im Schlafzimmer die Läden auf und badete sich dann das Gesicht in seinem Waschbecken.

„So, nun wäre man wenigstens wieder ein halber Mensch",

versicherte er sich nach dieser Erfrischung. „Aber dieser fürchterliche Durst, den ich habe! Ich kann nicht warten, bis mein Kaffee kommt ..."

Das Glas von seinem Waschtisch in der Hand, wollte er es eben mit dem abgestandenen Wasser aus der Karaffe füllen, als sein Blick auf das Servierbrett und den Siphon fiel. Schnell trat er darauf zu, ließ das Sodawasser bis an den Rand in das Glas sprudeln und trank es in einem Zuge leer. Als er es absetzte, fiel sein Blick auf die Saftflasche und halb benommen, wie er eben noch gewesen war, brachte der Anblick dieses zierlichen Kristallgefäßes ihn plötzlich völlig zu sich.

Die Flasche, aus der er gestern Abend ungefähr ein Drittel gegossen hatte, war leer. Und auch der Rest, den er in dem Kelchglas zurückgelassen hatte – er erinnerte sich genau, das getan zu haben – befand sich nicht mehr darin; beide Gefäße waren leer und sauber ausgespült. Mit einer merkwürdig zusammenziehenden Erstarrung sah er auf Flasche und Glas wie auf etwas Unbegreifliches, und dann blickte er um sich und sah die Sicherungen an den Türen, genau, wie er sie angebracht hatte, und dann ... fuhr seine rechte Hand langsam, zögernd, furchtsam fast, ruckweise, als müsste er sie dazu zwingen, unter die Weste in die innere Brusttasche. Noch ein kurzes Zögern, und seine plötzlich eiskalten Finger hatten ihr Ziel erreicht ...

Die Brusttasche war leer, das kostbare Dokument war verschwunden!

Wie zu einer Salzsäule erstarrt stand er da, als er das Unerhörte, Furchtbare zu fassen begann, das Unmögliche zu verstehen versuchte. Natürlich war ein Verschwinden unmöglich. Der Umschlag mit dem Dokument darin, verklebt und versiegelt mit dem Petschaft des Ministers, musste ihm irgendwie bei einer Bewegung im Schlaf herausgeglitten und unter den Tisch gefallen sein.

Aber die Tasche war doch der größeren Sicherheit wegen zugeknöpft gewesen, und seine tastenden Finger suchten vergebens den flachen Knopf. War er abgesprungen? Mit einem Ruck riss er die Weste auseinander, und ein röchelnder Schrei kam über seine trockenen Lippen. Der Knopf war abgeschnitten und mit ihm das Stück Futterstoff, an den er angenäht war ...

Er achtete nicht auf den Diener, der jetzt draußen an der Garderobentür klopfte, um das heiße Wasser zum Rasieren zu bringen, er stürzte zurück ins Wohnzimmer und an den Tisch, an dem er die ganze Nacht schlafend gesessen hatte. Da lag der abgeschnittene Knopf auf dem Teppich neben dem Sessel, und nun wusste er: Die Flasche hatte einen starken Schlaftrunk enthalten, weil der Saft so scharf und kratzend geschmeckt hatte, und dann war jemand gekommen und hatte das Dokument gestohlen und den stummen Zeugen, das Betäubungsmittel, ausgegossen.

Jemand? Wer? Förmlich röchelnd vor Erregung rannte Don Gian von Tür zu Tür, um sich davon zu überzeugen, dass ein menschliches Wesen unmöglich durch dieselben eingedrungen sein konnte, denn die Sicherungen der Schlösser lagen sämtlich unberührt davor. Was war hier geschehen?

Unbekümmert um das erstaunte und erschreckte Gesicht des Dieners, dem er bei dem Rundgang die Garderobentür öffnete, lief er von Fenster zu Fenster, um zu sehen, ob der Dieb diesen Weg benutzt haben konnte. Unmöglich! Denn dann hätte er mindestens doch eine Strickleiter zurücklassen müssen, und wer hätte diese oben befestigen sollen? Zudem waren die Fensterläden alle geschlossen gewesen. Don Gian hatte sie ja eben noch selbst aufgeriegelt und fand keine Spur einer Gewalttätigkeit daran vor. Versteckt konnte der Dieb in den Zimmern auch nicht gewesen sein, davon hatte Don Gian sich gründlich überzeugt. Außerdem hätte er, nachdem sein Opfer unter der Einwirkung des Schlaftrunkes unschädlich gemacht und die Tat vollbracht war, durch eine der Türen die Wohnung verlassen müssen. Wie aber hätte er das machen können, wenn ihr Verschluss und die innen angelegten Sicherungen völlig unberührt waren?

Es blieb also nur eine Möglichkeit: Es war ein geheimer Zugang zu den Zimmern des zweiten Stockwerks vorhanden, und dieser mündete in die Wohnung, die der Marchese für sich bestimmt hatte. So weit war er in der Erwägung aller Möglichkeiten zur Lösung dieses Rätsels gekommen, als es an die Tür des Wohnzimmers klopfte.

„Bist du fertig, Gian?", rief die Stimme der alten Marchesa.

„Ich habe dein Frühstück in meinem Boudoir servieren lassen und komme, um dich zu holen, denn es wird Zeit."

Ohne antworten zu können, öffnete er die Tür.

„Nonna ...!", war alles, was er heiser hervorbrachte.

„Gian, was ist? Bist du krank? Ist etwas geschehen?", rief sie erschrocken, unwillkürlich die Stimme dämpfend. Der Marchese winkte dem Diener, der noch mit dem heißen Wasser in der Hand mitten im Schlafzimmer stand und mit offenem Mund dem sonderbaren Treiben seines sichtlich verstörten Herrn zusah. Und nachdem der Mann verschwunden war, versuchte er, der alten Dame die Situation zu erklären; erst abgebrochen und unzusammenhängend, während des Berichtes aber allmählich ruhiger werdend.

„So ist das also", schloss er dumpf. „Und das Fazit kannst du dir selbst ziehen. Nicht nur, dass das Verschwinden des Dokuments die schwersten politischen Folgen nach sich ziehen wird. – Meine Laufbahn, mein ganzes Leben ist ruiniert, denn wer wird mir denn glauben, dass ich selbst die Hand dabei nicht im Spiel hatte, wenn doch das einzige Indiz zu meiner Entlastung, der Saft mit dem Schlafmittel darin, auf unerklärliche Weise verschwunden ist? Wer wird mir glauben, dass alle Türen verschlossen gewesen sind und mir das Getränk mit der Erwartung, dass ich ihn ohne Vorkosten hinabgießen würde, gemischt worden war? Wer, frage ich? Ich selbst würde einem Menschen, der mir das erzählen wollte, ins Gesicht lachen."

„Giannino, sage das nicht!", rief die Marchesa erschüttert. „Dein Ehrenwort ..."

„Das Ehrenwort eines Menschen, der im Verdacht steht, die ihm anvertrauten Geheimnisse seines Vaterlandes verkauft zu haben, hat nicht so viel Wert wie ein dürres Blatt im Wind", unterbrach er sie bitter. „Er ist einfach ein Schurke, und das ist mein zukünftiger Titel, mit dem ich mich begraben lassen kann, wenn meine Unschuld nicht zu Tage kommt!"

„Sie muss zu Tage kommen! – Sie muss! Wir werden Himmel und Erde dafür in Bewegung setzen, unseren letzten Heller dafür opfern!", rief die alte Dame außer sich, aber mit dem festen Entschluss, ihre Worte wahr zu machen. „Das steht ganz außer Frage, Gian, und ich stehe dabei mit allem, was mein ist, dir zur Seite. Ist dir noch keine Möglichkeit zur Lösung des Rätsels eingefallen?"

„Das Nächstliegende wäre ein geheimer Zugang zu diesen Zimmern. Wir müssen danach suchen."

„Ein geheimer Zugang ...", wiederholte die Marchesa, um sich blickend. „Ich erinnere mich, dass dein Großvater, einmal davon sprach, dass einer Überlieferung nach sich Geheimgelasse in diesem Haus befunden haben sollen."

„Sich höchst wahrscheinlich noch befinden", fiel Don Gian ein. „Diese verborgenen Gelasse und Ausgänge waren in den Tagen der Republik unter der Herrschaft des Rates der Drei einfach eine Notwendigkeit, eine Lebensbedingung, ein Muss zu einer möglichen Flucht Schuldiger wie Unschuldiger."

„So sagte auch dein Großvater!", rief die Marchesa lebhaft. „Aber er gestand auch, diese möglichen Geheimgelasse nicht zu kennen. Ihr Geheimnis ist eben im Laufe der Zeiten verloren gegangen. Es interessierte sich auch niemand dafür, nur als Xenia zum ersten Mal herkam ..."

Die alte Dame stockte, eine feine Röte stieg in ihr blasses Gesicht, und die Augen niederschlagend setzte sie leiser hinzu: „Sie versicherte damals, dass sie es als ihre Lebensaufgabe betrachten würde, diesen Geheimnissen des Palazzo Terraferma auf die Spur zu kommen."

„Hat sie das versichert? Wir wollen sie doch einmal fragen, ob sie diese *Lebensaufgabe* zu lösen imstande war!", sagte Don Gian grimmig. „Ich will Gift darauf nehmen, dass Xenia hinter dieser ganzen Teufelei steckt!"

„Um des Himmels willen! – Das wäre ja eine namenlose Schändlichkeit!", rief die Marchesa entsetzt.

„Ich habe die Absicht, sie ihr auf den Kopf zuzusagen", erklärte Don Gian mit funkelnden Augen. „Hab die Güte, meine Schwägerin sofort wecken zu lassen, falls sie noch schläft."

„Giannino, tu nichts Übereiltes", bat die Marchesa. „Es ist noch sehr früh ..."

„Ich kann jetzt keine Rücksicht auf Xenias Morgenschlaf nehmen! Ich will sie sprechen, ehe ich meinen Bericht nach Rom sende! Jede Minute ist jetzt kostbar! Wenn du selbst sie wecken würdest, Nonna, so würdest du mir damit den ersten

Dienst in dieser Sache erweisen. Sag ihr nichts, warum ich sie sprechen muss, aber beobachte sie scharf mit den Augen des Misstrauens."

Mit einem tiefen Seufzer erhob sich die alte Dame aus dem Sessel, in dem sie zusammengesunken gesessen hatte.

„Es sei – in deinem Interesse. Sie ist die Witwe deines Bruders, meines Sohnes Sohn, steht mir also nahe wie mein eigenes Kind. Aber noch näher stehst du mir, Giannino. Für dich will ich tun, was ich jedem anderen verweigert hätte: Hilfe zu leisten bei dem sicheren Familienzwist, der ausbrechen wird, wenn du Xenia eine solch furchtbare Anklage entgegenschleuderst. Wenn sie aber unschuldig ist, was ich sehr im Interesse unseres Namens hoffe ... Doch ich sage nichts weiter, denn die Minuten sind wahrlich kostbar."

„Sie sind's, Nonna", erwiderte Don Gian ernst. „Und darum bitte ich dich, Xenia nicht Zeit zu einer langen Morgentoilette zu geben. Ich folge dir in fünf Minuten in den Salon hier unter meinem Wohnzimmer. Nonna, denke daran, was für mich auf dem Spiel steht!"

Die Marchesa hob die Hand auf wie beschwörend.

„In fünf Minuten also", sagte sie und ging. Don Gian machte sich rasch ein wenig frisch, und nur kurz über der festgesetzte Zeit stieg er die Treppe hinab und betrat, ohne sich melden zu lassen, ohne auch nur anzuklopfen, im Piano nobile den Ecksalon, der unmittelbar unter seinem Wohnzimmer lag. Dort fand er seine Großmutter vor, zusammengesunken in einem Sessel, um Jahre gealtert, in den zitternden Händen einen Briefbogen.

„Sie ist fort", sagte sie heiser. „Neben ihrem Bett lag dieser an mich adressierte Brief."

Don Gian nahm den dicken, nach Veilchen duftenden Brief mit einem scharfen Atemzug entgegen und überflog ihn rasch.

„Liebste Großmama", las er, „verzeihe mir, wenn ich mich mit diesem kurzen Abschiedswort so plötzlich entferne, wie ich gekommen bin. Mir ist eben eingefallen, dass ich versprochen habe, auf einem Wohltätigkeitsbasar in Rom in einer Zigeunerbude als Wahrsagerin morgen Abend Haufen Goldes zum Besten der Soldaten zu verdienen. Ich hatte das total vergessen und will daher mit dem Frühzug nach Rom zurückkehren. Weil ich

Dich in aller Herrgottsfrühe nicht stören will, so nimm gütigst diesen kurzen Abschiedsgruß mit dem Kuss Deiner gehorsamen Enkelin Xenia."

Dann kam noch eine Nachschrift.

„Loredana und Gian meinen herzlichsten Gruß. Ich bitte um Dein Beileid, dass ich Arme von früh bis abends fahren und dann schleunigst zu diesem schrecklichen Basar muss. Aber Du wirst sagen: Warum ist sie auch so vergesslich, diese unverbesserliche Xenia, es geschieht ihr schon recht! – Addio!"

„Ob sie uns wirklich für so dumm hält, dieses Gewäsch zu glauben?", knurrte Don Gian, wobei er den Brief in die Tasche steckte.

„Und sie hat ihren Koffer zurückgelassen. Nur die kleine Handtasche hat sie mitgenommen", flüsterte die Marchesa.

„Hat sie?", fragte er, und nach einer kleinen Pause setzte er hinzu: „Ich danke dir, Großmama. Ich muss nun ohne Zaudern meine Meldung machen. Vorher aber will ich noch hören, wie und wann Xenia das Haus verlassen hat."

Er fand den alten Agostino, den Portier, damit beschäftigt, in der großen Halle das schwere, eisenbeschlagene Portal zu öffnen, das auf den Kanal hinausging. Er war höchst erstaunt, dass sein Herr schon unten erschien.

„Die Gondel ist noch nicht da, Herr Marchese", brummte er, weil er nach alter Diener Art sich nicht gern aus dem Text bringen ließ. „Der Herr Marchese bestellten sie um ..."

„Schon gut. Die Gondel braucht gar nicht zu kommen", unterbrach Don Gian ihn kurz. „Ich will nur wissen, um welche Zeit die Signora Principessa abgereist ist."

„Die Signora Principessa?", wiederholte Agostino erstaunt „Abgereist? Wann sollte sie denn abgereist sein? Davon müsste ich doch etwas wissen!"

„Deshalb frage ich dich ja eben, alter Esel!", rief Don Gian ungeduldig. „Sie ist heute früh abgereist ohne Gepäck. – Zum Frühzug nach Rom."

„Eh?", machte Agostino verblüfft und lachte dann kurz auf. „Dann muss sie das Haus durchs Schlüsselloch verlassen haben, Don Giannino."

„Unsinn!"

„Aber, Herr Marchese, ich sperre doch die Türen alle selbst ab und nehme die Schlüssel zu mir! Hier sind sie. Ich habe dem Bäckerjungen die Tür zur Gasse aufgesperrt und eben hier die große Wasserpforte. Die anderen Türen und Tore sind noch fest verschlossen."

„Hast du sie schon nachgesehen?"

„Nachgesehen? – Nein. Ist aber gleich geschehen."

Agostino humpelte seinem Herrn, in dem er immer noch den kleinen Don Giannino sah, voraus zu den übrigen Ausgängen des Palastes, die sämtlich noch fest verwahrt und innen mit mächtigen Riegeln verschlossen waren, so dass die Möglichkeit, Donna Xenia könne einen anderen Schlüssel benutzt haben, einfach ausgeschlossen war.

„Falls du sie nicht hinausgelassen und hinter ihr wieder zugeriegelt hast", kleidete Don Gian nach einem Augenblick der Verblüffung einen plötzlichen Verdacht in Worte.

„Ich?", fragte Agostino mit unnachahmlicher Verachtung. „Was hätte es mir geholfen, hinter der Signora Principessa zuzuriegeln? Wenn sie wieder hereingewollt hätte, musste ich ihr ja doch wieder öffnen!"

„So meinte ich's nicht", rief Don Gian ungeduldig. „Aber es hätte ja auch gar keinen Sinn gehabt", setzte er hinzu.

„Also – mit allem Respekt vor dem, was der Herr Marchese sagt – ist die Frau Principessa nicht abgereist", tat Agostino den Fall ab. „Nicht, dass ich gegen ihre Abreise etwas einzuwenden hätte, Gott behüte ..."

Gian wusste sehr genau, dass seine Schwägerin nicht besonders beliebt war bei der Dienerschaft.

„Also", unterbrach er den Portier, „muss sie ein anderer hinausgelassen haben, denn abgereist ist sie."

„Verzeihung, wenn ich mit allem Respekt dem Herrn Marchese widerspreche", behauptete Agostino hartnäckig. „Aber nein – ich widerspreche nicht. Wenn der Herr Marchese sagt, die Principessa ist abgereist, dann ist sie halt abgereist. – Und glückliche Fahrt, sage ich. Nur durch diese Türen ist sie nicht hinaus, denn dazu hätte jemand anders die Schlüssel gebraucht, und die liegen nachts unter meinem Kopfkissen, und meine Zimmertür ist abgesperrt!"

Don Gian zweifelte nicht an dem alten Portier. Welchen Zweck hätte es auch haben sollen, zu leugnen? Welchen Zweck hätte es gehabt, Agostino die Schlüssel durch einen anderen wegnehmen zu lassen, sie ihm wieder zuzustellen und die Riegel wieder vorzuschieben, da ja Xenia ihre Abreise gar nicht verheimlicht hatte, nicht hatte verheimlichen wollen?

Die rasch zusammengetrommelte gesamte Dienerschaft des Hauses verneinte energisch und einstimmig, irgendetwas zu wissen. – So blieb nur die Annahme übrig, dass ihr ein geheimer Ausgang aus dem Palast bekannt gewesen und sie diesen benutzt hatte. Agostino bestritt heftig und nachdrücklich, dass es einen solchen Ausgang gäbe, und ließ die Bemerkung fallen, der Palast hätte wohl viele Schlupfwinkel, in denen ein Mensch sich verstecken könne, um abzuwarten, bis er unbeachtet das Haus auf einem der Landausgänge verlassen könne, aber einen ihm unbekannten Ausgang gäbe es nicht.

Don Gian befahl ihm, alle Ausgänge zunächst verschlossen zu halten, wenngleich er nicht an die Möglichkeit glaubte, dass Xenia noch im Haus sei, aber es war von allem das einzige, an das man sich halten konnte.

Auch die Untersuchung wegen des gemischten Saftes lieferte nur ein negatives Resultat. Die alte Lucia, die seit mehr als zwanzig Jahren das Amt einer Beschließerin im Palazzo Terraferma versah, hatte es sich nicht nehmen lassen, den Granatapfelsirup selbst in die Glaskaraffe zu füllen und mit einer Zitrone ihrem jungen Herrn in seinem Schlafzimmer zurechtzustellen, weder sie noch der Diener hatten die Zitrone wieder mitgenommen, und da der Letztere auch schon jahrelang im Haus war, so konnte seine Aussage kaum angezweifelt werden.

Es blieb also nur die Annahme übrig, dass jemand das Zimmer betreten, das Chloral oder was es sonst war, dem Saft beigemischt und die Zitrone entfernt hatte, um zu verhindern, dass diese statt des Saftes benutzt wurde. Und derselbe Jemand war dann auf einem nur ihm bekannten Wege in die Wohnung eingedrungen, hatte das kostbare Dokument dem Schläfer geraubt, den Saft ausgegossen – vermutlich zum Fenster hinaus – und Mittel und Wege gefunden, das Haus zu verlassen.

Dass dieser Jemand ein und dieselbe Person, Donna Xenia,

gewesen war, darüber konnte jetzt absolut kein Zweifel mehr bestehen.

Der Italiener pflegt gewöhnlich beim ersten Frühstück mit einer Tasse schwarzen Kaffees vorliebzunehmen, und nachdem Don Gian eine solche auf das dringende Zureden seiner Großmutter hinabgestürzt hatte, machte er sich unverzüglich an die schwere Arbeit – die schwerste seines Lebens – den Bericht über das Geschehene an seinen Chef in Rom, zunächst in Form eines Telegramms, zu verfassen. Das Allerhärteste dabei war, dass er diese umfangreiche Depesche mit den Worten schließen musste: „Ich habe meine Schwägerin, die Marchesa Donna Xenia Terraferma, in dem dringenden Verdacht, den Raub ausgeführt zu haben. Sie ist gestern unerwartet in meinem Haus in Venedig eingetroffen und hat sich daraus auf eine noch ungeklärte Weise während der Nacht oder zu früher Morgenstunde entfernt unter der brieflich hinterlassenen Angabe, sie müsse wegen Teilnahme an einem Wohltätigkeitsbasar heute Abend in Rom sein. Ich bitte ergebenst, diese Anklage, die mir sehr schwergefallen ist, als eine ganz vertrauliche und vorläufig noch jeden Beweises ermangelnde zu betrachten."
Don Gian übersetzte das Telegramm sodann in Chiffreschrift und gab es selbst in aller Eile auf, wonach er in seinen Palast zurückkehrte, um dort weitere Befehle von Rom zu erwarten und eine vollständige Untersuchung zur Erforschung eines notgedrungen vorhandenen geheimen Zugangs zu seinen Zimmern vorzunehmen.

Er ließ kein Möbel unabgerückt, keine Stelle der Wände unbeklopft und ungeprüft, aber das Ergebnis aller dieser Mühen war gleich Null. Und mit schmerzendem Kopf, noch von der Einwirkung des starken Schlaftrunks, und mit weher Seele über das notwendige Ende seiner diplomatischen Laufbahn, warf er sich endlich auf das Bett in einem Zustand physischer und moralischer Erschöpfung. Kaum war er jedoch in einen unruhigen Schlaf verfallen, als ihn auch schon ein Telegramm seines Chefs nach Rom zurückrief mit der Weisung, sich sofort nach Ankunft zum Rapport zu melden. Natürlich hatte er das vorausgesehen, und obwohl ihm noch Zeit blieb bis zur Abfahrt des nächsten Zuges, machte er sich doch gleich reisefertig und suchte dann die alte Marchesa auf, mit der er sich darüber verständigte, dass kein Mittel unangewandt bleiben dürfe zur Rettung seiner Ehre. Die alte Dame wollte es zwar durchaus nicht glauben, dass Donna Xenia die Tat vollbracht haben sollte, und anfangs nichts davon hören, sie in die Angelegenheit hineingezogen zu wissen. Aber schließlich konnte sie sich der Einsicht nicht entziehen, dass das ganze künftige Leben ihres Enkels auf dem Spiel stand, und fügte sich mit Bitterkeit im Herzen in das Unabänderliche.

Don Gian unterließ es nicht, sich auch auf dem Bahnhof zu erkundigen, ob und wann Donna Xenia abgereist war. Der Schalterbeamte konnte sich aber keiner Dame ihrer Beschreibung erinnern, und der Mann an der Sperre, der zum Frühzug den Dienst gehabt hatte, verneinte es mit Entschiedenheit, die Signora Principessa gesehen oder zum Bahnsteig zugelassen zu haben, denn er wohnte ganz in der Nähe des Palazzo Terraferma und kannte dessen Bewohner zu genau, um sich getäuscht haben zu können.

Gian wusste nicht, was er denken und glauben sollte. Er hielt diese Aussage für sicher und zweifelte keinen Augenblick, dass sie der Wahrheit entsprach, denn der Italiener hat ein geradezu erstaunliches Physiognomiengedächtnis. Die Abreise mit dem Frühzug war also in der Tat nur eine Finte gewesen, um auf eine falsche Fährte zu führen, löste sie doch auch keineswegs das Rätsel, wie Donna Xenia aus dem Haus gekommen sein sollte.

III.

Am frühen Morgen des folgenden Tages, dem frühen Morgen der rasselnden Milchwagen, der Bäckerjungen und der Straßenkehrer, langte Don Gian in Rom an. Der Minister wartete bereits auf ihn, denn er wurde sofort und ohne Meldung in dessen Privatkabinett geführt.

Seine Exzellenz, der Conte San Maurizio, war trotz der frühen Stunde nicht allein. In einem der tiefen Ledersessel, die um den großen Mitteltisch standen, saß ein älterer Herr mit glattrasiertem Gesicht und scharfen Zügen, der Don Gian bekannt vorkam, ohne dass er ihn im Augenblick hätte zuordnen können. Er erhob sich zwar zu einer leichten Verbeugung beim Eintritt des jungen Diplomaten, aber da der Minister es anscheinend vergaß, die Vorstellung zu übernehmen, so blieb Don Gian auch vorläufig im Dunkeln über die Persönlichkeit dieses Anwesenden zu einer Stunde, die die meisten Leute noch zur Nacht zu rechnen pflegen.

„Ah, da ist er ja!", rief der Minister aus, als Gian eingetreten war. Er erhob sich nicht und streckte dem jungen Mann auch nicht die Hand entgegen, was dieser mit Recht als ein ernstes Zeichen seiner Ungnade ansah – das erste wahrscheinlich von vielen folgenden. Aber er war ja darauf vorbereitet, dass er sich zu rechtfertigen hatte, sich rechtfertigen musste, ehe er den Kopf wieder erheben durfte.

„Ich habe Ihre höchst erstaunliche und peinliche Mitteilung erhalten, Marchese Terraferma", fuhr der Minister fort, und Don Gian zuckte zusammen, denn bisher hatte sein Chef ihn noch nie seinen Titel genannt. „Sind Sie sich der Tragweite derselben bewusst?"

„Selbstverständlich voll bewusst, Exzellenz", erwiderte Gian heiser vor innerer Erregung. „Durch Ihre eigene Instruktion, sowie durch meine persönliche Auffassung. Dadurch war ich gezwungen, diesem unerhörten Verdacht Worte zu geben, den ich sonst kaum ausgesprochen haben würde."

„Wir kommen noch darauf zurück", fiel der Minister ein. „Wiederholen Sie Ihren telegraphischen Bericht mündlich."
Don Gian schöpfte Atem und trat einen Schritt näher, indem er den Fremden ansah, der kaltblütig ein Notizbuch hervorzog und offen vor sich hinlegte.

„Der Herr Doktor ist eingeweiht", sagte der Minister, den Blick auffangend. „Wenn einer dies Mysterium, wie Sie es etwas konfus schildern, lösen und das verlorene Dokument zurückbringen kann, so ist er es. Er hat die Güte gehabt, diesen Fall zu übernehmen, Sie möglicherweise von einer schweren Anklage zu reinigen, Terraferma. Sie sollten daher etwaige Fragen dieses Herrn rückhaltlos beantworten!"

Jetzt begriff Don Gian: Es hatte ihm jemand schon einmal diesen Mann genannt und gezeigt als einen in Rom wohnenden deutschen Gentleman-Detektiv, der schon viele scheinbar hoffnungslose Fälle gelöst, manchem Verzweifelten die Hoffnung und das Leben wiedergegeben hatte. Und gleichzeitig hörte Don Gian in dem diesmal fortgelassenen Titel vor seinem Namen und in einem vielleicht nur seinem empfindlichen Ohr bemerkbaren Unterton in der Anrede seines Chefs etwas heraus, das seine Lebensgeister wieder erfrischte: Er hielt ihn nicht für einen Landesverräter, nicht für einen lässigen Beamten, sondern er glaubte an ihn. Eine leichte Röte stieg bei diesem Gedanken in sein blasses, übernächtigtes Gesicht, und ein dankbarer Blitz leuchtete aus seinen Augen.

„Windmüller", murmelte der Fremde, sich selbst vorstellend, und dann plötzlich scharf aufblickend fuhr er mit dem leisen, klaren Tonfall des Gebildeten fort: „Herr Marchese, es sind vierundzwanzig Stunden, vielleicht sogar dreißig über dem Verschwinden des Dokuments vergangen – Zeit genug, um seine Wiedererlangung unmöglich zu machen. Sie dürfen von mir keine Zauberkünste erwarten, sondern nur die Möglichkeiten eines für solche Dinge geschulten Kopfes. Wollen Sie bitte Ihre Erfahrungen von Anfang an erzählen und auch nicht übergehen, was Ihnen vor Ihrer Ankunft in Venedig aufgefallen oder nachträglich eingefallen ist. Sind Sie überhaupt sicher, dass das Dokument noch in Ihrem Besitz war, als Sie in Venedig eintrafen?"

„Ganz sicher", erwiderte Don Gian ohne Zögern. „Ich habe mich davon noch überzeugt, als ich in der Gondel zu meinem Haus fuhr. Ich hatte das Abteil ganz allein für mich, habe mir das Essen aus dem Speisewagen bringen lassen und keinen Augenblick geschlafen. Ich habe auch keinen Wein getrunken, sondern nur Mineralwasser, dessen Flasche der Kellner vor meinen Augen geöffnet hat. Ich habe mich von dem Vorhandensein des Dokuments in seinem versiegelten Umschlag in der inneren, zugeknöpften Tasche meiner Weste überzeugt, als ich mein Zimmer betrat, und war dazu entschlossen, die Nacht wachend zuzubringen ..."

„Gut. Fangen Sie jetzt mit Ihrer Ankunft in Venedig an",

unterbrach ihn Doktor Windmüller mit dem kurzen Ton eines Menschen, der es gewohnt ist, zu befehlen und seine Wünsche geltend zu machen. Don Gian hatte etwas bei diesem Ton hinunterzuschlucken, denn dieser Mann war schließlich nicht sein Vorgesetzter. Aber Don Gian war ein Mensch, der Selbstbeherrschung gelernt hatte, und überdies vernünftig genug, um sofort zu begreifen, dass der Mann dort genau so einschneidend seine Interessen vertreten wollte und konnte wie die des Staates, der ja der erste Leidtragende in dieser furchtbaren Sache war. Er überwand daher die innere Auflehnung gegen den Kommandoton dieses fremden Nothelfers, so schnell wie sie gekommen war, und begann seine Erzählung, die nur ein paarmal durch dazwischengeworfene Fragen Doktor Windmüllers unterbrochen wurde.

„Und wie kommen Sie darauf, Ihre Schwägerin mit dem Verschwinden des Dokuments in Verbindung zu bringen?", fragte der Minister.

„Ich weiß in der Tat nicht, was ich darauf antworten soll, Exzellenz", erwiderte Terraferma offen. „Es ist ein Verdacht, nichts weiter."

„Aber man muss doch für einen Verdacht mindestens einen Grund haben! Wer A sagt, muss auch B sagen – heraus mit der Sprache! Es hängt zu viel davon ab, als dass Sie etwas zurückhalten dürften!"

Don Gian holte tief Atem.

„Ich weiß das alles, und doch ... Ich habe wenig dazu zu sagen. Meine Schwägerin hat von Haus aus nichts. Sie ist ohne jede Mitgift in unsere Familie getreten, hat viel verbraucht, und mein Bruder hat auch noch Schulden ihres Vaters bezahlt. Ihr Wittum ist kein sehr glänzendes. Es würde für bescheidene Ansprüche und mit der Wohnung in Venedig standesgemäß gewesen sein, aber meine Schwägerin erklärte, in dem düsteren Palast umkommen zu müssen, und zog nach Rom zurück, wo sie ja auch mit ihrem Gatten, meinem Bruder, gelebt hatte – über ihre Verhältnisse, wie sich's nach seinem Tode herausstellte. Und in Rom trat sie nach kurzer Zeit mit dem Luxus einer Frau mit unbeschränkten Mitteln auf. Sie trug Juwelen, die ich nie an ihr zuvor gesehen hatte und sie führte einen Haushalt, der Riesensummen kosten musste. – Kurz, ich, der ich doch genau weiß, was sie hat, ich musste mich fragen: Woher auf einmal das viele Geld?"

„Hm", machte Doktor Windmüller trocken.

„Es ist mir aber nie ein Skandal über meine Schwägerin zu Ohren gekommen", beantwortete Don Gian prompt den Laut ohne Worte.

„Mir auch nicht", fiel der Minister ein. „Und ich habe genug Klatschbasen, männliche wie weibliche, in meiner Verwandtschaft, die sicher gewusst hätten, wenn es etwas zu klatschen gegeben hätte. Und die Principessa hat Ihnen nie eine Erklärung ihrer glänzenden Lage gegeben?"

„Nie. Ich habe mich auch, als ich mir darüber klar war, sehr von ihr zurückgezogen", erklärte Don Gian. „Aber man macht sich doch seine Gedanken, und dann – dann habe ich einmal bei einem Diner, bei dem ich unerwartet mit meiner Schwägerin zusammentraf, einen Blick bemerkt, den sie mit dem gleichfalls anwesenden türkischen Gesandten wechselte – einen Blick, der mich auf eine eigentlich undenkbare Spur zu leiten schien und mich veranlasste, mich noch mehr, in fast unhöflicher Weise von ihr fernzuhalten."

„Hm", machte Doktor Windmüller wieder und setzte dann hinzu: „Es wäre vielleicht im Gegenteil weiser gewesen ..."

„Es widerstrebte mir, bei meines Bruders Witwe den Spion zu spielen", erwiderte Don Gian ruhig und mit Anstand.

„Das ist begreiflich. – Nun noch eine Frage: Ihre Schwägerin hat in Ihrem venezianischen Palast jedenfalls ein Absteigequartier. Liegt das weit von dem Ihrigen ab?"

„Ja. Es liegt im dritten Stock über den Wohnräumen meiner Großmutter, wo es ihr auf eigenen Wunsch eingeräumt wurde. Sie hatte vorher einmal die östliche Zimmerseite bewohnt, von der ich mir dann zwei Räume zum eigenen Gebrauch nahm. Aber meine Schwägerin hat, als sie vorgestern so unerwartet in Venedig eintraf, ihre Zimmer nicht bezogen, sondern im ersten Stock, dem Piano nobile, zu wohnen verlangt."

„Ah!", machte Doktor Windmüller interessiert. „Warum erwähnten Sie diesen Umstand nicht vorher?"

„Ist er denn von Wichtigkeit?"

„Es ist alles von Wichtigkeit in solchen Fällen, Herr Marchese. – Darf ich weiter fragen: Wo liegen diese Zimmer, die die Principessa während der betreffenden Nacht bewohnte?"

„Genau unter meinen."

„Ich nehme an, dass das Piano nobile bei Ihnen, wie in den meisten Palästen Italiens, der Repräsentation dient. Es musste wohl demnach erst ein Bett für die Principessa dort aufgestellt werden?"

„Nein", entgegnete Don Gian, „das Piano nobile enthält ein so genanntes Staatsschlafzimmer, das seinerzeit für den Besuch der Königin Maria Josepha von Österreich eigens eingerichtet wurde und mit seinem thronartigen Bett so erhalten blieb. Mein Bruder wollte nach seiner Verheiratung die Zimmerreihe, in der sich dieses Schlafgemach befindet, mit seiner jungen Gemahlin beziehen, aber meine Schwägerin behauptete damals, die Farbe der Tapeten und Vorhänge in diesem Zimmer kleide sie nicht, und so wurde der östliche Teil des darüber liegenden Stockwerks eingerichtet. Offen gesagt, die Laune meiner Schwägerin, auf einmal das Rosa Zimmer zu bevorzugen, hat mich vorgestern geärgert ..."

„Ah!", machte Doktor Windmüller wieder. „Demnach also liegt dieses Staatsschlafgemach, das Ihre Schwägerin plötzlich haben wollte, unter Ihren Zimmern, Herr Marchese?"

„Es liegt genau unter meinem eigenen Schlafzimmer."

„Aha! Ist Ihnen dieser Umstand nicht aufgefallen?"

Don Gian sah den Detektiv erstaunt an.

„Offen gestanden – nein", erklärte er kopfschüttelnd. „Und warum hätte er mir auffallen sollen? Es besteht doch keine Verbindung der beiden Zimmer miteinander."

„Wissen Sie das genau?"

Jetzt ging Don Gian ein Licht auf, worauf Doktor Windmüller hinzielte. „Das wäre in der Tat eine Möglichkeit zur Lösung des Rätsels", rief er lebhaft. „Aber", setzte er gleich hinzu, „dann hätte ich diese Verbindung doch finden müssen! Ich sagte ja schon, dass ich keinen Fleck nach einem geheimen Eingang in meine Zimmer ungeprüft gelassen habe."

„Das will noch nichts sagen", entgegnete Windmüller trocken. „Gesetzt den Fall, Sie haben Recht mit Ihrem Verdacht, dass Ihre Frau Schwägerin Ihnen das Dokument geraubt hat, so muss sie auf einem ihr bekannten Wege in Ihre Zimmer gelangt sein und außerdem noch auf einem ebensolchen geheimen Weg das Haus verlassen haben, falls Ihr Vertrauen, das Sie in Ihre Dienerschaft setzen, Sie nicht getäuscht hat."

„Das denke ich nicht", entgegnete Don Gian. „Bei näherer Überlegung habe ich gefunden, dass eine solche Täuschung eine ganz überflüssige Sache gewesen wäre. Donna Xenia hat ja einen Brief hinterlassen, dass sie fort müsse – sie hatte es also gar nicht nötig, meinen Portier, der die Schlüssel verwahrt, zu bestechen. Sie brauchte ihn nur zu wecken und ihm zu befehlen, das Tor zu öffnen. Aber sie hat das nicht getan. Wie also ist sie aus dem Haus gekommen? Tatsache ist, dass bis zur Stunde meiner Abreise gestern, also bis mittags, Donna Xenia keinen Versuch gemacht hat, das Haus zu verlassen. Dass sie mit dem von ihr bezeichneten Zug nicht abgereist ist, steht ebenso fest ..."

„Wie die Tatsache, dass sie gestern Abend in Rom nicht eingetroffen ist und auch nicht das Schiff benutzt hat, mit dem sie nach Triest abreisen sollte", fiel der Minister ein.

„An das Schiff habe ich gar nicht gedacht", gestand Gian.

„Aber ich", sagte der Minister trocken. „Ich habe das gleich nach Eingang Ihrer Depesche festgestellt – durch unsere Triester Agenten. Donna Xenia hat zweifellos Kenntnis von einem verborgenen Ausgang aus Ihrem Haus und diesen benutzt. Unser kostbares Dokument ist wahrscheinlich schon im Besitz unserer Gegner. – Nun", setzte er hinzu, als Don Gian, unfähig, sich länger zu halten, auf den nächsten Stuhl sank und stöhnend das Gesicht mit den Händen bedeckte, „nun, Terraferma, nehmen Sie sich zusammen. Ich glaube nämlich an Ihre Schuldlosigkeit – bis man mir das Gegenteil beweist. Diese Aufgabe zu lösen, hat Doktor Windmüller übernommen, denn das Objekt selbst, das uns durch ein solch raffiniertes Manöver entrissen wurde, wiederzuerlangen, scheint mir eine Unmöglichkeit, wenngleich wir wissen, dass Sie, Herr Doktor, der Mann der unbegrenzten Möglichkeiten sind."

Windmüller lächelte fein. „Exzellenz, ein jeder Mensch hat seine Grenzen – er muss nur wissen, wo sie ihm gezogen sind.

Wenn es nicht verlorene Zeit wäre, forschte ich am liebsten nach, wie sich das Mysterium im Palazzo Terraferma vollzogen haben könnte."

„Ich werde ihn niederreißen lassen, um es zu ergründen!", rief Don Gian, bei dem die Überreizung der Nerven anfing, sich bemerkbar zu machen.

„Sie werden das hübsch bleiben lassen, denn man kann solche Dinge schon noch etwas weniger drastisch ergründen", entgegnete Windmüller, indem er sich erhob. „Einstweilen aber, bis ich einige telegraphische Nachrichten erhalten kann, auf die ich warten muss, möchte ich Sie, Herr Marchese, bitten, mit mir der Wohnung Ihrer Frau Schwägerin einen Besuch abzustatten. Sie wohnt im Palazzo Barberini – nicht wahr?"

„Aber ich kann doch während ihrer Abwesenheit nicht ..."

„Doch, Sie können", meinte Windmüller ruhig. „Mehr noch – Sie müssen. Ich glaube freilich nicht, dass wir in der Wohnung einer Dame von ihrer Qualität, ihrer Umsicht und ihren Instinkten große Schätze heben werden, aber meiner langjährigen Erfahrung nach sind es gerade solche Leute, die im Vertrauen auf ihre Umsicht und Gerissenheit Spuren übersehen und für unwichtig halten. Wer weiß – also gehen wir. Und um es vorwegzusagen: Erschweren oder vereiteln Sie mir meine Arbeit, die ja auch in Ihrem Interesse geschieht, nicht durch Einwände und Zweifel, sondern lassen Sie mich ruhig tun, was ich für gut halte, selbst wenn es Ihnen unbegreiflich oder – nicht schicklich erscheinen sollte."

Don Gian begriff, und nachdem er die ihm jetzt gereichte Hand seines Chefs vor innerer Erregung fast zerdrückt hatte, folgte er dem Detektiv, von dessen Fähigkeiten und Erfolgen er schon Wunderdinge gehört hatte.

Sie stiegen, auf der Straße angelangt, in den nächsten freien Taxameter ein, der sie bald vor den Palazzo Barberini in der Via Quattro Fontane brachte.

Kein Mensch, der es nicht gesehen hatte, kann eine Ahnung von der geradezu fabelhaften Größe dieses Gebäudes haben, das zwar seine berühmte Bildergalerie behalten hat, von den Erben des ausgestorbenen Geschlechtes der Barberini aber zur Vermietung freigegeben ist. Von Carlo Maderna um die Mitte des siebzehnten Jahrhunderts durch Papst Urban VIII. Barberini errichtet, ist der Palast eines der Wahrzeichen der vergangenen Größe Roms; er hat nicht nur Raum für die Repräsentations- und Wohnräume einer Gesandtschaft, die kleinste der zahlreichen anderen Mietwohnungen darin enthält mindestens zwanzig Zimmer, und wenn auch die stattliche Bibliothek durch Kauf der vatikanischen Bibliothek einverleibt wurde, so bleiben darin immer noch die Gemäldesammlung, die Fresken Cortonas in der riesigen Halle, die Statuen, Büsten und andere Antiken.

In diesem Palast stiegen Don Gian Terraferma und Doktor Windmüller die lange Flucht der weißen, bequemen Marmortreppen zur Wohnung der Principessa hinauf – ersterer mit dem natürlichen Widerwillen des Gentlemans, in Räume einzudringen, in denen er eigentlich nichts zu suchen hat.

„Ihr Einkommen würde vielleicht gerade dazu reichen, diese Wohnung zu bezahlen. Woher also kommt das übrige?", fragte er sich zum hundertsten Male. „Gott weiß, dass ich ihr kein Unrecht tun möchte, aber was bleibt mir zu denken und zu glauben übrig?"

„Vielleicht hat sie eine Erbschaft gemacht?", beantwortete Windmüller laut diese Gedanken, so dass Don Gian zusammenfuhr und seinen Begleiter fast entsetzt ansah. „Man muss allen Möglichkeiten Raum lassen. Indessen – ah, da sind wir ja!"

Eine junge, zierliche Kammerzofe war es, die endlich nach wiederholtem Läuten die Tür öffnete.

„Ist meine Schwägerin zu Haus?", fragte Gian die sichtlich ob des frühen Besuches Überraschte kurz.

„Aber nein, Herr Marchese", war die in anklagendem Ton gegebene Antwort. „Die Altezza ist vorgestern Abend verreist und wollten gestern Abend zum Basar bei der Signora Contessa zurück sein, ist aber nicht angekommen und hat keine Nachricht geschickt, und der Herr Marchese sieht mich in größter Bestürzung. – Ich weiß nicht, was ich denken soll."

Durch Windmüller vorher instruiert, trat Don Gian, von seinem Begleiter gefolgt, ohne Weiteres in den mit orientalischen Teppichen und Waffen geschmückten Vorraum ein.

„Nun, ich denke, die Prinzessin wird wohl in diesem Falle aufgehalten worden sein", murmelte er unbehaglich.

„Aber sie hat nur einen kleinen Koffer mit dem Nötigsten mitgenommen", erwiderte die Zofe ratlos.

„So?", fragte Don Gian. „Wie kommt es aber, dass *Sie* öffnen, Cesarina? Wo ist denn der Diener?"

„Er ist schon ganz früh fort, um auf den Bahnhof zu gehen, für den Fall, dass die Principessa diese Nacht gereist sein sollte", erklärte Cesarina gekränkt. „Er ist noch nicht zurück, der hohe Herr Iwan! Natürlich hat er den zweiten Diener mit einer Menge Aufträge fortgeschickt, und ich muss nun jedes Mal laufen, wenn es läutet!"

„Der erste Diener ist ein Russe?", warf Windmüller zu Don Gian gewendet ein, und als dieser nickte, trat er in Aktion.

„Hören Sie mich an, Mademoiselle Cesarina", wendete er sich in ihrer Landessprache an die Französin. „Wir, der Herr Marchese und ich, haben natürlich gehofft, die Frau Prinzessin anzutreffen, da sie aber verreist ist und Sie ohne Nachricht über ihren Verbleib sind, so beunruhigt uns das einigermaßen. Sie müssen uns daher genau und wahrheitsgetreu sagen, was Sie über diese plötzliche Abreise Ihrer Herrin wissen, und je aufrichtiger Sie das tun, um so weniger soll dies Ihr Schade sein."

Das Aufleuchten in den schwarzen Augen der Französin belehrte Windmüller, dass sein Scharfblick ihn nicht getäuscht hatte, als er das Mädchen auf den ersten Blick als recht habgierig taxierte.

„Aber ich weiß ja nichts, gar nichts!", jammerte Cesarina. „Die Principessa sagte plötzlich: ‚Ich verreise in einer Stunde, packe mir Nachtzeug und eine einfache Abendtoilette ein.' – Das war alles! Nicht eine Silbe, wohin Madame reisen will. – Nur den Befehl: ‚Lege mir das Zigeunerinnenkostüm für den Basar zurecht, ich werde zur rechten Zeit morgen Abend zurück sein.' – Nichts weiter. Aber unter uns, Monsieur, Iwan, der Kammerdiener, der verstockte Mensch, weiß sicher mehr – sicher! Er hat Madame auf den Bahnhof begleitet, er muss wissen, wohin sie gereist ist, er hat Madames Vertrauen. Einmal wird es ihm ja belieben, zurückzukommen, und wenn Monsieur warten können ..."

Monsieur wollte allerdings nicht warten – ganz im Gegenteil, er pries seinen guten Stern, der ihm den Kammerdiener aus dem

Wege geräumt hatte und er hoffte inbrünstig, dass seine ‚Geschäfte' den Würdigen noch eine Weile fernhalten mögen. Es war nämlich wesentlich erfolgversprechender, mit Cesarina allein zu sprechen.

„Was Sie mir sagen können, würde Iwan wahrscheinlich nicht wissen", erwiderte er in einem überzeugend zuredenden Ton, der ihn schon so oft zum Erfolg geführt hatte. „Der Herr Marchese ist, wie er mir sagte, der Frau Prinzessin am Nachmittag vor ihrer Abreise in der Villa Borghese begegnet, und sie schien damals noch nichts von dieser plötzlichen Reise zu wissen. Sie scheinen mir aber eine kluge Person zu sein, die ein Paar scharfe Augen im Kopf hat. Aber sicher – ich schmeichle Ihnen nicht, Mademoiselle – ich sehe, was ich sehe. Nun also, Sie müssen doch etwas gemerkt haben, was Ihnen diesen plötzlichen Entschluss Ihrer Herrin begreiflich gemacht hat – nicht?"

„Oh – wenn es das ist, was Monsieur wissen will – voilà!", sagte Cesarina mit raschem Verständnis. Dann schloss sie die noch offene Tür des Vorraums, nicht ohne vorher zur Treppe gehorcht zu haben, und schob einen Riegel vor – eine scheinbar überflüssige Handlung, die der alles sehende Detektiv sehr richtig dahin deutete, dass Mademoiselle Cesarina sich bei dem, was sie auszuplaudern entschlossen schien, nicht von dem gefürchteten Kammerdiener überraschen lassen wollte.

„Hören Sie also, Monsieur! Die Madame kam vorgestern – nein, vorvorgestern von ihrer Ausfahrt zurück, und ich öffnete ihr die Tür, weil der Herr Iwan wieder einmal nicht da war und Beppino, der zweite Diener, gerade den Tisch deckte. Madame war kaum über die Schwelle getreten, als ein Herr schnell die Treppe heraufkam, Madame ein paar Worte in dieser barbarischen Sprache zurief, in der Madame immer mit dem Iwan spricht, und ihr einen Brief überreichte, worauf er wieder die Treppe hinablief ..."

„Wer war der Herr?", warf Windmüller ein.

„Weiß ich nicht", entgegnete Cesarina achselzuckend. „Ich habe ihn nie vorher gesehen, und Madame empfängt oft Besuche, die ihren Namen nicht sagen, die gehen, ohne wiederzukommen, mit denen sie Russisch redet, so dass man nicht wissen kann, warum sie kamen und was sie wollen, kurz ..."

„Rücksichtslos gegen Sie, Mademoiselle", sagte Windmüller teilnahmsvoll. „Nun, und die Frau Prinzessin las den Brief natürlich und ..."

„Gewiss", fiel Cesarina bereitwilligst ein. „Madame öffnete den Brief gleich hier, überflog ihn, und ohne sich Zeit zu nehmen, Hut und Mantel abzulegen, setzte sie sich damit vor das Tischchen dort am Kamin, zog die Handschuhe aus und las den Brief bestimmt zehnmal durch, Monsieur, denn ich schielte natürlich hin, während ich die Handschuhe aufnahm, und sah genau, dass er nur wenige Zeilen enthielt. Eh bien, Madame achtete nicht auf mich, schien mich ganz vergessen zu haben, und natürlich blieb ich, wo ich war, denn ich musste doch meine Befehle abwarten – nicht?"

„Korrekt!", lobte Windmüller mit ernstem Enthusiasmus.

„Ich sehe, Monsieur haben den richtigen Sinn für meine Pflicht", fuhr Cesarina mit einem nur einer Französin möglichen Augenaufschlag fort. „Eh bien, Madame nahm dann, was mich natürlich sehr wunderte, nachdem sie über dem Brief eine Weile gegrübelt hatte, einen der Papierbogen, die immer hier bereit liegen, für den Fall, dass ein Besuch, der Madame nicht antrifft, eine Botschaft hinterlassen will, und den daneben liegenden Bleistift, zog damit über das Blatt lauter Quadrate und schrieb Nummern hinein, und dann, den Brief in der Hand, schien sie ihn abzuschreiben, aber nicht in einer Linie, sondern einmal ein Wort hier, ein Wort da, ganz durcheinander ..."

„Ganz merkwürdig!", meinte Windmüller. „Und dann ...?"

„Dann tippte sie mit dem Stift auf die Quadrate, in die sie geschrieben – in das eine zwei, drei Worte, in das andere wieder nichts, sah plötzlich auf und fuhr mich an, was ich hier mache, lachte dann kurz auf, tippte noch einmal das sonderbare Geschreibsel mit dem Bleistift ab, ballte den Bogen zusammen und warf ihn ins Feuer, denn es ist schon kühl am Abend, und wir müssen immer den Kamin hier heizen ..."

„Natürlich!", fiel Windmüller ein. „Und nachdem der Bogen verbrannt war ..."

„Gab Madame den Befehl, zu packen. Voilà tout!"

Windmüller fingerte ein Geldstück aus seiner Westentasche und drückte es in Cesarinas rasch hingehaltene Hand.

„Und was machte Madame mit dem Brief, den sie erhalten hatte?", fragte er in gewinnendem Ton.

„Das weiß ich nicht. Ich habe darauf nicht geachtet", war die sicherlich ehrliche Antwort. „Sie wird ihn wohl mit dem Bogen verbrannt haben."

„Ja, sicherlich", stimmte Windmüller zu, indem er in seiner Westentasche herumfingerte und den verstohlenen Blick auffing, mit dem Cesarina das verfolgte. „Nun, das wäre wohl alles. Hm. Ja, was ich noch sagen wollte – die Signora Principessa ist dann wohl in dem Kostüm abgereist, das sie am Nachmittag trug?"

„Aber Monsieur!", rief die Zofe mit Entsetzen. „Madame hatte ein weißes Tuchkleid an, eine Robe, die erst tags zuvor aus Paris gekommen war, ein Traum von einer Robe – Rock, Paletot und Weste mit Seidengalonen besetzt. Das hätte gut ausgesehen nach einer Fahrt in der Eisenbahn! Und von dem weißen Hut gar nicht zu reden, Fasson Marquis, mit einer köstlichen weißen Pleureuse darauf. Nein, nein, Monsieur, sie hat gewechselt und ein graues Reisekleid mit grauem Staubmantel angezogen, während ich den kleinen Koffer packte."

Windmüller lächelte gewinnend.

„Ja, wenn ich gewusst hätte, dass Madame ein weißes Kleid anhatte, ehe sie abreiste, dann hätte ich die dumme Frage nicht gestellt", sagte er mit rührender Einfachheit. „Also ein ‚Traum' war dieses Kleid! Ich schwärme für solche Träume, Mademoiselle ..."

Wieder fingerte er in seiner Westentasche und zog noch ein Zwanziglirestück hervor.

„Sehen Sie", machte er naiv, „da habe ich ja noch so ein Ding hier – hübsche Münzen, Mademoiselle – nicht wahr? Ich gäbe dieses Stück darum, wenn ich das neue, weiße Kostüm der Frau Prinzessin einmal sehen könnte."

„Wenn es weiter nichts ist, Monsieur. Ich hole das Kostüm sofort", rief Cesarina mit funkelnden Augen. „Madame hat es selbst in der Garderobe aufgehängt, während ich den Koffer packte, denn sie ist sehr eigen mit ihren Sachen. Sie ist da manchmal sogar übermäßig sorgfältig, um nicht zu sagen ..."

Windmüllers Augen weiteten sich erschrocken und er hob beide

Hände beschwörend auf.

„Wie würde ich Sie selbst bemühen wollen, Mademoiselle!", rief er im Ton eines Menschen, dem man eine Unwürdigkeit zumuten will. „Das sei fern von mir! Zudem müssen Sie doch hier an der Tür sein, für den Fall, dass der Herr Kammerdiener zurückkehrt, der ja sicher die Hintertreppe verschmähen dürfte – wenigstens, solange Ihre Herrin nicht da ist! Nein, nein, nein! Ich gehe selbst, diesen Traum von einer Pariser Robe zu bewundern – natürlich in Gesellschaft des Herrn Marchese. – Oh, haben Sie sich erkältet?", unterbrach er sich teilnahmsvoll, durch einen Hustenanfall Don Gians veranlasst, dessen blasses Gesicht plötzlich purpurrot geworden war. Sein Husten beruhigte sich eine ganze Weile nicht.

„Nicht erkältet, sondern nur die Luft verfangen?", erläuterte er ein undeutliches Murmeln des sichtlich wortlosen Diplomaten. „Hm – desto besser. Also haben Sie die Güte, Herr Marchese, mir den Weg zu zeigen. – Und, Mademoiselle, ich wäre Ihnen sehr verbunden, für den Fall, dass der Herr Kammerdiener zurückkehrt, ehe wir den ‚Traum' gesehen haben, wenn Sie diesen Würdigen mit Ihrer Konversationsgabe aufhalten wollten, bis ich fertig bin. Sie verstehen mich – nicht wahr?"

Cesarina nickte mit blitzenden Augen. – Sie verstand sehr gut.

Mit widerstreitenden Gefühlen folgte Don Gian einer einladenden Handbewegung des mild lächelnden Detektivs und ging ihm voraus. Durch eine Reihe eleganter Salone, alle mit ausgesuchtem Geschmack eingerichtet, führte er ihn unter einem Schweigen, das eine Explosion verhindern sollte. In der offenen Tür des raffiniert luxuriösen Schlafgemachs aber stand er still.

„Herr Doktor, wollen Sie mir jetzt erklären ...", begann er. Aber Windmüller schob ihn einfach zur Seite.

„Später, lieber Marchese, später. Es ist jetzt keine Zeit dazu, Ihnen meine Methode auseinanderzusetzen Wir müssen fertig sein, ehe der Spion kommt. – Jawohl, Iwan, der Kammerdiener! Ich kenne ihn und er mich, was wesentlich dazu beiträgt, dass ich *vor* ihm zum Tempel wieder hinaus sein möchte. Nicht, dass ich ihn fürchte, aber warum einen Zusammenstoß heraufbeschwören, wenn er zu vermeiden ist! – Hm – dieses Schlafzimmer ist sehr gut aufgeräumt – wir können darüber zur Tagesordnung übergehen, denn hier dürfte Cesarina, diese Perle, schon Musterung gehalten haben. Welches ist die Tür zur Garderobe? Ah, das können Sie natürlich nicht wissen, also öffnen wir die Erste. – Mir scheint, wir haben die Richtige gefunden. Mein altes Glück, Herr Marchese! Hoffen wir, dass es mir auch mit dem ‚Traum aus Paris' zur Seite steht."

Es war ein hübsch proportioniertes Zimmer, das in langer Reihe die Garderobenschränke, einen drehbaren, dreiteiligen großen Spiegel mit Teppich davor und ein niedriges Sofa enthielt. Windmüller machte ohne Federlesens den ersten dieser Schränke auf, in dem auf breiten hölzernen Bügeln an einer messingenen Stange eine Reihe von Kleidern hing und darunter ein weißes von feinem Tuch mit seidenen Galonen besetzt.

„Mir scheint, das war es, das meine Schwägerin am Vorabend ihrer Abreise trug", sagte Don Gian darauf deutend.

„Ah, ein perfektes Schneiderkleid!", machte Windmüller bewundernd, indem er mit geübten und geschickten Fingern an den Säumen des fußfreien, engen Rockes entlangfuhr. „Natürlich hat es keine Tasche – in einer solchen Schlangenhaut würde ja ein Bogen Papier schon die Fasson verderben. Auch im Paletot nichts von solch einem nützlichen Behältnis. Diese Taschenklappen an den Vorderteilen sind Blendwerk. Wird dasselbe mit dieser ärmellosen, eleganten Weste sein – also vergebliche Hoffnung – die mit zwanzig Lire etwas teuer bezahlt ist. – Halt! Was bedeutet dieser durch Druckknopf geschlossene Schlitz? Eine sehr raffiniert angebrachte Brusttasche! Und in dieser Brusttasche ein etwas lässig gefaltetes Papier – Herr Marchese, hier haben Sie wieder einmal den Beweis, wie unvorsichtig vorsichtige Leute sein können! Wenn wir uns den Vorgang rekonstruieren, so können wir sehen, wie Ihre Frau Schwägerin, in Gedanken versunken, auf dem langen Wege bis zu ihrem Schlafzimmer das dünne Blatt überseeischen Papiers, das ihr der Unbekannte im Augenblick ihrer Heimkehr überreicht hatte, dieser Tasche anvertraute. Während Cesarina einpackt, entledigt sich die Herrin des Pariser ‚Traums', hängt das Kleid selbst, da sie sehr ordentlich ist, in dem Schrank auf, das Papier darin vergessend, das ihr eine Aufgabe stellt, die ihre ganze Aufmerksamkeit in Anspruch nimmt – es fällt ihr wahrscheinlich erst auf der Reise ein, dass sie dieses Papier vergessen hat, und sie tröstet sich damit, dass Cesarina kaum das Kleid berühren wird, und selbst wenn sie es täte, würde ihr dieses Blatt nichts sagen, denn wie käme sie auf den Gedanken, dass ein gewisser Franz Xaver Windmüller so verrückt sein könnte, die neueste Schöpfung ihres Schneiders bewundern zu wollen?"

Don Gian trat hastig einen Schritt näher.

„Herr Doktor – glauben Sie, dass es in der Tat dieser Brief ist?", fragte er mit erwachtem Interesse, das seinen stummen Protest gegen die ziemlich unkonventionellen Methoden des Detektivs überwog.

„Irren ist menschlich, Herr Marchese. Unter dieser Reserve glaube ich, Ihre Frage bejahen zu können", erwiderte Windmüller, das Blatt sorgfältig in seiner Brusttasche verwahrend. „Es ist hier nicht der Ort, die Probe aufs Exempel zu machen. Lassen Sie uns daher dies leere Nest verlassen und zu mir fahren, wo Sie außer der Lösung des Rätsels auch ein Frühstück erhalten sollen, das Ihren Lebensgeistern, wie ich sehe, sehr vonnöten ist. Wie lange haben Sie denn nichts mehr an leiblicher Nahrung zu sich genommen?"

„Seit gestern Mittag. – Aber das ist Nebensache und ..."

„Pardon, wenn ich widerspreche. Es ist von wesentlicher Bedeutung, wenn Sie Ihre Nerven in diesem Falle nicht verlieren, Herr Marchese. Sie würden bald abgewirtschaftet haben, wenn Sie unterlassen, Ihrem Körper und Ihrem Gehirn die notwendige Nahrung zuzuführen. Sie müssen mir verzeihen, wenn ich mich auch darum kümmere. Ich betrachte Sie eben als meinen Klienten, weil die Sache Sie doch verteufelt nahe angeht, und es ist Gewohnheit bei mir geworden, auch ein wenig über das leibliche Wohl derer zu wachen, deren seelischen Zustand ins Gleichgewicht zu bringen die eigentliche Aufgabe meines Berufes ist."

Don Gian sah den Detektiv erstaunt an. „Ihr Klient?", wiederholte er. „Sie sind doch beauftragt worden, herauszubekommen, ob nicht vielleicht ich selbst das Dokument veruntreut und verkauft habe."

Windmüller machte eine unbestimmte Geste.

„Das war nur eine Möglichkeit, mit der gerechnet werden musste, weil die menschliche Seele Tiefen verbergen kann, die man in ihr nicht vermutet", sagte er ernst. „Ihr Chef hat diese Möglichkeit nicht zugeben wollen und ist von vornherein mit großer Loyalität für Sie eingetreten. Ich aber, der mit der dunklen Seite der menschlichen Seele zu tun hat, musste mich erst überzeugen. Und ich freue mich, sagen zu können, dass ich jetzt ganz auf Ihrer Seite stehe. Ob es möglich sein wird, das verlorene Dokument wieder zu erhalten, kann ich jetzt noch nicht sagen, aber ich denke, dass Ihre Unschuld zu beweisen nur noch eine Frage von kürzester Zeitdauer ist. Wenn mich nicht alles täuscht, habe ich diesen Beweis hier in meiner Brusttasche. Also beeilen wir uns, ihn der Prüfung zu unterwerfen!"
Don Gian verlor keine Worte. Stumm reichte er dem Detektiv zu kräftigem Drucke die Hand und folgte ihm mit einem Gefühl der Erleichterung, als ob jemand ihm eine unerträglich werdende Last von den Schultern genommen hätte. Weil er aber ein guter Mensch mit tiefem Gemüt war, so mischte sich in die persönliche Erleichterung die Trauer darüber, dass seine eigene Rehabilitierung auf Kosten der Witwe seines Bruders geschehen musste.

Im Vorzimmer fanden sie Cesarina auf ihrem Posten vor. Der Kammerdiener war noch nicht zurückgekehrt, und mit wiederholten Knicksen nahm sie ihr zweites Geldstück von Windmüller entgegen.

„Die Robe von Madame ist in der Tat ein Traum", sagte der Detektiv beeindruckt. „Aber sie hat doch einen Fehler. – Sie besitzt keine Taschen!"

„Aber Monsieur!", rief Cesarina, den Himmel für solch eine Barbarei anrufend. „Madame ist doch keine Bäckersfrau, die sich ihre Taschen mit allem Möglichen vollstopft! Sie steckt ihr Taschentuch in den Ärmel und trägt die Börse in ihrem Ledertäschchen. Und wo wollen Monsieur, dass man Taschen in einem modernen Kleid anbringen soll, das wie ein Handschuh sitzen muss?"

„Ah ja, natürlich! Daran denkt man als Mann nicht, wenn man nicht zufällig ein Schneider ist", erwiderte Windmüller.

„So ist's!", bestätigte Cesarina, indem sie mit einem Knicks die Tür hinter den beiden Herren zuschloss, von denen sie den älteren entschieden bevorzugte. Liebevoll klimperte sie mit ihren beiden Geldstücken im Täschchen ihrer koketten Schürze und pries ihr Glück, das den Kammerdiener weggeführt hatte.

‚Also Taschen hat er in dem Kleid gesucht', dachte sie achselzuckend. ‚Ich hätte ihm die Mühe sparen können, wenn es das war, was, er wollte. – Taschen! Wenn das Kleid Taschen hätte, wären sie von mir längst nachgesehen worden!'

IV.

Auf der Straße vor dem Palast angelangt, hielt Windmüller ein vorüberfahrendes Auto an und gab dem Chauffeur die Adresse seiner Villa am Janiculus mit der Weisung, dass er dort wahrscheinlich würde zu warten haben.

„Ich vermute nämlich, dass wir Ihrem Chef etwas mitzuteilen haben werden", sagte er, als sich das Auto in Bewegung gesetzt hatte, indem er seine Brieftasche hervorzog und das Blatt daraus entnahm, das er in der Garderobe der Marchesa entdeckt hatte. Er sah es eine Weile an und reichte es Gian.

„Was meinen Sie dazu?", fragte er.

„Das ist in deutscher Sprache geschrieben!", rief der junge Diplomat überrascht. „Ich wusste nicht, dass meine Schwägerin Deutsch versteht."

„Die meisten gebildeten Russen sprechen Deutsch", erwiderte Windmüller. „Donna Xenia hatte in Ihrer Familie vielleicht nur keine Gelegenheit, diese Kenntnis anzuwenden."

„Doch, sie wusste, dass ich deutsche Sprachstudien betreibe, die mir für meinen Beruf neben dem Französischen und Englischen sehr von Wert sind."

„Natürlich, ein Diplomat sollte viele Sprachen kennen. – Bitte, lesen Sie das Blatt durch und sagen Sie mir, was Sie dazu meinen."

Don Gian tat, wie ihm geheißen, und las Folgendes: *Braunschweig, 27. Februar 1912. Morgen (erlangt) Zug sofort Festland (sie) Venedig Meldung eintreffen Frühschiff (Nachtzug) mit Reisen (heut) Weiterreise wahrscheinlich (Rom) voraussichtlich wird (Wenn) nächsten Venedig Abend (Objekt) Triest.*

Don Gian gab das Blatt, nachdem er es gelesen hatte, mit einem Achselzucken der Enttäuschung zurück.

„Geheimschrift natürlich, für die sich vielleicht der Schlüssel finden ließe. Aber wozu? Das Billett ist über ein halbes Jahr alt, kann also das nicht sein, welches meine Schwägerin zu ihrer Abreise veranlasst hat, wenn schon ‚Venedig' zweimal darin vorkommt. Eine alte Mitteilung, vom 27. Februar datiert, die Donna Xenia in ihrem Kleid vergessen hat."

„Das war auch mein erster Gedanke, als ich das Blatt überflog", gab Windmüller zu. „Indes, mein Beruf weist darauf hin, nichts zu überhören und nichts zu vergessen, und darum fiel mir auch gleich wieder ein, dass Cesarina gesagt hatte, ihre Herrin hätte das weiße Kleid mit Paletot und Weste erst vor ein paar Tagen aus Paris erhalten. Wäre es anzunehmen, dass Donna Xenia Zeit gehabt hätte, ein altes Schreiben in diese verborgen angebrachte Tasche zu stecken, gesetzt den Fall, dass es ihr ‚zufällig' beim Auskleiden in den Weg gekommen ist? – Kaum! Außerdem ist das Papier nicht monatelang irgendwo aufbewahrt worden. – Es ist ganz frisch; nicht weich geworden wie altes Papier, sondern glatt und tadellos weiß. Die Tinte" – damit zog er ein Vergrößerungsglas hervor und betrachtete damit genau die Schrift – „die Tinte ist frisch, wenige Tage nur auf dem Blatt – oh, ich kann das genau bestimmen. Dieses Spezialstudium gehört zu meinem Beruf. Folglich ist das Datum nur ein Blender, um irrezuführen, für den Fall, dass die Mitteilung in unrechte Hände geraten sollte, oder – ha, ich hab's! – es enthält den Schlüssel für die chiffrierte Mitteilung selbst!"

„Den Schlüssel?", wiederholte Don Gian elektrisiert.

„Es kann das nur sein", entgegnete Windmüller mit einer bei ihm ungewöhnlichen Erregung. „Der Umstand, die Mitteilung, die durch persönlichen Boten in Rom am 6. September überbracht wurde, mit einem über ein halbes Jahr alten Datum zu versehen, kann nur *einen* bestimmten Zweck verfolgen. Und dass dieses Blatt wirklich nicht vor sechs Monaten geschrieben worden ist, dafür stehe ich mithilfe dieser allerschärfsten Vergrößerungslinse ein! – Erinnern Sie sich, dass Cesarina uns genau beschrieb, wie Donna Xenia nach Empfang des Billetts sich in der Vorhalle hinsetzte, einen Bogen Papier mit Quadraten einteilte, diese nummerierte und dann, das Billett in der Hand, in diese Quadrate schrieb? Wohl, denn es war nicht schwer zu erraten, dass sie die erhaltene Mitteilung dechiffrierte. Das bedarf kaum der Erwähnung, aber dass es dieses Blatt war, das sie entzifferte, dass sie es auf dem Weg in ihr Schlafzimmer in die Brusttasche ihrer Weste steckte und dass gerade dieses irreführende Datum den Schlüssel der Chiffre enthält – dafür möchte ich das schönste Stück meiner Sammlung verwetten!"

Das Billett in der Hand versank der Detektiv in ein tiefes Grübeln, aus dem er erst aufsah, als das Auto vor einer hübschen Villa auf halber Höhe des Janiculus jenseits des Tibers vorfuhr. Windmüller befahl dem Chauffeur, zu warten, öffnete die verschlossene Pforte zu dem bepflanzten Gärtchen, das die Villa umschloss, mit einem Patentschlüssel, während er gleichzeitig die elektrische Glocke drückte. Ehe die Herren den kurzen, mit Blumenrabatten eingefassten Gang bis zum Haus zurückgelegt hatten, wurde dessen Tür von einem kleinen, drollig aussehenden Menschen mit beweglicher Spitzmausphysiognomie und kleinen Schweinsaugen geöffnet, den die dunkle Livree, die er trug, wie etwas Ungehöriges kleidete, besonders da er die Ankommenden mit militärischem Gruß empfing.

„Der Kerl kann sich die Faxen nicht abgewöhnen", murmelte Windmüller ärgerlich.

„Schnell ein Frühstück ins Arbeitszimmer, Pfifferling!", befahl er, noch auf der Türschwelle. „Tee, Gebäck, Schinken, Eier – aber rasch! Jemand hier gewesen? Briefe gekommen?"

„Versteht sich, Herr Doktor", versicherte Pfifferling höchst inkorrekt – für seine Livree. „Briefe, mehrere Telegramme und ein Schreiben, für das ich dem Überbringer, einem schäbigen Individuum, eine Quittung schreiben musste. Es liegt noch keine zehn Minuten oben."

„Gut. Nehmen Sie dem Herrn hier Paletot und Hut ab und trollen Sie sich!"

„Zu Diensten, Herr Doktor!", erwiderte Pfifferling mit einem Kratzfuß, der in einer Posse auf einer Volksbühne Effekt gemacht hätte. „Ich verdufte ..."

„Wenn Sie mal einen korrekten Diener brauchen sollten, Marchese, dann holen Sie sich den Menschen", sagte Windmüller lachend, als er seinen Gast die Treppe hinaufgeleitete, die wie die kleine Vorhalle mit seltenen alten Waffen aller Länder dekoriert war.

„Die Livree ist aber nur Blendwerk. Pfifferling ist nämlich mein Faktotum, zu dem er sich aus eigener Machtvollkommenheit gemacht hat. Er führt mit mir das alte Märchen von Sintbad dem Meerfahrer auf, indem er den Meergreis mimt, den ich nicht mehr loswerden kann. Aber er fängt an, sich zu machen, was seine Mitwirkung an meiner Arbeit betrifft – zum Diener hat unser Herrgott ihn wohl nur in seinem Zorn werden lassen."

Don Gian folgte seinem Wirt mit unwillkürlich erwachter Aufmerksamkeit in das Gemach, das er als sein Arbeitszimmer bezeichnet hatte. Es war mehr eine Bibliothek, denn die Wände waren mit Bücherregalen bis auf Mannshöhe bedeckt und zuoberst mit allen nur möglichen Gegenständen bestellt: Büsten, Vasen, antiken Fragmenten; Gemälde wechselten in zwangloser Reihe miteinander ab, aber in dem ganzen Arrangement verriet sich der geschulte Liebhaber, der seine Schätze nicht wahllos hier aufstapelt. In der Mitte des schönen, großen Raumes stand ein großer, kostbarer Schreibtisch von Boule, bedeckt mit Papieren, Aktenfaszikeln, Büchern, und auf der ledernen Mappe mit dem davorgeschobenen Lehnsessel, einem Prachtstück des Cinquecento, lagen geordnet die eingegangenen Briefe und Telegramme.

Windmüller bat seinen Gast, vor einem leeren Tisch in der einen Fensternische Platz zu nehmen, und setzte sich dann selbst vor seinen Schreibtisch, um die Depeschen zu überfliegen, die er nebst dem einen markenlosen Brief mit einem Stück orientalischen Jaspis beschwert neben sich hinlegte, und Don Gian, der ihm mit unverhohlenem Interesse zusah, machte die Beobachtung, dass sein Wirt während dieser mit Methode betriebenen Beschäftigung sehr nachdenklich aussah, als ob ihm ein neues Rätsel in den Weg getreten wäre.

„Alles zu seiner Zeit, Herr Marchese", sagte Windmüller, das Gesicht seinem Gast zuwendend, der erstaunt zurückfuhr und sich fragte, ob er seine Beobachtung unbewusst in Worte gekleidet hatte. „Es scheint in der Tat, als ob wir in eine neue Phase der Angelegenheit getreten wären. Ehe wir jedoch auf diese eingehen, müssen wir das chiffrierte Billett enträtseln. Wenn der Schlüssel passt, auf den ich unterwegs gestoßen bin, dann werden wir bald klüger sein. Ich habe so viel mit Geheimschriften zu tun, die ein ganzes Studium für mich gebildet haben und immer noch bilden, dass mir so leicht keine unzugänglich ist. Also, ans Werk!"

Don Gian sah mit fieberhafter Spannung zu, wie Windmüller einen leeren Papierbogen in Quadrate mit dem Bleistift einteilte, diese Quadrate von 1 bis 25 nummerierte und dann den linken Zeigefinger als Wegweiser auf dem chiffrierten Blatt führend in die Quadrate zu schreiben begann.

Er war damit noch eifrig beschäftigt, als Pfifferling mit dem Frühstück erschien, das Brett auf einen Wink seines Brotherrn auf den Tisch vor den Gast stellte und dann schleunigst wieder verschwand.

Mechanisch goss Gian sich eine Tasse Tee ein und trank sie rasch aus, aber seine Nerven waren in einem Zustand der Erwartung, sodass er noch keinen Bissen hinuntergebracht hätte.

Da sah Windmüller auf. „Die Sache war einfacher, als gedacht", sagte er. „Das Datum ist es, das den Schlüssel enthält, wie ich es angenommen hatte; es war der ‚Singvogel' der die Geschichte verraten hat. Einen Augenblick wollten mich die eingeklammerten, einfach und doppelt unterstrichenen Worte aus dem Sattel heben, aber auch sie fügten sich dann wie von selbst dem Ganzen ein. Doch ich will Sie nicht länger auf die Folter spannen. Der dechiffrierte Text lautet: *‚Festland'* – das ist die deutsche Übersetzung Ihres Namens Terraferma – *Festland wird morgen Abend voraussichtlich in Venedig eintreffen. Weiterreise Triest Frühschiff wahrscheinlich. Reisen Sie heut mit Nachtzug nach Venedig. Wenn Objekt nächsten Zug nach Rom erlangt, sofort Meldung.* – Nun, Herr Marchese, dieses kostbare Blättchen bestätigt zwar Ihren Verdacht über die Beschäftigung und Einnahmequellen Ihrer Frau Schwägerin, aber es ist auch Ihre eigene, vollständige Rechtfertigung, zu der ich Sie von Herzen beglückwünsche ..."

„Und die Bestätigung, dass dieses inhaltschwere Dokument in den Händen derer ist, die es gegen mein Vaterland bis zum äußersten ausnützen werden!", rief Don Gian aufspringend.

„In dieser Beziehung ist das letzte Wort noch nicht gesprochen", erwiderte Windmüller mit Nachdruck. „Auf alle Fälle stehen Sie jetzt sauber da, Sie sind das Opfer eines Verrats und einer Intrigantin geworden, die ihre Netze mit einer Berechnung gelegt hat, die fast alles Dagewesene übersteigt. Doch davon später. Hier diese Depeschen meiner Agenten melden mir, dass Donna Xenia auf keiner der Etappen, die sie auf ihrer vermutlichen Weiterreise berühren musste, eingetroffen ist. Eine Verkleidung, die ja eigentlich anzunehmen war, scheint nach den Berichten zwar ausgeschlossen, aber es ist immerhin möglich, dass sie unter einer solchen doch noch durchgeschlüpft ist. Nun aber sehen wir aus diesem chiffrierten Billett, dass Donna Xenia den Befehl hatte, mit dem erlangten Objekt nach Rom zurückzukehren und sich damit sofort bei ihren Auftraggebern zu melden. Dass sie in ihrer Wohnung jedoch nicht eingetroffen ist, davon haben wir uns vorhin überzeugt, und dieser Zettel, den mein Agent vor unserer Ankunft in meinem Haus hier abgegeben hat, meldet mir, *dass das Ausbleiben der Marchesa Terraferma an zuständiger Stelle'* – um keine Namen zu nennen – *‚Unruhe und Bestürzung verursacht hat'*. Mithin ist ‚man' auch dort ohne Nachricht über sie und hat demzufolge – was für Ihre Regierung das Wesentliche ist – das bewusste Dokument nicht oder wenigstens noch nicht in Händen."

Windmüller hielt ein und sah seinen Gast an, der nähergetreten war und sich über den Schreibtisch herüberlehnte.

„Sie hatte Anweisung, mit dem Dokument nach Rom zurückzukehren, und hat es nicht getan!", rief Gian aus. „Ja, um alles in der Welt – wohin ist sie dann verschwunden?"

„Das zu ergründen, wird wohl meine Arbeit sein", erwiderte Windmüller sinnend. „Es gibt – soweit ich es im Augenblick übersehen kann – drei Möglichkeiten: Sie ist beseitigt worden von Leuten, die ebenfalls ein Interesse an dem Dokument haben, oder sie hat dieser anderen Seite das Dokument freiwillig ausgeliefert und findet nun für gut, sich ihren Auftraggebern zu entziehen ..."

„Meine Schwägerin hat ihren kleinen Koffer, der nur das Nötigste für die Nacht und ein einziges Abendkleid enthält, in Venedig zurückgelassen", unterbrach ihn Don Gian kopfschüttelnd. „Eine Person von ihren Ansprüchen geht nicht mit sozusagen nichts auf eine Reise von unbestimmter Dauer."

„Mit Geld in der Hand kann man alles kaufen, was man braucht", entgegnete Windmüller ruhig. „Es war sehr geschickt, den Trick, wenn sie einen beabsichtigt hat, ohne Reisegepäck auszuführen. Das macht den Verdacht einer Beseitigung wahrscheinlicher, und der Befehl für Cesarina, das Maskenkostüm für den Basar zu gestern Abend bereitzulegen, unterstützt ihn, unterstreicht ihn gewissermaßen. Anderseits blieb ihr nichts Anderes übrig, als Ihr Haus in Venedig unbeschwert von jedem Reisegepäck zu verlassen, wenn sie es unbeobachtet tun wollte, tun musste, um heil und ungefragt herauszukommen. – Und dann gibt es noch die dritte, aber unwahrscheinlichste Möglichkeit, dass Donna Xenia sich dadurch, dass sie alle Ausgänge des Hauses verschlossen fand, genötigt sah, sich zu verstecken, bis sich Gelegenheit bot, unbemerkt hinauszuschlüpfen."

„Das ist so ungefähr, was mein Portier behauptete", sagte Don Gian kopfschüttelnd. „Ich glaube zwar nicht daran, habe aber für alle Fälle einen Geheimpolizisten in mein Haus genommen, der die Ausgänge nicht nur zu bewachen, sondern auch zu verhindern hat, dass Donna Xenia den Palast verlässt. Ob das erlaubt ist oder nicht, darum konnte ich mich nicht kümmern. Meine Großmutter versprach mir, auf alle Fälle Nachricht zu geben, und die liegt wohl jetzt schon in meiner Wohnung. Ich zweifle nicht, dass sie eine negative ist, denn meine Schwägerin dürfte sich vorher informiert haben, auf welchem Wege sie das Haus verlassen konnte. Sie hat es sicher nicht darauf ankommen lassen, ob sie die Schlüssel in den Schlössern der Ausgänge finden würde oder nicht. Das Sonderbare dabei ist – und es gibt Ihrer dritten Möglichkeit die meiste Wahrscheinlichkeit – dass mein Portier schwört, alle Ausgänge seien früh von innen verriegelt gewesen."

„Was für einen Ihnen unbekannten geheimen Ausgang spräche", schloss Windmüller aufstehend. „Und nun, Herr Marchese, essen Sie schnell etwas; einen Bissen Schinken, ein paar

Eier. Ich helfe Ihnen dabei, und dann wollen wir über Ihre Wohnung, um dort nachzusehen, ob und welche Botschaft Sie von daheim erwartet, zu Ihrem Chef zurückkehren und ihm Bericht erstatten. Und da es ihn freuen wird, Sie frei von jedem Verdacht zu wissen, wollen wir uns beeilen – abgesehen davon, dass auch ich so rasch wie möglich in Aktion treten muss, um zu versuchen, das geraubte Dokument wiederzubekommen."
Don Gian sah ein, dass gegen Windmüllers menschenfreundliche Anordnung nichts zu wollen war, und zwang sich dazu, das vorgesetzte Frühstück zu sich zu nehmen.

In der Tat fühlte er sich danach im Verein mit dem in Windmüllers Brusttasche ruhenden Beweis seiner Schuldlosigkeit wesentlich gekräftigt, als er nach wenigen Minuten wieder neben dem Detektiv im Auto saß und zunächst seiner Wohnung an der Piazza Colonna auf dem kürzesten Wege entgegenfuhr. Windmüller sprach unterwegs keine zehn Worte; er war in tiefes Schweigen versunken, und Don Gian hatte auch genug zu denken, um ein Gespräch zu vermissen. Als das Auto vor dem alten Palast hielt, in dem er seine Mietwohnung hatte, eilte er allein hinauf, um nach eingetroffenen Nachrichten zu sehen.

Er fand ein Telegramm seiner Großmutter, in früher Morgenstunde aufgegeben, das nur die Worte enthielt: *„Von Xenia nichts gehört und gesehen. Grüße. Nonna."* Er eilte damit wieder zu dem wartenden Detektiv zurück und fuhr mit ihm zu seinem Chef, der die Gemeldeten sofort vorließ und ihnen mit einem, seine Ungeduld verratenden „Nun, was gibt's Neues?" entgegentrat.

„Viel und nichts", erwiderte Windmüller und erstattete ohne Verweilen seinen Bericht, indem er das gefundene Billett und dessen Dechiffrierung vorlegte. „Exzellenz haben damit auch die nicht ganz wertlose Kenntnis der angewendeten Geheimschrift erlangt", schloss er. „Diese muss ja natürlich gewechselt werden, wie wir Eingeweihten alle wissen, um dem Vorteil vorzubeugen, den die nicht Zuständigen daraus bei einem etwaigen Verrat ziehen können. Indes wird diese Formel wohl jetzt die ‚dort' angewendete bleiben, falls der Verdacht, dass dieses Billett in unsere Hände gefallen ist, nicht zur Gewissheit wird. Die Ohren jedoch, die gehört haben, dass der Marchese Terraferma beauftragt werden würde, das bewusste Dokument nach Wien zu bringen, können in diesem Augenblick auch hören, dass der Auftrag an die Principessa in unseren Händen und der Schlüssel der Geheimschrift gefunden ist."

„Ich hoffe und glaube das nicht", erwiderte der Minister grimmig. „Ich habe vor kaum einer halben Stunde den Bericht des Chefs unserer Geheimpolizei erhalten, dass sich an dem verhängnisvollen Tage, an welchem die Reise Terrafermas beschlossen wurde, unter den Arbeitern, die hier im Ministerium eine elektrische Anlage zu installieren hatten, ein Mann befand, der sich nach Angabe der Dienerschaft mehrmals in dem großen Haus ‚verirrt' haben wollte. So gab er wenigstens an, als er zu wiederholten Malen in diesem Teil des Palastes angetroffen wurde. Der Mann, der Basilio Mamerti zu heißen vorgab, war den anderen Arbeitern unbekannt und nach ihnen erschienen mit der Angabe, dass der Padrone des Geschäfts ihn nachgesandt habe, um gewisse Teile der Anlage nachzuprüfen. Diese an sich recht unglaubwürdige Angabe wurde indes anstandslos hingenommen, und ich zweifle nicht, dass dieser Mann es war, der – wahrscheinlich mithilfe eines bestochenen Individuums – in dem Haus einen bequemen Lauscherposten fand."

„Daran zweifle ich auch nicht", meinte Windmüller trocken. „Hoffen wir also, dass dieser Posten im Augenblick unbesetzt ist, denn da die Geheimpolizei nach dem schönen Grundsatz ‚Eile mit Weile' diesen rätselhaften Basilio Mamerti jedenfalls erst im Geiste dingfest gemacht haben dürfte, so hat der Mann inzwischen längst Zeit gehabt, zu verduften. Allein er liegt außer dem Bereich meiner Aufgabe, die jetzt wohl einzig und allein darin besteht, die Marchesa Terraferma zu suchen. Dass sie von der Seite, in deren Auftrag sie ihre Fahrt nach Venedig unternahm, vermisst wird, wissen wir ..."

„So sagten Sie", unterbrach ihn der Minister. „Darf ich fragen, wie Sie zu dieser Information gekommen sind?"

„Gewiss dürfen Exzellenz fragen", erwiderte Windmüller liebenswürdig, „aber eigentlich dürfte ich darauf nicht antworten. Indes erkenne ich das Recht an, mit dem Exzellenz eine Garantie für die Zuverlässigkeit dieser Angabe verlangen können. Nun, ich habe an eben jener Stelle, welche die Marchesa

Terraferma als politische Agentin beschäftigt, eine kleine Aufgabe zu lösen – oh, keine politische, nichts, was unsere Sache stört, nur ein ganz gewöhnlicher Fall von – hm – Kleptomanie. Da ich es für Kraftvergeudung halte, mir meine Zeit damit zu vertrödeln, so habe ich einen meiner Agenten in der Rolle eines Kronleuchterreinigers, der gerade dort gebraucht wird, eingeschmuggelt. Er ist ein geschickter Mann, mein Agent, der seine Ohren und Augen zu gebrauchen weiß – ein hübscher Mensch außerdem, der diesen Vorzug bei Stubenmädchen und Kammerzofen zur Geltung zu bringen versteht. Die Hauptsache aber ist: Er ist sehr zuverlässig in seinen Angaben, und – er wird noch ein paar Tage mit dem Reinigen der vielen Kronleuchter in dem Botschaftspalast zu tun haben, so dass die Nachrichten über die Marchesa Donna Xenia uns ganz frisch erreichen werden. Ich werde mich unverzüglich auf die Suche nach der Verschwundenen begeben und als Ausgangspunkt Venedig wählen, wo ich mir eine kurze Gastfreundschaft von dem Herrn Marchese erbitte."

Don Gian wollte sofort bejahend antworten, aber der Minister fiel ihm ins Wort.

„Sie sollen den Herrn Doktor begleiten, Terraferma", sagte er. „Einmal dürfte Ihre Anwesenheit dort an sich von Nutzen sein, und dann sollen Sie sich daheim bei den Ihrigen von dem Nervenschock erholen, der, wie ich nur zu gut sehe, selbst Ihre gesunde Natur stark ins Wanken gebracht hat. Ja, ja, Sie haben Urlaub – ich will mir meinen Sekretär erhalten und ihn nicht gleich in das Joch der Arbeit spannen – Sie würden ja doch jetzt nichts leisten können. – Nein, fassen Sie es nicht falsch auf: Sie haben mein volles Vertrauen und hatten es selbst im Augenblick des ersten Schreckens, und niemand freut sich mehr als ich, dass Ihre Schuldlosigkeit, für die ich gleich und ohne Zögern eingetreten bin, so glänzend bewiesen worden ist. Doktor Windmüller ist mein Zeuge, dass ich an Ihnen nicht gezweifelt habe, und wenn er erst sehen und prüfen wollte und musste, so war dies nicht mehr, als auch ich zu tun verpflichtet war. – Es ist Ihnen doch recht, Herr Doktor, dass der Marchese Sie begleitet?"

„Exzellenz, Sie sind mir damit zuvorgekommen – ich hatte

darum bitten wollen", erwiderte Windmüller verbindlich. „Und nun lassen Sie uns keine Zeit verlieren. – Wir können den Mittagszug noch erreichen."

Das wartende Automobil brachte Windmüller allein zu seinem Haus, während Don Gian den kurzen Weg zu seiner Wohnung zu Fuß zurücklegte, wo er noch einige Sachen packte. Dann fuhr er zum Bahnhof, gab sein Gepäck auf, besorgte die Fahrkarten für sich und Windmüller und wartete, wie mit diesem verabredet, am Eingang beim Zeitungsverkauf.

Die Zeit drängte nicht gerade, aber sie schritt doch merklich voran, und Don Gian fing an, besorgt zu werden, ob sein Begleiter auch noch rechtzeitig eintreffen würde. Um das Warten abzukürzen, kaufte er die neuesten Zeitungen, und als er sich damit umwandte, stand er unversehens dem russischen Kammerdiener seiner Schwägerin gegenüber ...

V.

„Der Herr Marchese wollen die Marchesa auch empfangen?", fragte der Kammerdiener respektvoll, aber doch so dringlich, dass Don Gian den Mann einen Atemzug lang musterte, ehe er, ganz auf der Hut, nach einer kleinen Pause antwortete: „Erwarten Sie denn die Marchesa jetzt?"
Der Kammerdiener räusperte sich, bevor er antwortete: „Sie hat zwar nichts befohlen, aber ich denke, sie wird mit dem Expresszug aus Venedig eintreffen, und daher wollte ich auf alle Fälle zur Stelle sein."

„Sehr richtig", murmelte Don Gian scheinbar uninteressiert, indem er sich mit einem Kopfnicken abwandte und Windmüller langsam folgte, der, während Iwan sprach, hinter ihm in die Halle getreten war und seinem Reisegefährten ein Zeichen gemacht hatte, das dieser nicht missverstand.

Der vorausgehende Detektiv hatte sich inzwischen schon mit dem Mann an der Bahnsteigsperre verständigt und war, als Don Gian diesem die beiden Fahrkarten vorwies, samt seiner Reisetasche, die er selbst trug, schon weit vorausgeeilt und in ein leeres Abteil erster Klasse gestiegen.

„Tun Sie, als ob Sie nicht zu mir gehörten", sagte er hastig, als Don Gian sich gleichfalls anschickte, einzusteigen. „Gehen Sie in ein anderes Abteil und kommen Sie erst während der Fahrt her. Iwan dürfte seine Bahnsteigkarte schon haben, aber ich glaube nicht, dass er mich gesehen hat."

Don Gian tat, als ob er sich eines anderen besonnen hätte, und schlenderte zum nächsten Wagen, aber ein rascher Blick nach dem Eingang hatte ihn davon überzeugt, dass Iwan in der Tat den Bahnsteig schon betreten hatte. Die Absicht war klar, denn da der Eilzug Venedig-Mailand auf einem anderen Gleis einlief, so war es nicht schwer zu erraten, dass er zu wissen wünschte, ob der Schwager seiner Herrin mit diesem Zuge abreisen oder jemand Abreisenden treffen wolle.

Da es nun unvermeidlich schien, dem Mann diese Gewissheit zu verschaffen, so blieb Don Gian nichts übrig, als in den Zug zu steigen, aber er lehnte sich, scheinbar das Publikum betrachtend, aus dem Fenster, um sich zu vergewissern, ob Iwan sonst noch die Reisenden zu beobachten beabsichtigte. Natürlich wusste er, dass Windmüller nur auf den Gang auf der dem Bahnsteig abgekehrten Seite des Wagens zu treten brauchte, um sich dem Blick des Kammerdieners zu entziehen, aber es war doch immer gut, zu wissen, ob er von dem Letzteren vorher gesehen worden war. Es schien ja nichts darauf zu deuten, allerdings wollte das noch nichts sagen.

„Ich glaube nicht, dass er mich gesehen, wenigstens nicht, dass er mich beachtet hat", war Windmüllers erstes Wort, als Don Gian, nachdem der Zug den Bahnhof verlassen hatte, herüber in sein Abteil gekommen war. „Ich sah ihn dermaßen in Ihren Anblick versenkt, dass ich, wie ich denke, unbeachtet an ihm vorbeihuschen konnte. Was wollte denn der Mensch von Ihnen?"

„Iwan war so überrascht, mich auf dem Bahnhof zu finden, dass er sich so weit vergaß, mich zu fragen, ob ich die Frau Marchesa auch zu empfangen käme. Demnach ist sie nicht nur nicht inzwischen eingetroffen, sondern man weiß im Hauptquartier auch noch nicht, wo sie ist. Noch nicht!"

„Ich möchte danach prophezeien, dass ‚man' darüber auch noch einige Zeit in Ungewissheit bleiben wird", meinte Wind-

müller nachdenklich. „Die Sache fängt nun allmählich an, ein ernstes Gesicht anzunehmen. Sogar die Möglichkeit, dass Ihrer Schwägerin etwas zugestoßen ist, tritt vor der Annahme, sie könnte mit dem Dokument eigene Zwecke verfolgt haben, stärker in den Vordergrund. In beiden Fällen aber scheint es fast sicher, dass jemand anderes dem Dokument nachgestellt hat, um es wahrscheinlich für seinen eigenen Nutzen zu verwerten, entweder also es den Absendern zum Rückkauf oder den Interessenten für einen Phantasiepreis anzubieten. Natürlich ist damit noch nicht gesagt, dass eine Mitwirkung von Donna Xenia ausgeschlossen ist, obwohl ich persönlich diese Annahme ausschalten möchte. Ich kenne die Dame nicht, kann also für ihre Integrität nicht eintreten, aber wenn sie so klug ist, wie sie sein muss, um von jener Seite politisch beschäftigt zu werden, so wird sie wissen, dass die Gefährlichkeit eines solchen Spieles mit dem Einsatz in keinem Verhältnis steht."
Don Gian zuckte die Achseln.

„Meine Schwägerin posiert als ‚kapriziöse Frau‘, aber sie ist dreimal so klug, wie sie launisch und unberechenbar ist. Sie wird sicher ihren Hals nicht in eine Schlinge legen, die sich zuziehen könnte. Ich habe keine anderen Sympathien für sie, als dass sie meines Bruders Witwe ist, aber aus diesem letzteren Grund und rein menschlich gesprochen, hoffe ich von Herzen, dass ihr nichts zugestoßen ist, wie Sie eben sagten."

„Es deutet allerdings leider alles darauf hin, Marchese", erwiderte Windmüller ernst. „Damit brauchen wir aber noch nicht gleich das Schlimmste anzunehmen."

„Man lässt die Leute doch heutzutage in einem Kulturstaat nicht mehr einfach so verschwinden!", fiel Don Gian ein.

„Hm. – Meinen Sie?", fragte Windmüller trocken. „Wir müssen jedenfalls auch mit dieser Möglichkeit rechnen, und wenn sie Wirklichkeit ist, so werden wir sehr bald davon hören. Wie die Sachen sich bis zur Stunde entwickelt haben, dürfen Sie aber nicht unbedingt darauf rechnen, dass ich das Rätsel werde lösen können. Einer kürzlich veröffentlichten Statistik zufolge verschwinden jährlich ungefähr zweitausend Personen so spurlos, als ob die Erde sie verschlungen hätte. Freilich besteht der größte Prozentsatz der Vermissten aus Vergnügungsreisenden. Ich gebe jedenfalls keine Schlacht für verloren, ehe ich mich nicht geschlagen fühle, und das tue ich im Falle der Donna Xenia durchaus noch nicht. Ich bezweifle zunächst, dass die Marchesa mit *dem* Zug, der den unseren eben gekreuzt hat, in Rom eintrifft; wir werden es in Florenz, wohin ich mir eine Depesche bestellt habe, erfahren. Aber ich zweifle nicht, dass man, dank dem Herrn Iwan, in seinem Hauptquartier jetzt schon weiß, dass Sie mit diesem Zuge abgereist sind; dass ich mit Ihnen in der Wohnung der Marchesa war, weiß man seit Stunden schon, denn Cesarina, diese Perle, wird mit ihrer Personalbeschreibung vor dem Kammerdiener ebenso beredt gewesen sein, wie ich selbst sie kennenlernte, besonders wenn – was ich annehme – der Herr Kammerdiener diese Beredsamkeit gut bezahlt hat."

Wie Windmüller es vorausgesehen hatte, enthielt das ihn in Florenz erwartende Telegramm die Nachricht, dass Xenia in Rom wiederum nicht eingetroffen war, und damit begann Gian eigentlich zum ersten Mal eine gewisse Beunruhigung in Bezug auf seine Schwägerin zu empfinden.

„Es muss ihr in der Tat etwas zugestoßen sein" bemerkte er unbehaglich.

„Ich befürchte es auch", gab Windmüller lakonisch zu.

In Bologna stieg er aus, um beim Bahnhofsvorsteher ein zweites und drittes Telegramm, welche dort auf ihn warteten, in Empfang zu nehmen. Er gab beide Don Gian zu lesen. Das erste war vom Minister und teilte mit, dass keinerlei Anzeichen gemeldet worden wären, die darauf schließen ließen, dass das bewusste Dokument in den Händen oder zur Kenntnis der türkischen Regierung gelangt sei.

„Gott sei Lob und Dank dafür!", seufzte Don Gian dabei aus vollster Seele. „Und doch kann die nächste Stunde schon das Befürchtete bringen. Und ich bin zumindest die mittelbare Ursache dazu!"

„Wie der Blitzableiter, den man vergessen hat, zu vergolden, und trotz welchem es nun in der Kirche einschlägt", bemerkte Windmüller und setzte hinzu: „Verrennen Sie sich nicht in diese Vorstellung, Marchese! Sie sind an der ganzen Sache so schuldlos wie ein neugeborenes Kind, und solange Ihr Gewissen Sie von der kleinsten Nachlässigkeit freispricht, sollten Sie eine solche Last nicht auf sich laden!"

Don Gian seufzte und las das zweite Telegramm, das Windmüller ihm reichte. Es kam von einem Agenten und berichtete, dass in Rom die Unruhe und Besorgnis über das Ausbleiben Donna Xenias im Zunehmen begriffen sei, umso mehr, als die Rückkehr des Marchese Terraferma und seine neue Abreise, namentlich aber sein Besuch in früher Morgenstunde in der Wohnung seiner Schwägerin als ein Beweis, dass auch er nichts über den Verbleib der Dame wüsste, geradezu Bestürzung hervorgerufen habe.

Beide Herren schwiegen und lehnten sich in schweren Gedanken in ihre Ecken zurück. Gian wurden die Augen schwer; sie brannten ihm vor Übermüdung, aber die Gedanken hielten ihn wach, alle Nerven in ihm bebten – freilich war ja der Verdacht von ihm genommen, ein Landesverräter zu sein, aber noch schwebte das Damoklesschwert unberechenbarer Folgen über seinem Vaterland, falls das Dokument nicht wiedergefunden wurde. Und ein Mitglied seiner Familie war es, das den Verrat begangen hatte! Darüber kam er nicht weg: Seines eigenen geliebten und betrauerten Bruders Witwe – eine Spionin gegen das Land, dem sie gesetzlich angehörte! Die alte Marchesa hatte wohl Recht: Diese ausländischen Heiraten brachten keinen Segen! Und das früher bestandene Verbot, nach dem ein Diplomat keine Ausländerin heiraten durfte, war ein sehr richtiges. Natürlich, da der verstorbene Marchese Terraferma sich nicht in der diplomatischen Laufbahn befunden hatte, war diese Betrachtung auch nicht zur Sache gehörig. Don Gian aber hatte damit einen Rückblick verbunden, indem er vor Jahr und Tag selbst drauf und dran gewesen war, eine sehr hübsche und steinreiche Amerikanerin zu heiraten. Sie hatte unverhohlen mit ihm geflirtet und ihm dadurch ebenso unverhohlen geschmeichelt, doch als er soweit mit sich im reinen war, das entscheidende Wort zu sprechen, teilte sie ihm freundlicherweise selbst mit, dass sie sich mit einem englischen Herzog verlobt habe.

Dieses Erlebnis hatte Don Gian – wie der Mensch nun einmal ist – im Zusammentreffen mit der ihm so unsympathischen

Schwägerin gegen das Ausländertum im Allgemeinen und gegen seine weiblichen Vertreterinnen im Besonderen ungünstig beeinflusst. Nicht, dass sein Herz sonderlich beteiligt gewesen wäre. Er hatte die hübsche, muntere Amerikanerin durchaus schick gefunden und fest geglaubt, auch ohne jenes tiefere Gefühl, das man die Liebe nennt, die Reise durchs Leben machen zu können und auf dem Fuße einer ausgezeichneten Kameradschaft mit ihr das berühmte ‚große Los' zu ziehen – das basierte alles auf dem Hintergrund ihres Reichtums, der ihm für seine Laufbahn recht wünschenswert erschien. Was ihn also bei dieser Angelegenheit traf, war die Verletzung seiner Eitelkeit und Eigenliebe, denn auch der beste Mensch ist nicht frei davon.

Don Gians Gedanken gingen immer weiter spazieren, und endlich schloss er die schmerzenden, brennenden Augen und zwang sein Sinnen auf lauter nichtige, unwesentliche Dinge und Personen. Aber sobald er sich eine solche recht deutlich vorgestellt, verwandelte sie sich in die zarte, elfenhafte Gestalt seiner Schwägerin mit ihren gleitenden Bewegungen, die ihn immer an die einer Schlange erinnerten; er sah ihr kleines, feines, blasses Gesichtchen mit den übergroßen Augen vor sich – sie schienen ihn flehend anzublicken, der süße Mund öffnete sich, um ... Und mit einem Schrei fuhr er in die Höhe. Er war eingeschlafen und hatte geträumt.

Es war lange nach Mitternacht, als der Zug in Venedig anlangte. Da Don Gian seine und Windmüllers Ankunft telegraphisch gemeldet hatte, so erwartete sie die Gondel der alten Marchesa, und die beiden Ruderer brachten das lange, schlanke Fahrzeug durch die jetzt ganz stillen und verlassenen Kanäle rasch vor den Palazzo Terraferma, in dessen Portal Agostino, der Portier, der Kammerdiener sowie ein Lakai wartend standen, um das Gepäck in Empfang zu nehmen und die Herren in ihre Zimmer zu führen.

„Ihre Exzellenz die Frau Marchesa und Donna Loredana sind auf den Wunsch des Herrn Marchese schlafen gegangen und haben nicht gewartet", meldete Sebastiano, der Kammerdiener, in dem diskreten Ton des Dieners eines großen und vornehmen Hauses. „Ein kalter Imbiss für die Herren steht in ihren Zimmern serviert."

„Ist gut", erwiderte Gian. „Sonst nichts Neues? Die Signora Principessa ist nicht wiedergekommen?"

„Nein, Herr Marchese. Es ist auch keine Order gekommen, ob und wohin der Koffer von Altezza zu senden ist", erwiderte Sebastiano, indem er zur Treppe vorausschritt. Don Gian sah Windmüller an, aber dieser schien in den Anblick der riesigen Halle versenkt, in die sie direkt aus der Gondel eingetreten waren, eine Halle, wie sie nur ein venezianischer Palast haben kann, mit Marmorfliesen, einer Decke von vergoldeten und bemalten Balken, von der schmiedeeiserne Laternen in riesigen Dimensionen herabhingen. Und wenn das elektrische Licht sich auch darin als ein Zeichen der Neuzeit eingeschlichen hatte, so konnte auch dieses nur einen gewissen Radius durchdringen, und in all den entfernteren Ecken und Winkeln schliefen die Schatten der Vergangenheit und hüllten sie in geheimnisvolles Dunkel, während im Hof der uralte Brunnen über der längst geschlossenen Zisterne vom darüber stehenden goldenen Mond phantastisch beleuchtet wurde, um die den Hof umgebenden Säulenhallen in umso tieferer, fast samtschwarzer Finsternis erscheinen zu lassen.

„Darf ich bitten, Herr Doktor?", lud Don Gian seinen Gast ein, ihm voranzugehen. „Oh, und ehe ich's vergesse", setzte er, an den Majordomo gewandt hinzu, „ich sah von der Gondel aus oben im ersten Stock ein Fenster offenstehen, ein Fenster des Rosa Zimmers. Es ist wohl vergessen worden, beim Aufräumen zu schließen?"

„Nein, Herr Marchese", erwiderte Sebastiano mit sichtlicher Verlegenheit. „Die fremden Herrschaften sind heute Nachmittag im Piano nobile eingezogen und ..."

„Die fremden Herrschaften?", wiederholte Gian stehenbleibend. „Welche fremden Herrschaften?"

„Herr Marchese haben also den Brief Ihrer Exzellenz doch nicht mehr erhalten! Ich sagte es gleich, als das Telegramm des Herrn Marchese heute Mittag eintraf ..."

„Einen Brief? Nein, ich habe keinen Brief mehr erhalten. Der liegt jedenfalls ruhig im Briefkasten meiner Wohnung. Ich habe in der Eile vergessen, nachzusehen. Also, wer ist angekommen und wohnt im Piano nobile?"

„Herr Marchese, den fremden Namen habe ich noch nicht aussprechen gelernt", erwiderte der Kammerdiener kopfschüttelnd. „Die Gräfin von Candiani kam, kaum dass Herr Marchese vorgestern abgereist war, mit den Herrschaften her, und diese haben das Piano nobile, das heißt, den eingerichteten Teil gemietet und sind heute Nachmittag eingezogen!"

„Das Piano nobile ist also vermietet!", murmelte Don Gian bestürzt. Die Vermietung war ja verabredet und beschlossen und doch berührte ihn die Tatsache wie etwas Wehes, Widerstrebendes, etwas, das ihm auf die Nerven ging und ihm das Herz zusammenzog. „So, so!", sagte er laut. „Und meine Tante Candiani hat die Herrschaften selbst hergebracht? Also müssen es doch Bekannte von ihr sein, eh?"

„Gewiss, Herr Marchese", bestätigte Sebastiano, aber ohne sonderliche Begeisterung. „Die Frau Gräfin reist so viel im Ausland herum und kennt so viele Leute. Sie empfängt immer wieder neue."

Gian kannte diese Manie seiner Tante, aber er wusste auch, dass sie trotzdem wählerisch war. Darin lag eine gewisse Garantie. Sie würde sicherlich nicht eine beliebige Mischpoke in sein Haus gebracht haben.

„Sind es viele Personen?", fragte er, den unterbrochenen Weg wieder aufnehmend.

„Nur drei. Ein alter Herr, eine alte und eine junge Dame – Deutsche", berichtete Sebastiano, sichtlich über die geringe Zahl befriedigt. „Und eine Kammerzofe", setzte er hinzu.

Don Gian war nicht neugierig; da seine Großmutter für gut befunden hatte, diesen Leuten das Piano nobile zu vermieten, so mussten ihre Referenzen auch befriedigend sein. Der Name war dabei gleichgültig.

„Die Konsequenz ist, dass Ihnen, Herr Doktor, damit der Weg zu den Zimmern abgeschnitten ist, die meine Schwägerin hier zuletzt bewohnt hat", wandte er sich in französischer Sprache an seinen Gast.

„Durchaus nicht", erwiderte Windmüller gleichmütig. „Auf derartige kleine Hindernisse muss ich immer gefasst sein. Sie sind nicht der Rede wert!"

„Na schön,", murmelte Gian nicht ganz überzeugt, denn er

konnte sich nicht gut vorstellen, wie man fremden Leuten ohne weiteres und doch sicherlich ohne genügende Begründung auf die Bude rücken wollte.

„Die Begründung liegt ganz auf der Hand", beantwortete Windmüller diesen Gedanken, als ob Don Gian ihn ausgesprochen hätte. „Übrigens, ich vergaß, Ihnen zu sagen, dass ich der Architekt bin, den Sie sich mitgebracht haben, um in diesem Haus einige Änderungen zu begutachten. Was war es doch, das Sie längst beabsichtigten, hier machen zu lassen?"

„Einen Personenaufzug!", erwiderte Don Gian prompt. Er hatte begriffen.

„Richtig. Ich werde also wegen des Personenaufzugs morgen den Palast gründlich besichtigen", sagte Windmüller italienisch zur Befriedigung Sebastianos, der aber still für sich den Kopf schüttelte. Denn wozu ein Aufzug, wenn doch das Piano nobile vermietet wurde? Freilich, der alten Exzellenz wurden die Treppen schon recht sauer; aber die Ausgabe, das viele, schöne Geld, das solch ein Aufzug kostete! Und Sebastiano seufzte schwer, denn die Ausgaben und finanziellen Schwierigkeiten des Hauses Terraferma gingen dem treuen alten Diener und Vertrauten aller dieser Sorgen sehr zu Herzen.

Inzwischen waren die Angekommenen oben im zweiten Stockwerk angelangt, und Don Gian führte seinen Gast in die ihm bestimmten Fremdenzimmer, die unmittelbar an sein eigenes Schlafzimmer anstießen, wünschte ihm eine gute Nacht und zog sich in seine Wohnung zurück. Dort fiel sein erster Blick mit einem Schauder des Entsetzens auf die zurechtgestellte Flasche mit Fruchtsaft, die ihm die im Nebenzimmer in tiefem, unnatürlichem Schlafe verbrachte Nacht so lebhaft wieder ins Gedächtnis zurückführte, dass es ihm schien, als wollte die Luft in den geschlossenen Räumen ihn ersticken.

Er machte das eine der Fenster auf, und den Riegel des Ladens zurückstoßend, wollte er diesen eben heftig zurückschlagen, um der Nachtluft, der reinen, salzgetränkten Nachtluft Venedigs Eingang zu verschaffen, als er sich erinnerte, dass ja das Zimmer, das Rosa Zimmer, unter ihm bewohnt war und er ein Fenster drunten offen gesehen hatte. Um also den Inhaber dieses Zimmers nicht im Schlaf zu stören, legte er die Läden leise und vorsichtig zurück und lehnte sich dann selbst hinaus, um Luft zu schöpfen.

Der Mond stand hoch am dunkelblauen, sternenbestickten Himmel und streute Tausende von schimmernden Goldflittern auf das dunkle, von der Nachtbrise leichtgekräuselte Wasser der Kanäle, die sich an der Ecke des Palastes kreuzten. Kein Ton, kein Klang unterbrach die Stille der weit vorgerückten Nacht, nur das sachte, leise Plätschern der steigenden Flut, wenn das Wasser sich an den Ecken der Häuser brach oder gegen die Marmorstufen vor den Wassertoren schlug, gab Zeugnis davon, dass nicht alles Leben erstorben war, machte die tiefe, tiefe Stille nicht lastend. Don Gians müde Augen folgten dem flimmernden Spiel des Mondlichtes auf dem Wasser in dem Sackkanal unter sich, und im selben Augenblick zog sich sein Kopf mit einem Ruck zurück. Er hatte unter sich einen anderen Kopf gesehen, der aus dem Fenster des Rosa Zimmers herausschaute, einen Kopf, den Ströme von hellem Haar umflossen, das im Mondschein wie flüssiges Platin aussah.

Leise beugte er sich von neuem hinaus, um dieses metallisch schimmernde Haar noch einmal zu sehen, weil ihm ein ähnliches noch nie im Leben vorgekommen war und ihm das Bild der auf der Weltkugel thronenden Venezia von Paul Veronese im Dogenpalaste dabei in den Sinn kam, das auch solche Haare hatte.

In der kleinen Pause aber, die zwischen seinem ersten und zweiten Herauslehnen aus dem Fenster lag, hatte sich das Bild unter ihm verändert. Zwei weißbekleidete Arme hatten sich mit ineinandergeschlungenen schlanken, weißen Händen über die Fensterbrüstung gestreckt, und der Kopf mit der Flut metallisch schimmernden Blondhaares hatte sich müde darauf gestützt. Das Haar, auf das der Mond gerade schien, legte sich wie ein Mantel halb über die rechte Schulter seiner Besitzerin, so dass von oben von ihrem Profil nichts zu sehen war; aber Don Gian fürchtete, dass zu ihm selbst heraufgesehen werden könnte, und lautlos zog er sich wieder zurück.

„Solches Haar! Ich hätte nie geglaubt, dass es solches Haar geben könnte, das Haar der ‚Venezia' des Veronese!", dachte er lächelnd – zum ersten Mal lächelnd seit – seit er mit seiner

Schwester gesprochen hatte. Ob es dieses Lächeln war, ob ein Zauber von diesem mondlichtbeleuchteten Haar ausging, das den eisernen Bann brach, der ihm Herz und Seele umklammert hielt; er wusste es nicht und fragte auch nicht danach. Ohne den im Nebenzimmer bereitstehenden Imbiss zu berühren, kleidete er sich rasch aus, legte sich zu Bett, und der Schlaf völligster Erschöpfung rettete ihn in das traumlose Land der zur dringenden Notwendigkeit gewordenen Erholung hinüber.

VI.

Als Gian die Augen wieder aufschlug mit dem Unterbewusstsein, dass irgendeine gegenwärtige Person wegen irgendeiner Pflicht ihn geweckt, war es heller Tag, aber spät konnte es noch nicht sein, denn die Sonne war noch nicht über das gegenüberliegende Gebäude gestiegen.

„Eh?", machte er erstaunt, als seine noch halb geschlossenen Augen von dem offenen Fenster an das Fußende seines Bettes glitten, denn auf dem davorstehenden Stuhl saß Doktor Windmüller, die Hände überm Knie gefaltet, und sah ihn wohlwollend an.

„Es tut mir leid, lieber Marchese, Ihnen den so notwendigen Schlaf verkürzen zu müssen", sagte er mit seinem wohlmodulierten Organ, das auch eine Errungenschaft von Bildung ist. „Da Sie aber die schlechte Gewohnheit haben, bei offenen Türen zu schlafen ..."

„Warum hätte ich sie denn zuschließen sollen?", unterbrach ihn Don Gian, im Bett aufsitzend. „Ich habe ja heute nichts bei mir, was mir hätte gestohlen werden können! Schlimm genug, dass ich für eine Nacht in meinem eigenen Haus das Gefühl der Notwendigkeit hatte, mich gegen eine eigene Verwandte verrammeln zu müssen – mit welchem Erfolg, wissen Sie ja! Ich hätte ebenso gut, vielleicht sicherer, auf offener Straße schlafen können."

„Vermutlich sicherer im Eisenbahnwagen", gab Windmüller unumwunden zu. „Aber die Gewohnheit des Schlafens bei offenen Türen ist doch keine gute, selbst im eigenen Haus. Ganz besonders in Ihrem Fall. Indes, das war nur eine Nebenbemerkung, eine kleine pädagogische Abschweifung. Also, ich fand Ihre Tür offen – sie war nicht einmal eingeklinkt – und trat ein, um Sie zu wecken. Es ist noch früh am Tage für Leute, die nichts zu tun haben. Weil wir aber in Geschäften hier sind, die uns über die notwendigste Rast nicht hinauszugehen erlauben, so musste ich mir die Freiheit herausnehmen. – Der anstoßende Raum ist Ihr Wohnzimmer, nicht wahr? Und an dem runden Tisch schliefen Sie Ihren verhängnisvollen Schlaf, wenn ich so sagen darf. Hm. Zeit ist nicht nur Geld, lieber Herr Marchese, sondern auch Wissen. Während Sie sich also anziehen, werde ich die Topografie Ihres Wohnzimmers studieren. Die des Vorraums für Ihr Schlafzimmer habe ich schon, allerdings nur oberflächlich, in Augenschein genommen. – Nein, bemühen Sie den Diener nicht, ich werde die Fensterläden selbst öffnen. – Übrigens sind diese Patenttürsperrer, derer Sie sich bedienten, noch verbesserungswürdig, denn sie haben, wie ich wenigstens an der Tür dort sehe, das Holz verkratzt."

„Ich war wohl beim Abnehmen ein wenig hastig in der Aufregung – es ist meine Schuld", murmelte Don Gian, der sich durch seinen Gast etwas geniert fühlte, nachdem er heroisch einen inneren Protest über dessen ungeniertes Eindringen in sein Schlafzimmer unterdrückt hatte.

„Ah ja, natürlich. – Sie mussten ja selbst die Dinger wieder entfernen, die sonst entschieden einen Einbrecher stark aufgehalten hätten", meinte Windmüller, der inzwischen aufgestanden war und die Augen im Schlafzimmer herumschweifen ließ. „Die Bettstelle ist schwer. – Sie ließe sich selbst von einer *kräftigen* Frau nicht ohne Anstrengung und Geräusch abrücken, weil die Füße, die sehr niedrig sind, keine Rollen haben", bemerkte er, das Möbel prüfend ansehend. Don Gian machte eine abwehrende Bewegung.

„Ich habe das Bett abrücken lassen, um nachzusehen, ob darunter, dahinter oder daneben jemand eindringen könnte", versicherte er lebhaft. „Ich fand nur glatten, undurchbrochenen Steinboden, solide Wände, glatt mit der Tapete bespannt, die Sie im ganzen Zimmer sehen. Nichts was auch nur den Verdacht erwecken könnte, hier könnte eine verborgene Tür sein."

„Und die Tür, die in mein Schlafzimmer geht, trägt, wie ich sehe, noch den Patentsperrer", sagte Windmüller, der den verhüllenden Vorhang zurückgeschlagen hatte. „Überdies habe ich schon von meiner Seite festgestellt, dass die Tür sehr lange nicht mehr geöffnet worden ist", fuhr er fort. „Es liegt Staub auf der Schwelle jenseits der geschlossenen Flügel, alter, unberührter Staub. O ja, mangelhaft aufräumende Stubenmädchen haben schon oft geholfen, solch wichtige Dinge zweifellos festzustellen. Aha, und dort steht auch die Saftflasche, die Sie erwähnten – diesmal unberührt, wie ich sehe. Ich vermute, es wird Zeit brauchen, bis Sie sich wieder überwinden können, Saft aus solch einer Flasche in Ihr Sodawasser zu gießen. – So etwas bleibt lange an einem hängen, kann einem den unschuldigsten Genuss gründlich verleiden. – Ah, was haben wir denn da?", unterbrach er seine Betrachtung, die dem Diplomaten die ganze Bitterkeit seines Erlebnisses zurückbrachte. Mit einiger Verwunderung sah er dem berühmten Mann zu, wie dieser sich neben dem Tischchen, auf dem das Tablett mit den Flaschen und dem Glas, der Zuckerschale und der diesmal nicht fehlenden Zitrone stand, auf die Knie niederließ und den Boden aus glatter, bunter Breccia, dem zusammengesetzten Marmorguss, aus dem die Fußböden hergestellt werden, mit tief herabgebeugtem Kopf betrachtete. Der große, türkische Teppich, der den Boden bedeckte, ließ rings an den Wänden einen fast meterbreiten Streifen frei, auf dem die Kastenmöbel und eben auch der erwähnte Tisch standen. Don Gian konnte um die Welt nicht feststellen, was Doktor Windmüller dort zu betrachten für wichtig befand, aber er hatte nun doch schon etwas über die verschiedenen Methoden von Detektiven gehört und vermutete also seinen Gast zu recht auf einer so genannten ‚Spur'.

„Nein", beantwortete der Letztere laut diesen Gedanken. „Nach dem, was wir wissen, ist das keine Spur mehr, sondern einfach eine Bestätigung. Können Sie von dort aus diesen matten Fleck auf der glänzenden Breccia sehen? Er ist etwa so groß und rund wie ein Lirastück. Gut. Nun, wenn wir noch nicht wüssten, dass Ihnen in jener Nacht mit dem Fruchtsaft ein Schlaftrunk beigebracht worden ist, wenn noch ein Zweifel darüber bestünde, dann würde dieser Fleck uns helfen. So wird

er uns jedenfalls sagen können, *womit* man Sie unschädlich gemacht hat. Der Fleck hier ist ein Tropfen, ein großer, reichlicher Tropfen, der unbeachtet beim Einfüllen des Schlafmittels daneben gefallen und später beim Reinigen des Zimmers unbeachtet geblieben ist. Zimmermädchen, lieber Herr Marchese, beachten gemeinhin nur das, was sie nichts angehen sollte. Der Tropfen ist ziemlich dick an den Rändern und nach der Mitte konkav, also besteht er aus einer dickflüssigen Masse, die, wie ich sehe, noch nicht ganz trocken, sondern noch ziemlich zäh ist."
Windmüller zog ein Taschenmesser mit mehreren Klingen hervor, klappte von diesen eine auf, hob damit den Tropfen von dem glatten Grund ab, strich die Masse auf ein Stückchen weißes Pergamentpapier, das er aus seiner Brieftasche nahm, faltete das Papier sorgfältig zusammen und steckte es ein.

„Ich vermute, es ist eine siruparte Chlorallösung, was ja auch der brennende Geschmack, den Sie erwähnten, bestätigen würde", sagte er, das Messer mit dem Taschentuch reinigend. „Viel Wert, es zu erfahren, hat das ja nicht mehr, indessen – wer weiß? Man soll den Pfennig, den man am Wege findet, nicht liegen lassen, denn er fehlt dann am Ende, um den Taler vollzumachen. – So, und nun verlasse ich Sie, damit Sie aufstehen können. Was das für eine auffallend dicke Wand zwischen Ihren beiden Zimmern ist! Ich meine, sie sei viel dicker als die, die Ihr Schlafzimmer von dem meinen trennt."

„Glauben Sie?", fragte Don Gian zweifelnd „Mir ist in jener Nacht eigentlich zum ersten Mal diese tiefe Türnische aufgefallen ..."

„Ja – sie ist tiefer wie zum Beispiel die, die in das jenseitige Zimmer führt", bestätigte Windmüller. „Ich schätze natürlich nur nach Augenmaß. Also entweder ist diese dicke Wand eine architektonische Notwendigkeit gewesen oder – sie hat einen anderen Zweck ..."

„Das war auch meine Idee", fiel Don Gian ein. „Aber dann würde sie oder die Holzverschalung des Türdurchbruchs hohl klingen. Ich habe es überall geprüft. Es ist solides Mauerwerk."

„Es scheint so", bemerkte Windmüller, mit dem Taschenmesser die hölzernen, mit schönster Intarsiaarbeit verzierten Paneele zwischen den Türrahmen beklopfend, Ritzen befühlend und dem eingelegten Muster folgend, hie und da auch fest darauf drückend. „Es scheint wirklich alles seine Richtigkeit zu haben, womit natürlich das letzte Wort noch nicht gesprochen sein soll. Wir wollen später darauf zurückkommen. Und jetzt lasse ich Sie erst einmal allein."

Don Gian beeilte sich mit seiner Morgentoilette und trat nach ihrer Beendigung in sein Wohnzimmer, in dem er Windmüller am offenen Fenster stehend vorfand.

„Oh", machte er mit einem Blick auf den unberührt auf dem Tisch stehenden Imbiss, „da haben Sie bei meiner verschmähten Mahlzeit von gestern Abend sein müssen! Wie ekelhaft das kalte Fleisch doch gleich aussieht, wenn es der Luft ausgesetzt war und den Fliegen! Wollen wir zum Frühstück in den Speisesaal gehen oder wünschen Sie es hier serviert?"

„Hier, wenn es recht ist", erwiderte Windmüller. „Diese dicke Wand dort interessiert mich. – Ich hoffe noch auf eine Inspiration durch sie. Ja. Ja, und noch eines: Ich möchte gern den Koffer sehen, den Ihre Frau Schwägerin hier zurückgelassen hat. Macht es Mühe, ihn hierherzubringen?"

„Durchaus nicht", versicherte Don Gian, indem er läutete und dem alsbald erscheinenden Diener die entsprechenden Anweisungen gab.

Während der Mann abräumte und bis das Frühstück kam, redete Windmüller nur von allgemeinen Dingen, er streifte mit einigen scheinbar unwesentlichen Fragen die Topografie des Palastes und seiner Umgebung, und aß sein Frühstück methodisch und ohne Hast. Währenddessen wurden ihm zwei Telegramme übergeben, die er, nachdem er sie gelesen hatte, seinem Wirt über den Tisch schob. Das eine vom Minister enthielt die Mitteilung, dass über den Verbleib des Dokuments noch nichts bekannt und eine beunruhigende Nachricht nicht eingetroffen sei. Das andere von Windmüllers Agenten berichtete, dass Donna Xenia in Rom immer noch nicht angekommen und man ohne jede Nachricht von ihr sei.

„Das wären nun, rund gerechnet, sechsunddreißig Stunden, seit die Botin mit ihrem Raub überfällig ist – die Zeit ungerechnet, die sie zur Reise gebraucht hätte", beantwortete Windmüller den beunruhigten Blick des Diplomaten. „Die Annahme,

dass noch etwas mit dem Dokument beabsichtigt und in Vorbereitung ist, wird damit noch nicht hinfällig, denn es können ja unerwartete Gründe zu der Verzögerung eingetreten sein. Anderseits ist es aber auch möglich, dass eine Attacke auf die Agentin insofern missglückt ist, als diese vielleicht noch in der Lage war, das kostbare Schriftstück zu verbergen oder zu vernichten, ehe sie das Opfer eines Anschlages darauf wurde. Das sind aber alles nur Theorien, Herr Marchese. – Ah", unterbrach er sich, „da kommt der Koffer. Ja, lassen Sie ihn nur auf den ersten besten Stuhl stellen!"
Windmüller hielt sich bei seinem Frühstück nicht mehr auf, nachdem der Diener den eleganten Handkoffer von dunkelrotem Juchtenleder niedergestellt und sich entfernt hatte. Hastig trank er seine Tasse aus, zog den Stuhl, worauf das Köfferchen niedergestellt war, neben den seinen und prüfte das Schloss.

„Zugeschlossen!", stellte er fest. „Den Schlüssel hat die Besitzerin mitgenommen, setze ich voraus. Ganz richtig, sie hat den Koffer gepackt, ehe sie sich entfernte. – Und Sie haben ihn so vorgefunden, wie er hier ist. Hm. Das Schloss ist gut, aber zum Glück nicht unüberwindlich. Ordentliche Handarbeit, dieser Koffer. Russische Arbeit schätze ich."
Damit zog er aus der Westentasche einen kleinen, flachen Haken, schob ihn in den schmalen Schlüsselritz des Patentschlosses ein und klappte im nächsten Augenblick den Koffer auseinander, aus dem der feine, exotische Duft von Gardenien heraufstieg und fast das ganze Zimmer erfüllte.

„Oh je, war das nötig?", fuhr Don Gian auf. Jetzt musste Windmüller lachen.

„Ich meine schon, dass es nötig war, weil meine Augen ja leider keine X-Strahlen sind, die den Inhalt eines Juchtenkoffers durchleuchten können! Wenn Sie mir das aber zugetraut haben, so danke ich Ihnen für diese hohe Meinung meiner Fähigkeiten."

„Pardon", murmelte Don Gian beschämt. „Es ist nur, weil es für unsereins so unerhört ist, fremder Leute Eigentum zu ..."

„Durchschnüffeln", half Windmüller ein. „Meine Privatleidenschaft ist das auch nicht, aber in diesem Fall darf man sich nicht mit solchen Bedenken aufhalten."

„Glauben Sie, dass meine Schwägerin ihren Raub hier in diesem Koffer ..."

„Hm, es wäre doch eine tolle Idee gewesen, ohne diesen gefährlichen Schatz abzureisen und sich ihn harmlos im Koffer nachschicken zu lassen!", meinte Windmüller. „Eine wirklich kühne Idee, die ins Konversationslexikon zu kommen verdiente. – Nein, ich glaube nicht, dass wir das Dokument hier finden werden, aber vielleicht doch ein paar nützliche Hinweise. Lassen Sie uns nachsehen. Diese Abteilung enthält ein schwarzes Kleid, wie ich meine, ein ‚Traum' von spinnwebdünnem Florstoff mit Pailletten bestickt."

„Das trug sie an dem Abend, als ich in Venedig eintraf", sagte Gian.

„Ah so! – In dem Täschchen der Klappe des anderen Abteils ist, wie Sie sehen, Briefpapier, ein paar Bogen nur und passende Umschläge. Sonst nichts? Nein. – Gehen wir weiter. Das verschlossene Abteil enthält ...? Ein Nachthemd. – Unbenutzt. Kämme, Bürsten, Handspiegel aus getriebenem Silber und Elfenbein – Taschentücher, davon einige benutzte in die Ecken gestopft – einen Spitzenschal, seidene Strümpfe – was man so für einen kurzen Ausflug braucht. Nichts weiter. – Doch! Hier in diesem gebrauchten Taschentuch ist etwas Hartes – eine Flasche! Eine ganz gewöhnliche, leere Apothekerflasche ohne Etikett, sogar ohne Stöpsel, Inhalt hundertfünfzig Gramm. Und ein kleiner Rest ihres ehemaligen Inhalts noch auf dem Boden ..."

Windmüller ließ von dem kleinen Rest, der langsam floss, ein paar Tropfen auf seinen Handrücken fallen und kostete vorsichtig davon.

„Pfui Teufel!", machte er. „Wissen Sie, was das ist, Herr Marchese? Eine sehr starke Chloralhydratlösung! Glauben Sie, dass Donna Xenia die selbst gebraucht hat? Ich nicht. Chloralhydrat nimmt man, um schlafen zu können, was sie doch nicht vorhatte. Hm. Wenn die Flasche hier voll war, als sie den Inhalt in Ihre Fruchtsaftkaraffe ausleerte, dann wundert es mich nicht, dass Sie von der genossenen Portion wie ein Siebenschläfer geschlafen haben! Ein Glück nur, dass Sie nicht noch eine zweite Gabe nachstürzten, sonst hätten Sie das Aufwachen vermutlich ganz vergessen können! Ein recht nettes Kapitel, ‚schwägerliche Fürsorge‘ betitelt. Na, dafür ist's noch gnädig abgelaufen! – So, diese Abteilung hat uns sonst weiter nichts zu sagen. Lassen Sie uns nun einmal das Kleid betrachten. Es ist ordentlich zusammengelegt. Wenn ich's so nicht wieder hineinbringe, kann ich nichts dafür. Hm. Cesarina würde dieses Gebilde wohl auch einen ‚Traum‘ nennen, obwohl der Saum mitsamt dem seidenen Untergewand starke Spuren des Gebrauchs zeigt. Sehr interessante Spuren! – Wofür halten Sie diesen Schmutz, Herr Marchese?"

„Für Staub, dicken Staub", erklärte Gian, der noch mit einem gewissen Übelkeitsgefühl kämpfte, das die leere Flasche und Windmüllers Kommentar dazu in ihm wachgerufen hatten.

„Staub!", entgegnete der Detektiv energisch. „Ja, Es ist Staub, gewiss, aber vermoderter, verrotteter Staub, den kein Besen, keines Menschen Schritt seit Generationen aus seiner Ruhe gestört hatte! Und Donna Xenia hat ihn mit ihrer eleganten, glitzernden, schwarzen Chiffonrobe mitgenommen, ehe sie sich anschickte, den Palast zu verlassen. – Das ist sehr verdächtig, nicht wahr? Weil es verrät, dass sie auf einem nur ihr bekannten, verborgenen Wege in Ihr Zimmer drang, wahrscheinlich in der Zeit, während Sie bei Ihrer Schwester waren, um Ihnen den Trank für die Nacht zu mischen. – Und sehen Sie das Spinngewebe, das hier in dieser Ranke der Paillettenstickerei hängen geblieben ist? Daran sind Ihre Zimmermädchen unschuldig: Es ist schwer und ist zum dichten Stoff geworden durch denselben vermoderten Staub, den der Saum des Kleides zusammengefegt hat. – Eine sehr interessante Dame, Ihre Frau Schwägerin, und absolut skrupellos. Es wäre ganz logisch, wenn ihr ein gleich skrupelloser Gegner gegenübergetreten wäre. – Und ich fürchte, dass dies tatsächlich ihr Schicksal war!"

Don Gian sah wie im Traum zu, während Windmüller das Kleid in den Koffer hineinstopfte und diesen dann mit seinem Patentschlossdietrich wieder verschloss.

„Aber ich muss wissen, wie sie hier eingedrungen ist!", rief Don Gian, ratlos die vier Wände betrachtend.

„Das hat Zeit, Herr Marchese. Es ist jetzt viel wesentlicher, zu wissen, wie sie aus dem Haus hinausgekommen ist. Ist es

Ihnen recht, wenn wir jetzt gleich einmal die Topografie des Palastes studieren? Wenn Sie aber jetzt lieber oben bleiben, kann ich das unter der Führung Ihres Majordomo auch allein besorgen."

„Nein, nein – ich begleite Sie natürlich!", raffte Don Gian sich aus seinen Grübeleien auf. „Ich bin als Knabe in dem großen Haus überall herumgekrochen und weiß annähernd Bescheid darin. Aber ich denke, wir nehmen Sebastiano dennoch mit, denn diese alten Diener kennen die Traditionen oft besser als ihre eigene Herrschaft, die leider – wie zum Beispiel ich – den Sinn, das Gedächtnis und das Interesse für solche Dinge nicht hat. Meine Entschuldigung ist, dass ich ja bis vor einem Jahr der jüngere Sohn, nicht der Erbe war, früh aus dem Haus ging, um zu studieren und einen Beruf zu ergreifen. Mein Bruder kannte die Geschichte unseres Hauses nicht nur aus dem Grunde, sondern auch die des Palastes, seiner Legenden und vielleicht auch seiner Geheimnisse. Ich bin überzeugt, dass dieses alte Haus solche hat, denn alle unsere Paläste haben so etwas, obwohl man das heute gern ins Reich der Märchen verweisen möchte."

„An welche die Leugner nur darum nicht glauben, weil sie nie etwas anderes als die nüchterne Luft ihrer reizlosen Miethäuser eingeatmet und gekannt haben", fiel Windmüller ein. „Die Geheimnisse der alten Paläste sind eine ganz logische Folge der Zeiten, die über sie hingegangen sind. Sie waren genötigt, Geheimnisse zu haben. Manche werden von späteren Generationen entdeckt, die meisten bleiben, was sie waren – Geheimnisse. Als ob unsere Generation keine hätte! Das weiß niemand besser als ich, dessen Beruf es ist, gelegentlich eines oder das andere ans Licht zu bringen."

Die Herren waren inzwischen hinausgetreten und die Treppe zum ersten Stockwerk hinabgestiegen, wo Sebastiano mit einem großen Schlüsselbund bewaffnet auf den schon vorher erteilten Befehl seines Herrn hin wartete.

„So ist's recht", sagte Windmüller, den Mann freundlich grüßend. „Diese Schlüsselsammlung verspricht ja eine kleine Reise. Zeigen Sie uns nur alles, Signor Majordomo, ganz besonders aber verborgene Gelasse und Winkel, die man, ohne die

Zimmerflucht zu stören, etwa für den – hm – Personenaufzug benutzen könnte."

„Zu Befehl, Signor", erwiderte Sebastiano, indem er den Marchese mit einem Blick ansah, der eine Welt von Vorwurf ausdrückte. Dann räusperte er sich und sagte respektvoll, aber mit Entschlossenheit: „Wollen gnädigst entschuldigen, wenn ich mir erlaube, daran zu erinnern, dass der Herr Architekt, der im vorigen Jahr wegen des Aufzuges hier war, die Nische neben der Treppe in der Halle für sehr geeignet erklärte, weil sich die Decken bis zum Oberstock an dieser Stelle leicht durchbrechen lassen, ohne dass die Zimmer dadurch gestört werden. Es würde in jedem Stock nur ein Teil der dunklen Garderoben fortfallen. Der Herr Architekt meinte, den Aufzug in dem ganz unbewohnten Nordtrakt anzubringen, würde wegen der damit verbundenen Unbequemlichkeit für die Herrschaft seinen Zweck verfehlen."

„Genau das wollen wir nachprüfen", entgegnete Windmüller ruhig. Was dieser aber übersah, hatte Don Gian aus Sebastianos Blick sofort begriffen.

„Was hat dir die Marchesa über den Besuch des Herrn hier gesagt?", fragte er, als sie das erste der aufzuschließenden Gelasse betreten hatten, indem er dem Mann die Hand auf die Schulter legte. Über das glattrasierte Gesicht des alten Dieners ging es wie Wetterleuchten von widerstreitenden Gefühlen.

„Don Gian – wollte sagen Herr Marchese", entgegnete er nach einer Pause der Unentschlossenheit, „Ihre Exzellenz hat mir eigentlich nichts gesagt, weil sie selbst nicht wusste, was der Signor hier wollte. Aber Eccellenza hat mich oft mit Ihrem Vertrauen beehrt und ließ durchblicken, dass der Signor wahrscheinlich wegen der Abreise der Frau Principessa herkam. Die Principessa sei wohl nicht in Rom eingetroffen, geruhte Eccellenza, mir vertraulich mitzuteilen. Ich habe natürlich niemand etwas davon gesagt. Die Angelegenheiten meiner Herrschaft sind gut bei mir aufgehoben und Eccellenza wissen das. Als nun der Signor gestern Abend bei der Ankunft sagte, er käme wegen des Aufzugs, dachte ich im Augenblick auch nichts Anderes, dann aber überlegte ich mir, dass der Herr Marchese wegen dieser Sache die Reise von Rom zweimal in sechsunddreißig Stunden nicht machen würde, weil der Herr Marchese doch seinen Beruf hat. Also, dachte ich mir, wenn ich den fremden Signor in dem Teil des Palazzo herumführen soll, wo höchstens die Ratten einen Aufzug brauchen, so wird Eccellenza wohl Recht haben, und der Herr Marchese hätte dem alten Sebastiano, der ihn als Kind auf den Armen herumgetragen hat, ein klein wenig mehr Vertrauen schenken können."

Zu Windmüllers unwilligem Erstaunen umarmte Don Gian den Majordomo kurzweg und rief, ehe sein Gefährte ihm noch ein Zeichen machen konnte: „Du hast vollkommen Recht, mein Alter. – Alles Vertrauen will ich dir schenken! Ja, der Signor Dottore hier ist gekommen, um zu erfahren, was aus Donna Xenia geworden ist ..."

„Pardon", fiel Windmüller, vor Ungeduld in die Hände schlagend, ein, „meinen Sie nicht, Herr Marchese, dass wir diese Dinge besser etwas leiser besprächen? Soweit ich mich orientiere, stößt dieser Raum, in dem wir stehen, direkt an die Zimmerflucht an, die gestern von völlig fremden Menschen mietweise bezogen worden sind. Zum mindesten geht es diese Leute doch nichts an, was Sie und mich nach Venedig gebracht hat – nicht wahr?"

„Oh je! An diese fremden Leute habe ich nicht mehr gedacht!", rief Don Gian überrascht aus. „Wie sollte ich auch? Sie sind eine solche Neuheit hier im Haus! Aber wie sollten sie uns hier gehört haben? Neben dem Rosa Zimmer liegt zwischen ihm und dem Saal, in dem wir stehen, ein ziemlich großer Raum, dessen Türen mit schweren Samtvorhängen versehen sind, die den Schall absolut dämpfen ..."

„Wenn sie denn auch zugezogen sind", murmelte Windmüller grimmig.

„Und die Tür ist abgeschlossen. – Hier ist der Schlüssel", sagte Sebastiano. „Ich habe alles nachgesehen und besorgt, ehe die fremden Herrschaften einzogen. Sie haben gerade die Hälfte der Räume – zehn im Ganzen, aber ihr Teil ist größer, weil ja der große Saal über der Halle dabei ist. Der Signor Dottore soll den unbewohnten Teil sehen, wie er es wünscht. Es gibt darin ein paar sehr gut und geschickt versteckte Kammern zur Aufbewahrung von Kostbarkeiten und als Verstecke, das ist richtig, aber als Ausgang kann die Signora Principessa sie nicht benutzt haben – gewiss nicht!"

„Das eben wollen wir feststellen", erwiderte Windmüller, der inzwischen den Fußboden in dem Raum, in dem sie standen, einer genaueren Prüfung unterzogen hatte. Er war wie alle Zimmer aus Breccia, ungewischt, jedoch vollkommen staubfrei.

„Es ist hier unlängst ausgekehrt worden", bemerkte er, sich in dem nur spärlich möblierten Raum umsehend, wie nebenbei.

„Ich habe sauber machen lassen, als ich gestern zusah, ob die Tür nach der vorderen Flucht auch abgeschlossen sei", erwiderte Sebastiano und setzte achselzuckend hinzu: „Sie war natürlich zu."

„Natürlich", murmelte Windmüller. „Sind die anderen Zimmer auch gereinigt worden? Ich meine die nichtvermieteten."

„Nein, Signor – wenigstens jetzt nicht", erklärte der Majordomo bereitwilligst. „Es kommt das ganze Jahr kein Mensch hier herein", fuhr er entschuldigend fort, „für wen sollte man da immerzu ein Heer von Leuten beschäftigen? Zwei- dreimal im Jahr wird alles nachgesehen und geputzt und gelüftet – ja, zu Zeiten des Herrn Marchese Federigo, Don Gians Großvater, da wurden noch Feste, große Feste im Palazzo Terraferma gegeben, Feste, von denen die Leute in ganz Venedig sprachen, und da waren alle diese Zimmer und Säle offen, und man hatte alle Hände voll zu tun, um sie in Ordnung zu halten. Aber schon der Herr Marchese selig – ich meine Don Gians Vater – war ja nur selten hier, und Don Pietro – vielmehr die Frau Principessa hat es ja länger als ein paar Tage hintereinander in Venedig nicht ausgehalten. Die fremde Herrschaft hätte diese Hälfte des Piano nobile auch noch mieten sollen, dann wäre sie bewohnt gewesen, und das ist gut gegen Mäuse, Motten und Moder."

Sebastiano war, während er mehr vor sich hin als zu den anderen redete, vorausgegangen und öffnete die Fensterläden. Das selten in diese Zimmerreihe eingelassene Tageslicht machte sie aber nicht freundlicher, sondern beleuchtete nur ihre Verlassenheit, die ihnen durchweg den Stempel aufdrückte, umso mehr als diese Flucht wohl immer nur der Repräsentation gewidmet gewesen war. Dementsprechend war die Einrichtung auch nur die, wie man sie in solchen Räumen zu sehen gewohnt ist: Sofa, Lehnstühle und Taburette an den Wänden aufgereiht, mit Marmorplatten versehene Konsoltische zwischen den Fenstern, hie und da ein kostbar eingelegter und geschnitzter Schrank, ein paar Gueridons, ein paar Postamente mit Bronze- oder Marmorbüsten darauf, an den mit gepressten Ledertapeten oder Seidendamast bespannten Wänden große, stark nachgedunkelte Gemälde, da und dort ein Spiegel in geschliffenem Glasrahmen, und von den Decken, die noch zumeist die ursprünglichen dekorierten Balken aufwiesen, hingen Glaslüster herab. Die hohen Spitzbogenfenster mit ihrer Form venezianischer Gotik ließen von Osten und Norden nur ein spärliches Licht in diese verlassenen Räume durch halberblindete Fensterscheiben fallen, und auf den teppichlosen steinernen Böden schallten die Schritte der drei Männer wie eine Entweihung der Grabesruhe und weckten allenfalls leise, geisterhafte Echos auf. Doktor Windmüller hatte nur flüchtige, wenn auch alles umfassende Blicke für die Einrichtung der Räume; er schien auch nur ein ganz geringes Interesse für die verborgenen Kämmerchen und Winkel zu haben, die Sebastiano mit Wichtigkeit zeigte – seine Aufmerksamkeit galt vor allem den steinernen Böden, auf denen wie ein ganz feiner, dünner Schleier die Staubschicht lag, die sich seit der letzten Reinigung mit dem Besen darauf angesammelt hatte.

In Venedig gibt es den Staub der Städte nicht, in denen der Straßenverkehr die Lungen der Einwohner mit Bazillen und Bakterien füllt; man kann dort tagelang umherlaufen, ehe die Schuhe den Glanz verlieren. Aber natürlich wird auch der verrottende Kehricht in den Gassen und auf den Plätzen zu Staub und der Wind trägt ihn in die Häuser, und wenn ihm Zeit gelassen wird, sich zu setzen, dann wird er zu der feinen, schleierartigen Patina, die den alten Spiegeln und Lüstern, den Vergoldungen und Skulpturen das ‚cachet' der Zeit verleiht, das dem Auge des Liebhabers und Kenners so lieb und wert ist.

„Nein", sagte Windmüller, als sie, aus den wenigen westlichen Zimmern zurückgekehrt waren und in den großen Saal traten, der den Hauptteil der Nordfront einnahm, „nein, Donna Xenia hat, welchen Ausgang sie auch immer gewählt hatte, diese Zimmer dazu nicht betreten. Es ist nicht eine Stelle des Fußbodens, die darauf schließen ließe, denn der wenige Staub, der in den zwei Tagen darauf gefallen ist, würde nicht ausreichen, ihre Spuren zu verwischen. Wenigstens hier in Venedig nicht und obendrein in Räumen, die so abgeschlossen sind wie diese. Wir müssen uns also anderswo nach einem Ausgang umsehen, denn es steht für mich völlig außer Zweifel, dass Donna Xenia einen solchen kennt und benutzt hat."

„Mit Verlaub, Signor, warum steht das außer Zweifel, wenn die Signora Principessa doch nur mich zu wecken brauchte, um durch die Tür hinauszugehen, die sie zu benutzen wünschte?", fragte der Majordomo.

„Hm, da sie das aber nicht getan hat, so haben jedenfalls gute Gründe sie bewogen, diesen einfachen Weg nicht zu wählen", erwiderte Windmüller trocken. „Und da die Signora Principessa sich auch nicht gut fast drei Tage lang ohne jede Nahrung im Haus verbergen kann, so liegt es ganz nahe, dass sie es eben auf einem nur ihr bekannten Wege verlassen hat ..."

„Wozu doch aber auch eine Tür gehört", warf Don Gian achselzuckend ein.

„Oder ein Fenster!"

„Signor Dottore, die Fenster im ersten Stock waren alle geschlossen, und die des Erdgeschosses sind sämtlich vergittert!", rief Sebastiano, über die Hartnäckigkeit des Gastes in seinem Innern empört. „Bleiben nur noch die Keller auf den Landseiten – doch dort kommt keine Ratte hinaus, wenn sie einmal drin ist. Mein Großvater selig, der schon Majordomo im Palazzo Terraferma war und uns Kindern oft davon erzählte, wie herrlich es zu seiner Jugend darin zugegangen war, kannte auch alle die alten Legenden und Geschehnisse aus früherer Zeit und verstand es, schön davon zu erzählen. Von geheimen Zimmern hat er gesprochen, und dass die Leute aus den drei Stockwerken zueinander gelangen konnten, ohne die Treppen zu benutzen ..."

„Ah!", rief Windmüller aufmerksam.

„Ja, aber er sagte nicht, wie und wo das geschehen konnte", fuhr Sebastiano geschmeichelt fort. „Er hat es wohl selbst nicht gewusst. Er erzählte auch, dass es in dem Palast eine Trappola geben sollte, eine Falle für ... für Menschen ..."

„Unsinn! Eine Oubliette hier im Haus!", fiel Don Gian ein.

„Warum Unsinn?", fragte Windmüller. „Diese tückischen Vorrichtungen gegen unbequeme Zeitgenossen waren namentlich in der Renaissance sehr beliebt. Ich kann Ihnen in Rom wenigstens zehn Paläste nennen, wo Oublietten existiert haben, von den Bergschlössern ganz zu schweigen ..."

„Gewiss, Signor!", rief Sebastiano. „Auch hier in Venedig gibt's solche Trappole! Hat man im Palazzo Candiani nicht eine gefunden, als man den Aufzug dort anlegte? Gefüllt mit Skeletten! Der Herr Marchese wird sich erinnern, welches Aufsehen der Fund machte – es ist noch keine drei Jahre her!"

„Ja, ja, ich erinnere mich!", gab Gian mit Unbehagen zu. „Aber hier im Haus! Davon müsste ich doch bestimmt etwas gehört haben!"

„Wer hatte es im Palazzo Candiani gewusst, Herr Marchese? Kein Mensch. Mein Großvater selig hat's noch von seinem eigenen Großvater gehört als ein großes Geheimnis."

„Was es meinetwegen auch bleiben darf", sagte Windmüller. „Mich interessiert es mehr, wieso und wo die Leute hier im Haus ungesehen und ohne die Treppen zu benutzen in die verschiedenen Stockwerke kommen und ebenso das Haus verlassen konnten. Ich fürchte, ich werde die fremden Herrschaften in der Rolle des Architekten doch noch inkommodieren müssen. Später. Es eilt jetzt nicht. Ich werde erst einmal ausgehen, und wenn Sie mich begleiten wollen, Herr Marchese, so soll's mir recht sein. Nötig ist es nicht, falls Sie etwas Anderes vorhaben, Ihre Verwandten begrüßen wollen oder ..."

„Ja, ich möchte meiner Großmutter und meiner Schwester guten Tag sagen", erwiderte Don Gian unentschlossen. „Doch nein – das muss warten", setzte er hinzu, seinen Gefühlen als Mensch Zwang antuend. „Sebastiano, du sollst der Frau Marchesa und Donna Loredana sagen, dass ich mit dem Herrn Doktor ausgehen musste. Ist die Gondel schon da?"

„Ich werde sogleich nachschauen, Signor Marchese."

VII.

Die Gondel wartete bereits vor dem offenen Hauptportal des Palastes, als Windmüller und sein Gastgeber die Treppe in die Halle hinabstiegen. Ersterer blieb darin stehen, scheinbar in den Anblick der malerischen Schönheit der Architektur dieses königlichen Raumes versunken, während der Letztere dem Portal zuschritt.

Agostino, der alte Portier, trat aus seiner Loge heraus und blieb stehen in dem Gefühl, dass er dem Gast des Hauses die Ehre zu erweisen hatte. Er hatte nichts gegen den Gast einzuwenden; dieser fremde Herr war schon frühzeitig herabgekommen, hatte sich mit ihm über die Frau Principessa unterhalten und ganz seine Ansicht über den sonderbaren Fall geteilt. Er hatte ihm auch ein ausgesprochen reichliches Trinkgeld dafür gegeben, weil er die letzte Nacht so lange seinetwegen hatte aufbleiben müssen. Windmüller grüßte den Portier freundlich, fast vertraulich.

„Ein hübscher Mensch, dieser Gondoliere", bemerkte er, indem er auf die schlanke Gestalt im weißen Matrosenanzug deutete. Der junge Mann stand mit dem Ruder in der Hand mit abgezogenem Strohhut auf der Poppa des Fahrzeugs.

„Er ist mein Sohn, Signore", erwiderte Agostino mit einem stolzen Blick auf den schmucken Burschen.

„Ich hatte es mir beinahe gedacht, der Ähnlichkeit wegen", meinte Windmüller treuherzig. „Hm, ja! Er hat wohl die Frau Principessa vom Bahnhof abgeholt, als sie vor ein paar Tagen hier ankam?"

„Oh nein! Es wusste ja niemand, dass die Frau Principessa kommen würde. Sie hatte sich eine Gondel am Bahnhof genommen."

„Ja, natürlich. Haben Sie zufällig bemerkt, welche Nummer die Gondel hatte?"

„Die Nummer? Dio mio, nein, darauf habe ich nicht geachtet", machte Agostino bedauernd. „Aber ich kann sie leicht erfahren", setzte er dienstfertig hinzu, „denn der Inhaber ist der Sohn von dem Obsthändler in der Ruga vecchia, dicht neben San Giovanni Elemosenario. Er hat sie noch nicht lange, die

Gondel, der Mario – aus zweiter Hand gekauft, nicht neu, aber schön hergerichtet. Und mächtig stolz ist er darauf, gerade als ob das Ding für ihn gebaut worden wäre."

„Nun ja, die erste eigene Gondel – das ist zu verstehen", sagte Windmüller. „Nein, es ist nicht nötig, nach der Nummer zu fragen. Es war nur so eine Idee von mir."

„Er hat den Dienst jetzt an der Stazione, der Mario Spezier – ein guter Posten, Signor", berichtete Agostino. „Manche Leute haben eben Glück. Aber der Mario wird auch nicht alle Tage eine Principessa zu fahren bekommen, die ihn mit Gold für die paar Ruderschläge von der Stazione bis hierher bezahlt."

„Mit Gold?", wiederholte Windmüller mit gut gespieltem Erstaunen.

„Mit Gold", bestätigte Agostino die unbegreifliche Behauptung. „Ich hab's gesehen. Ich wollte die Gondel bezahlen, als die Frau Principessa damit angefahren kam, und dem Gondoliere das Trinkgeld geben, das immer dafür ausgelegt wird, aber sie hatte schon ihre Börse zur Hand und gab dem Mario ein Goldstück. Ich hab's gesehen – ein gelbes Goldstück! Als ob der Mario das wechseln könnte, dachte ich mir. Aber der Mario dachte nicht daran, es zu wechseln! Er stecke es einfach in die Tasche und sagte: ‚Mille grazie, Eccelenza!' Er hätte das nicht gesagt, wenn die Principessa sich vergriffen und ihm nur einen blanken Soldo gegeben hätte. Dann hätte er gewartet, bis sie im Haus war, und ich hätte ihm den Rest nachgezahlt. Aber er wartete nicht, sondern fuhr gleich davon, als sie kaum im Haus war. Ein Goldstück für die Fahrt vom Bahnhof hierher! Natürlich hat er gemacht, dass er fortkam, ehe man ihm dieses Sündengeld streitig machen konnte."

„Nun, zu verdenken ist's ihm nicht, wenn er den guten Fang behalten wollte", meinte Windmüller, indem er dem Portal zuschritt, unter dem Don Gian wartend stand. Er stieg in die Gondel und sagte mit einem Blick auf die Uhr: „Wenn es Ihnen recht ist, Herr Marchese, möchte ich doch lieber zuerst zum Palazzo Labia, um die Fresken von Tiepolo zu sehen."

Don Gian sah seinen Gast nahezu fassungslos an, ehe er dem Gondoliere „Also – Palazzo Labia!" zurief und dann neben Windmüller Platz nahm mit der Miene eines Menschen, der den dringenden Verdacht hat, neben einem unzweifelhaft Übergeschnappten zu sitzen.

„Zu Ihrer Beruhigung; ich glaube, auf dem Weg zur ersten Spur zu sein. Mehr kann ich nicht sagen und muss Sie auf später vertrösten. Denn nachdem Sie mich am Palazzo Labia abgesetzt haben, muss ich Sie bitten, allein zu Ihrem Haus zurückzukehren. Ihre Gegenwart würde bloß ein Hindernis sein bei dem, was ich vorhabe. – Mir kam nämlich beim Anblick Ihrer Gondel ein Gedanke, der mir eigentlich schon früher hätte kommen sollen. Aber was wollen Sie? Der Mensch ist ein Bündel von Unvollkommenheiten. Ich habe wieder einmal die Lehre erhalten, dass man sich nie auf Voraussetzungen verlassen darf. Man sollte überhaupt nichts voraussetzen, lieber Herr Marchese, ohne sich gleich zu vergewissern, ob das Konkrete mit dem Abstrakten übereinstimmt. Diese Betrachtung gilt natürlich nicht Ihnen, sondern ist nur so eine Art Memorandum für mich."

„Mein Verstand mag durch die Ereignisse etwas gelitten haben, Herr Doktor", erwiderte Don Gian ergeben, „denn selbst wenn Sie mich totschlagen, kann ich mir nicht vorstellen, inwiefern die Fresken Tiepolos im Palazzo Labia Sie auf eine Spur bringen können!"

„Ah!", machte Windmüller mit behaglichem Lachen. „Sie wollen mir schmeicheln, denn ich glaube bestimmt, dass Sie längst durchschaut haben, dass der Palazzo Labia nur ein Vorwand zum Benefiz Ihres Personals ist. Ein so großer Verehrer Tiepolos ich auch bin – heute habe ich leider nicht die Muße, eines seiner virtuosen Werke zu bewundern. Ihr Gondoliere und sein würdiger Herr Vater brauchen aber nicht gleich zu wissen, was ich vorhabe, obwohl ich dem Letzteren den Hinweis auf die Spur verdanke, die sich hoffentlich als solche erweist."

„Und ich?", fragte Don Gian, der sich sichtlich über den geistigen Zustand seines Gastes beruhigt hatte. „Was tue ich indessen?"

„Ah, Sie, lieber Herr Marchese, kehren in Ihrer Gondel in Ihr Haus zurück und sagen Ihren Verwandten dort guten Tag. Empfehlen Sie mich inzwischen der Frau Marchesa, der ich gewiss noch meine Aufwartung machen werde, sobald ich meine

Geschäfte erledigt habe."

„Die Collazione wird um ein Uhr serviert", erwiderte Don Gian mit förmlicher Höflichkeit.

„Ich hoffe, daran teilnehmen zu können", erwiderte Windmüller. „Ich bitte aber, nicht auf mich zu warten, falls ich nicht pünktlich da bin. Vielleicht finde ich die Persönlichkeit, nach der ich fahnde, gleich – vielleicht erst nach langem Suchen. Doch da mir sehr viel daran liegt, sie zu finden, so darf ich mir eine Rast auf der Jagd nicht gönnen. Das ist in meinem Beruf Gewohnheitssache. – Ah, dort grüßt der Palazzo Labia ja schon herüber!"

In der Tat glitt die Gondel eben aus dem Seitenkanal heraus auf den Canale Grande, kreuzte ihn schräg rechts, bog in den breiten Kanal des Canareggio ein und legte, in zwei Minuten die Fondamenta von San Geremia passierend, vor der stolzen Front des eleganten Palazzo Labia an, in dessen seit Jahren unbewohnten zahllosen Räumen die berühmten Kleopatrafresken Tiepolos langsam aber sicher ihrem Ruin entgegengehen.

Hier stieg Windmüller aus, nachdem er sich von Don Gian verabschiedet hatte, sah, auf dem Trottoir vor dem Palast stehend, wie einer, den die Zeit nicht drängt, zu, wie die Gondel wieder zurückgewendet wurde. Und als sie um die Ecke bei San Geremia verschwunden war, ging er mit einem abermaligen Blick auf die Uhr rechts um den Palast herum, überschritt, geradeaus bleibend, den dahinterliegenden Platz und ging ohne Hast, aber doch stetig fürbass schreitend, die Lista di Spagna hinab. Diese Straße, ein im achtzehnten Jahrhundert zugeschütteter Kanal, führt vom Palazzo Labia aus in kurzer Zeit vorüber an dem ehemaligen Palast der spanischen Gesandtschaft, die ihn von der alten Patrizierfamilie Zeno gekauft hatte. Jetzt ist das große Gebäude ein Erziehungsinstitut. Rechts von ihm liegt noch der alte Torweg zum Garten des Palazzo Morosini, der von den Österreichern als Kaserne benutzt und dadurch dermaßen ruiniert wurde, dass er abgerissen werden musste. So verschwand die berühmte, von Pordenone bemalte Fassade für immer aus der Reihe der Paläste am Canale Grande.

Bald stand Windmüller vor dem Ausgang des hässlichen Bahnhofs, für den aber der Kanal selbst mit der jenseitigen

Reihe schöner Paläste, der hochragenden, grünen Kuppel von San Simeone Piccolo und dem großen, prächtigen Garten der Grafen Papadopoli eine Entschädigung bietet. Wo in anderen Städten die Droschken stehen, liegen hier die Gondeln zur Beförderung der ankommenden Reisenden bereit, und da in wenigen Minuten ein Schnellzug fällig war, so waren die Gondeln auch in großer Zahl vorhanden.

Windmüller ging langsam den Kai entlang und musterte die mehr oder minder eleganten, mehr oder minder sorgfältig gehaltenen Fahrzeuge und ihre Lenker mit scharfem Blick, bis er darunter eine Gondel entdeckte, deren Hellebarde und die messingnen Seepferde in der Sonne nur so funkelten, deren Kissen und Teppich noch fast neu erschienen. Mehr noch, der auf der Poppa hockende Gondoliere war ein junger Mann, der noch nicht lange der Gilde angehören konnte.

„Mario? – Mario Spezier?", fragte Windmüller.

Zehn Stimmen erwiderten gleichzeitig: „Da ist er!"

Der junge Gondoliere, den Windmüller darauf taxiert hatte, der Gesuchte sein zu können, erhob sich sofort und brachte sein Fahrzeug an die Stufen. Windmüller stieg ein und machte eine Handbewegung nach der Brücke zu. Bald hatte sich die Gondel aus dem Gewirr geschickt herausgewunden, ohne auch nur eines der vielen anderen Fahrzeuge zu streifen.

„Palazzo Terraferma dalla Luna!", sagte Windmüller, sich auf seinem Sitz umwendend, und der Ausdruck, den er bei dieser Adressenangabe über das hübsche, gebräunte Gesicht des Gondolieres fliegen sah, belehrte ihn, dass er sich nicht verrechnet hatte, als er hier eine mögliche Spur zu suchen kam. Aber dieser Ausdruck gab ihm zu denken. – Es war mehr wie Ärger, der sich am Ende auf die zu kurze Fahrt, die den Mann um einen besseren Verdienst brachte, beziehen lassen konnte; die Röte, die dem Gondoliere ins Gesicht stieg, war eine unleugbare Zornesröte, die das Aufblitzen der Augen unterstützte.

Windmüller hatte nicht viel Zeit übrig, zu reden und zu überlegen. Er musste sich, wie so oft in seinem Beruf, auf seinen Einfallsreichtum verlassen, namentlich aber auf seinen hochgradig entwickelten Instinkt, dem er zum größten Teil seine Erfolge verdankte. Als die Gondel dann vom Canale Grande rechts in den Seitenkanal abbog, drehte er sich um.

„Rudern Sie langsamer, Mario. Ich habe mit Ihnen zu reden", sagte er im Ton vertrauenerweckender Selbstverständlichkeit, der ihm schon so oft gute Dienste geleistet hatte, und den er der vor ihm befindlichen Person entsprechend so ungemein überzeugend modulieren konnte.

„Va bene, Signor!", erwiderte der Gondoliere sein Ruder einziehend. „Ich dachte mir, dass der Signor mir etwas zu sagen hatte. Warum hätte er sonst gerade mit *mir* fahren wollen?"

„Altro!", bestätigte Windmüller und setzte hinzu: „Warum machten Sie dann aber ein so böses Gesicht, als ich Ihnen sagte, Sie sollten mich zum Palazzo Terraferma fahren?"
Mario zuckte mit den Achseln, antwortete aber nicht, sondern sah seinen Fahrgast nur erwartungsvoll an. Diesem wären ein paar Worte, die ihm einen Anhalt für die nachfolgende Unterhaltung gegeben hätten, lieber gewesen. Da Mario aber offenbar dem diplomatischen Grundsatz huldigte, dass man das erste Wort immer von der anderen Seite erwarten müsse, so blieb Windmüller nichts übrig, als einen Fühler auszustrecken. Er zog seine Geldtasche und sagte vertraulich: „Die Frau Principessa ist Ihnen etwas schuldig geblieben – nicht wahr?"
Mario zuckte wieder mit den Achseln und legte den Beweis ab, dass er wirklich diplomatisches Talent hatte.

„Der Signor ist beauftragt, mit mir darüber zu sprechen?", fragte er leise.

„Gewiss!", versicherte Windmüller ohne Zögern, wozu er auch volles Recht hatte, denn sein Auftrag lautete, das verschwundene Dokument zu suchen. Dazu musste er natürlich erst die Principessa finden, und zu diesem Zweck durfte kein Weg unversucht bleiben. Dass dieser kein Holzweg sein konnte, war schon jetzt ziemlich zweifellos geworden.

„Die Frau Principessa hatte Sie beauftragt, sie zu einer bestimmten Stunde am Palazzo abzuholen. So war es doch?"
Jetzt gab Mario seine abwartende Rolle auf. Er trat von der Poppa herunter und dicht hinter den Doppelsessel der Gondel, auf dem Windmüller halb nach rückwärts gekehrt saß.

„So war es", bestätigte er halblaut. „Die Principessa hatte mir das Versprechen abgenommen, nicht darüber zu reden, wenigstens nicht für die nächsten Tage, und ich habe mein Versprechen gehalten. Warum auch nicht? Was geht's mich an, was geht es die Leute an, was sie tut? Es ist ihre Sache. Und mir liegt auch gar nichts daran, dass die Leute sich schadenfroh erzählen können, der Mario ist im September in den April geschickt worden. Und weil ich doch glauben musste, dass die Frau Principessa mich an der Nase geführt hat, so hat der Name des Palazzo Terraferma eben verursacht, dass ich ein wenig böse aussah. Dass der Signor es bemerkte, war nicht meine Absicht. Ich überlegte mir auch gleich, dass der Signor nicht umsonst nach meiner Gondel gefragt hatte."

„Das war gescheit", lobte Windmüller, dem die Unterhaltung nun sehr interessant wurde. „Die Frau Principessa hatte natürlich nicht die Absicht, Sie in den April zu schicken – das versteht sich von selbst. Man ist in einem Haus, in dem man nicht der Herr ist, nicht immer imstande, die Zeiten einzuhalten. Es kommt dieses und jenes dazwischen, man bekommt Besuche ..."

„Die Frau Principessa hatte mich nachts um zwei Uhr bestellt. Da wird sie doch wohl keine Besuche mehr bekommen haben", fiel Mario ein. Das hatte Windmüller aber nur wissen wollen.

„Vielleicht nicht", gab er zu. „Nun, auf alle Fälle war die Frau Principessa verhindert, sich zu der vorgesehenen Zeit nach Fiu ... oder nach Giu ..."

„San Giuliano, Signor."

„Richtig – nach San Giuliano rudern zu lassen", bestätigte Windmüller, indem er sich den Kopf zerbrach, wo in aller Welt dieser Ort liegen konnte und was die Principessa dort gewollt haben mochte. Eine kleine Erleuchtung über diesen Punkt, die aber zur befriedigenden Erhellung nicht ausreichte, erhielt er durch den Gondoliere ungefragt.

„Signor, das ist alles ganz gut und schön", sagte Mario lebhaft, „aber schließlich, einen kleinen Wink hätte die Signora Principessa einem schon geben können! Ich will ja nicht davon reden, dass ich fast zwei Stunden an der Lastra auf sie gewartet habe, ohne dass ich vom Palazzo aus ein Zeichen erhalten hätte. Es gibt ja doch Fenster im Palazzo, Signor, durch die man den

Leuten draußen einen Wink geben kann! Und sie hatte mich doch auch am Nachmittag schon nach San Giuliano geschickt, um im Albergo della Scimia das Zimmer für sie zu bestellen. Der Padrone hat auch natürlich umsonst gewartet, aber das war schließlich sein einziger Verlust. Mir aber wollte die Frau Principessa die verlorene Zeit am Nachmittag bezahlen und die Fahrt in der Nacht extra – eh, zum Teufel! Signor, wenn man bedenkt, um den hübschen Verdienst genarrt worden zu sein, da kann's einem doch kein Mensch verargen, wenn man ein Gesicht schneidet!"

„Nein, mein guter Mario, das verargt Ihnen kein verständiger Mensch!", rief Windmüller, den Geldbeutel wieder einsteckend und seine Brieftasche hervorholend, denn hier handelte es sich nicht mehr um ein paar Silberstücke, sondern um Banknoten. Ob diese auf die Kostenrechnung seines Auftraggebers oder auf das Konto des Hauses Terraferma oder aber am Ende auf das der Principessa fallen würden, kam im Augenblick nicht in Betracht: Der arme Teufel von Gondoliere durfte nicht um sein redlich verdientes Geld gebracht werden. Es war ja nicht Marios Schuld, wenn er die Arbeit dafür nicht verrichten konnte. Mario war aber ein redlicher Mensch. Nicht, dass er sich ein Gewissen daraus gemacht hätte, einen Fremden zu überfordern: Wer zu seinem Vergnügen reist, der soll auch dafür bezahlen, das war seine Meinung.

„Ich will ja", sagte er eifrig, „nicht von den hundert Lire reden, die die Frau Principessa mir versprochen hatte. Wenn ich nur die Entschädigung für die verlorene Zeit, wo ich am Nachmittag mit dem Dampfer nach San Giuliano fuhr, um mit dem Padrone der ‚Scimia' zu sprechen, und für das unnötige Warten in der Nacht bekomme, dann will ich in schon zufrieden sein!"
Windmüller nahm eine Banknote aus seiner Brieftasche und gab sie dem Gondoliere.

„Geschäft ist Geschäft", sagte er ernsthaft. „Es ist nicht Ihre Schuld, dass Sie die beanspruchte Zeit nicht rudern, sondern warten mussten. Und hier sind auch noch zehn Lire für den Padrone der ‚Scimia', die Sie ihm gelegentlich geben können. – So, und jetzt zum Palazzo Terraferma!"
Mario bedankte sich mit strahlendem Gesicht, aber mit Anstand

und keineswegs servil, und zu seiner Poppa zurückkehrend, ließ er die Gondel den Rest des Weges so rasch zurücklegen, als es die zu nehmenden Ecken des schmalen Kanals nur eben erlaubten. Dicht vor dem Sackkanal an der östlichen Ecke des Palastes angelangt, wendete sich Windmüller um.

„Zeigen Sie mir die Lastra, bei der Sie auf die Frau Principessa warten sollten", sagte er zu dem Gondoliere.

„Sehr wohl! Der Signor kann am Ostportal auch aussteigen", erwiderte Mario, indem er in den Kanal hineinlenkte. Es war eine etwa mannshohe Platte aus Marmor, auf die er hinwies, die dicht über der Fluthöhe des Kanals zwischen dem zweiten und dritten Fenster des darüber liegenden Geschosses in die Backsteinmauer eingelassen war und eine Inschrift trug, die die Erbauung des Palastes behandelte und diesen als Geburtsstätte des Dogen aus dem Hause Terraferma feierte. Die Wassermarke von der letzten Flut war noch deutlich am Fuß der Steinplatte sichtbar; sie reichte gerade bis an den unteren Teil des Rahmens der Platte, die am äußeren Rand das gezahnte gotische Muster der Fensterumrahmungen und der Ecken des Palastes zeigte.

Windmüller betrachtete diese Lastra mit einem Interesse, das Mario zu der innerlichen Bemerkung veranlasste, sein Fahrgast könnte am Ende doch ein Fremder sein. Aber das archäologische Interesse Windmüllers, das ihm zunächst die Frage aufdrängte, warum diese Gedenktafel nicht an der Front des Palastes angebracht worden war, trat sehr in den Hintergrund vor gewissen Berechnungen, die er anstellte.

„War es gerade die Zeit der Flut, als Sie hier warteten, Mario?", fragte er dann lebhaft.

„Si, Signor, Hochflut", erwiderte der Gondoliere und setzte auch seinerseits lebhafter hinzu: „Ich erinnere mich, dass die Signora Principessa mich fragte, wann in nächster Nacht die Flut einträte. Ich war nicht ganz sicher und sagte nur, das würde gegen zwei Uhr sein, und dann bestimmte die Signora, ich sollte um zwei Uhr hier an der Lastra sein. Es geht mich nichts an, Signor, aber man macht sich doch seine Gedanken, und darum habe ich mich auch gefragt, warum ich an der Lastra warten sollte und nicht lieber gleich dort am Ostportal, da sie doch wahrscheinlich in die Gondel steigen wollte!"

„Ja, vermutlich", gab Windmüller zu. „Nun rudern Sie mich jetzt dorthin."

Die enorme Tiefe des Palastes wurde in der Mitte durch das genannte Portal unterbrochen und zeigte keine weitere Unterbrechung der wetterfesten Backsteinmauer im Erdgeschoß als hie und da unregelmäßig angebrachte, vergitterte, quadratische Fenster, welche die unteren Räume jedenfalls nur schwach erleuchteten, selbst wenn der Staub und die Spinnweben gefehlt hätten.

Tief in das immer verwickelter werdende Rätsel der Principessa Terraferma versenkt, stieg Windmüller die Treppe des Palastes hinauf, nachdem er sich freundschaftlich von Mario verabschiedet und ihm den Rat gegeben hatte, möglichst seinen Mund über die nicht stattgefundene nächtliche Fahrt zu halten. Er hatte das nur im Interesse der Familie getan, nicht, weil es sonstwie darauf angekommen wäre.

Unten beim Portier, der ihm zuflüsterte, dass der Gondoliere, der ihn eben hergefahren hatte, der nämliche sei, dem die Principessa die Fahrt vom Bahnhofe mit einem Goldstück bezahlte, hatte er sich den Fahrplan der Schiffskurse für die Umgebung Venedigs geben lassen und darauf gefunden, was er suchte; den Ort San Giuliano, der am nördlichen Ufer des Festlandes liegt und durch einen vom Rialto abfahrenden Dampfer mit Venedig sowie durch eine Straßenbahn mit Mestre verbunden ist. Dass die Principessa die Letztere benutzen wollte, um ungesehen dort den Zug nach Rom erreichen zu können, und zwar den Schnellzug, der in Venedig um acht Uhr abfährt, und nicht den Frühzug um fünf Uhr, war ganz klar, denn die Straßenbahn von San Giuliano fuhr natürlich um diese Zeit noch gar nicht. Sie wollte also im Albergo della Scimia mit Ruhe den für den Achtuhrzug passenden Wagen in San Giuliano abwarten. Auf keinen Fall hatte es die Principessa für ratsam gefunden, im Palazzo Terraferma zu bleiben, und ihr Plan, sich auf dem kleinen Umweg beizeiten mit ihrem Raub zu entfernen, war von ihrem Standpunkt aus betrachtet durchaus wohl erwogen und klug. Es war auch zu verstehen, dass sie sich mit ihrem Koffer keinen Ballast aufladen wollte, der sie dazu gezwungen hätte, ihre Aufmerksamkeit zwischen diesem für eine Tagereise entbehrlichen Gepäck und ihrer Handtasche zu teilen, die jedenfalls das geraubte Gut enthielt. Sie hatte an alles gedacht und es sehr sorgfältig erwogen, wie es von der geheimen Agentin einer Großmacht zu erwarten war. Hier aber setzte das noch ungelöste Rätsel ein, denn es stand nun fest, dass sie die bestellte Gondel nach San Giuliano nicht benutzt hatte. Der Mann hatte nach seiner Angabe vergeblich auf die Principessa gewartet und war dann davongefahren, ohne ein Zeichen oder eine Weisung erhalten zu haben.

Wie und auf welchem Wege hatte sie sich nun aus dem Palast entfernt, den sie doch unbedingt verlassen haben musste? Welchen Zweck hatte sie mit der Wahl des Rosa Zimmers für ihren kurzen Aufenthalt gehabt? Warum musste die Gondel, statt an einem der Wassertore, gerade an der Mauer vor der Lastra warten? Wohin war sie mitsamt dem gestohlenen Dokument verschwunden? Wo sollte man sie suchen, wenn sie keine Spuren hinterlassen hatte?

Wenn der Majordomo behauptet hatte, dass sie durch die Luft nicht gut verschwunden sein konnte, so traf das für unsere Tage nicht mehr zu, denn jeder Mensch kann sich heutzutage mit einem Fluggerät entfernen. Aber auch dazu muss man das Haus erst auf dem normalen Weg verlassen, wobei eine Flugmaschine genötigt wäre, sich auf einem entsprechenden Platz niederzulassen, um einen Passagier aufzunehmen. Der Detektiv zweifelte daran, dass das Dach des Palazzo Terraferma der geeignete Ort dafür sein konnte. Außerdem fliegt ein Flugzeug ja nicht lautlos, sondern seine Propeller machen Lärm genug, um selbst Leute mit festem Schlaf aufzuwecken; die ganze Nachbarschaft wäre sofort auf den Beinen gewesen, von den Bewohnern des Palazzo ganz zu schweigen.

Natürlich war diese Möglichkeit nur ein Phantasiesprung, der nicht ernsthaft in Betracht kommen konnte, schon weil Flugmaschinen noch nicht als Luftdroschken anzusehen sind. Auch hätte sich die Principessa keine Gondel bestellt, wenn sie eine derartige Abholung beabsichtigt hätte.

Windmüller hielt es wie jeder gute Feldherr für keinen Makel, von einem ebenbürtigen Gegner geschlagen zu werden.

Während er die Treppe des Palazzo Terraferma hinaufstieg, hatte er jedoch das sonderbare Gefühl, dass sein Gegner, dem er einen Raub von völkerbewegender Wichtigkeit entreißen sollte, ein Schatten war, durch den seine sonst so sichere Hand durchgriff – ins Leere. Nicht, weil die ganze Sache keinen Präzedenzfall hatte – nein, weil die Spuren so plötzlich aufhörten, wie die eines Vogels im Sande, der sich plötzlich in die Luft erhebt und davonfliegt. Dieser Vergleich war es, der Windmüller an die Flugmaschine denken ließ. Die Principessa Terraferma hätte ihre Spuren gar nicht erfolgreicher unterbrechen können wie ein davonfliegender Vogel. Da sie aber keiner war ...

In Gedanken versunken hatte Windmüller nicht bemerkt, dass jemand vor ihm die Treppe hinaufging und an der Biegung stehen blieb, um ihn mit einem Paar veilchenblauer Augen zu betrachten. Dieser Jemand war eine junge Dame in einem weißen, sehr schicken Leinenkleid, einem weißen Strohhut mit einfachem, schwarzem Band darum, aber darunter mit einer Haarpracht von der seltenen Farbe, die wie Platin metallisch glänzt und tiefgoldene Schatten hat. Und zu diesem Haar gehörte naturgemäß ein Teint wie eine Malmaisonrose, der obendrein noch zu einem jungen Gesicht gehörte, das, ohne sonderlich schön zu sein, so lebhafte Züge und eine so unwiderstehliche Anmut hatte, das sicher neun von zehn Personen ihnen den Vorzug vor jedem Schönheitsideal gegeben hätten.

Die verkörperte Göttin der Jugend blieb auf der obersten Treppenstufe des Piano nobile stehen und wartete ab, bis der in seine Gedanken Versunkene ebenfalls oben war.

„Herr Doktor Windmüller?", fragte sie mit einem reizenden Lächeln auf Deutsch.

„Zu Diensten! Aber mit wem ..."

„Also habe ich mich doch verändert!", rief sie lebhaft. „Und die Leute sagen alle ... Nein, nun raten Sie mal, Herr Doktor! Besinnen Sie sich noch vor – na, vor einigen Jahren zum Besuch auf dem Gut des Freiherrn von Rittersbach gewesen zu sein?"

„Ich besinne mich sehr gut darauf", erwiderte Windmüller trocken, denn dieser Besuch hatte einer hochgestellten Dame gegolten, die an ‚Kleptomanie' litt und die Diamanten zu ihrer besonderen Spezialität gemacht hatte.

„Schön! Besinnen Sie sich ferner darauf, unter den zahlreichen Gästen des Hauses einen Botschaftsrat Graf Meldeck gesehen zu haben ..."

„Ja, natürlich!", fiel Windmüller ein. „Er hatte eine Tochter mit sich, ein halb erwachsenes Ding, das mit lang herabhängenden blonden Haaren auf einem langmähnigen und langgeschwänzten, halbwilden Pony herumritt und mich mit ihrer Freundschaft beehrte. – Und diese junge Walküre wollen Sie doch nicht etwa gewesen sein?"

„Ob ich will oder nicht – ich bin's!", rief sie mit einem graziösen Knicks. „Wegen der aufgedrängten Freundschaft bitte ich um Entschuldigung, aber wenn man als Backfisch mal für jemand schwärmt, dann wehe dem armen Opfer! Sie hätten mich aber fast von dieser Krankheit geheilt, denn als ich Sie damals, wie ich Sie allein in der Bibliothek fand, selig über diesen Zufall, unterhalten wollte, schickten Sie mich einfach fort, indem Sie mir vorflunkerten, Papa suche mich wie eine Stecknadel. Nett war das jedenfalls nicht von Ihnen, und es hat mir damals fast das Herz gebrochen!"

„Nein, nett war's nicht", entgegnete Windmüller schmunzelnd. „Aber was wollte ich machen? Ich wartete damals auf eine höchst dramatische Schlussszene mit einer höchst rabiaten Person, und da kamen Sie recht ungelegen und fragten mich, ob ich gern kandierte Veilchen esse! Ich habe Ihnen übrigens nach meiner Abreise welche zum Trost und sozusagen als Friedenspfeife geschickt ..."

„In einem Beutel von Goldbrokat! – Und das waren Sie! Ich hab' ihn noch – den Beutel nämlich, ohne zu ahnen, dass diese fürstliche Überraschung von Ihnen, meinem ‚Schwarm', kam. Sie waren für mich damals ganz furchtbar interessant."

„Ich werde mich bemühen, diesen Zustand zu erhalten", sagte Windmüller, angeregt und erfrischt durch die Natürlichkeit dieses jungen Wesens. „Aber wie kommt es, dass ich Sie hier treffe? Oh, ich verstehe – Ihr Herr Vater ist der Mieter, der gestern hier eingezogen ist!"

„Ach du lieber Himmel! Papa wäre zu arm gewesen, um diese Wohnung zu mieten", rief sie mit größter Aufrichtigkeit, und mit umflorten Augen setzte sie leiser hinzu: „Mein Vater starb schon ein halbes Jahr nach unserem Besuch bei Rittersbachs."

Der Detektiv ergriff bewegt ihre Hand und drückte sie teilnahmsvoll, denn er hatte den Toten eine lange Zeit gekannt und geschätzt und wusste, dass seine Tochter nun eine doppelte Waise war.

„Papa hatte zu meinem Vormund einen Jugendfreund bestimmt", fuhr Komtesse Meldeck nach einer Pause vertraulich fort. „Aber der konnte mich bei sich nicht aufnehmen. Er hatte keinen Platz. Da ging ich zu einer Patin, einer wunderlichen alten Dame – sie hatte sicher etwas von Aschenbrödels Patenfee an sich – und blieb bei ihr, bis auch sie unlängst starb. Nun hatte mein Vormund Platz für mich, und obwohl ich eigentlich lieber in die weite Welt gegangen wäre, ließ ich mich doch überreden und zog zu ihnen. Aber mein erstes war, den Onkel ‚Kumm' und die Tante ‚Wenn' zu einer Reise nach Venedig breitzuschlagen, und hier trafen wir zufällig die Gräfin Candiani, die ich von Rom her kannte, und als ich ihr meine Sehnsucht vortrug, einmal in einem venezianischen Palast zu wohnen, in dem es rechtschaffen spukt und der voll von historischen Erinnerungen ist, da sagte sie, mir könnte geholfen werden. Sie brachte uns selbst hierher – und da sind wir!"

„Und da sind Sie, mit aller Hochachtung vor einem Vormund, der so willig auf die Wünsche seines Mündels eingeht."

„Ja, ist's die Menschenmöglichkeit", sagte Komtesse Meldeck so trocken, dass Windmüller aufhorchte: „Vielleicht kennen Sie ihn wenigstens dem Namen nach, denn er ist ein bedeutender Heraldiker – Freiherr von Krähenhausen."

„Hm, ja – mir scheint, als hätte ich von ihm gehört. Nannten Sie nicht vorher einen anderen Namen? Onkel Krumm?"

Sie lachte belustigt auf: „Nicht Krumm, sondern Kumm! Das ist nur ein Spitzname, den ich ihm gegeben habe. Er leidet nämlich an chronischem Stockschnupfen, der Gute, und wenn ihm der in den Weg tritt, dann erleichtert er sein Riechorgan durch einen Stoß, den die Silbe ‚Kumm!' begleitet. Und weil seine Frau für alles und jedes in dieser schönen Welt eine Verbesserung weiß und diese immer mit einem ‚Wenn' einleitet, so habe ich sie ‚Tante Wenn' getauft. Sie haben auch einen Sohn, der ausgerechnet Wiwigenz heißt und Professor der Geschichte ist, und – ich kenne ihn zwar noch nicht – ein grässlicher Kerl sein muss, denn seine Eltern loben und preisen seinen Geist, sein Wissen und die Erhabenheit seines Charakters bei wirklich jedem Quark, den wir miteinander besprechen, egal ob es ihn betrifft oder auch nicht. Ein solcher Ausbund muss fürchterlich für einen gewöhnlichen Sterblichen zu ertragen sein – nicht?"

„Es kommt darauf an. Wenn er sich selbst für einen Ausbund hält, dann gebe ich Ihnen Recht, Komtesse", erwiderte Windmüller, indem er sich fragte, ob diese Loblieder einzig und allein das Resultat einer Affenliebe waren oder sonst noch einen Zweck verfolgten, was ja nicht unmöglich schien, wenn diese Leute so reich waren, dass es nicht darauf ankam, ob ihr Sohn ein armes Mädchen heiratete – falls er nicht schon verheiratet war.

„Hoffentlich ist seine Frau derselben Ansicht wie seine Eltern", setzte er gewohnheitsmäßig sondierend hinzu.

„Hoffentlich findet er eine, die's tut. Meinen Segen hat sie", versicherte Komtesse Meldeck.

„Und wie sind Sie zufrieden mit Ihrem Quartier?", fragte Windmüller, ein anderes Ziel verfolgend, nachdem seine berufsmäßige Wissbegier auf diesem Seitensprung befriedigt war.

„Oh, der Palast – mindestens was wir davon haben – ist wunderbar!", ging sie mit vollem Enthusiasmus auf dieses Thema ein. „Kennen Sie ihn schon lange? – Erst seit gestern? Sie müssen unbedingt unsere Wohnung sehen. Sie ist ein Traum, ein richtiger Traum von Venedig! – Haben Sie jetzt ein wenig Zeit? Onkel Kumm und Tante Wenn sind noch auswärts. Ich habe sie schnöde verlassen, als sie auch San Marco mit Weihrauchwolken für ihren Wiwigenz füllen wollten. Das war mir dann doch zu viel. Ich schützte Müdigkeit vor und habe dadurch ... Sie getroffen, oder besser gesagt angefallen. Ja, das dürfen wir schon ruhig sagen, denn sonst hätte ich dieses Wiedersehen wohl kaum feiern dürfen!"

Windmüller bestritt das sofort: „Ganz im Gegenteil – dieses Wiedersehen wäre für Sie unvermeidlich gewesen, Komtesse. Ich hatte nämlich die für mich noch namenlosen Bewohner des

Piano nobile bitten wollen – durch die Vermittlung des Marchese Terraferma wohlverstanden – Ihre Wohnung besichtigen zu dürfen. Es soll hier ein Aufzug angelegt werden, und ich als der dazu berufene Architekt ..."

„Architekt ...?", unterbrach sie ihn verwundert. „Seit wann sind Sie denn Architekt geworden? Noch dazu einer, der Aufzüge in die Häuser baut?"

„Das ist doch ein sehr nützlicher Beruf, Komtesse", erwiderte Windmüller unschuldig.

„Sehr!", wiederholte sie lachend. „August, merkst du was? Also, als Architekt sind Sie hier! Bei Rittersbachs waren Sie als ‚Privatgelehrter', was mir furchtbar imponierte. Papa hat mir aber dann verraten, wer Sie eigentlich sind – eben der Große Windmüller, und das hat mir nicht nur noch mehr imponiert, sondern mir geradezu Ehrfurcht vermischt mit angenehmem Gruseln eingeflößt!"

„Nun", meinte er, gleichfalls lachend, „dann brauche ich mich vor Ihnen ja nicht erst mit technischen Gemeinplätzen anzustrengen! Möglicherweise wissen aber Ihr Herr Vormund und seine Gattin nichts vom ‚Großen Windmüller', und da wäre es mir ganz lieb, wenn Sie es beim Architekten bewenden ließen."

Jetzt machte Komtesse Meldeck noch größere Augen.

„Oh, Sie sind also beruflich hier ...", flüsterte sie, unwillkürlich die Stimme dämpfend. „Nein, wie interessant!"

„Nun, was das betrifft, so fürchte ich, es zahlt sich nicht aus, wie ein Bekannter von mir zu allem sagt, was enttäuschend auf ihn wirkt. Ich will in diesem Haus keinen Räuber, Mörder oder gemeinen Dieb fassen – es ist für mich nur ein Absteigequartier in Venedig, und vielleicht bin ich in wenigen Stunden schon über alle Berge. Mein Interesse am Piano nobile hier ist wirklich nur ein rein – architektonisches und richtet sich hauptsächlich auf ein gewisses Rosa Zimmer und auf seine nächste Umgebung."

Windmüller fand es etwas schwer, diese halben Wahrheiten unter dem Blick der auf ihn gerichteten blauen Augen glaubwürdig vorzutragen.

„Das trifft sich gut, denn das Rosa Zimmer und seine nächste Umgebung bewohne ich!", erklärte die Komtesse triumphierend. „Mein Vormund und Frau von Krähenhausen haben auf der Westseite sieben Zimmer zu ihrer werten Verfügung. – Sie können darin Verstecken spielen, wenn sie wollen. Dann kommt als neutraler Boden der Saal, und an diesen stößt mein Reich, in das ich Sie hiermit feierlich einlade."

Windmüller versprach sich zwar nicht viel von einer jetzt notgedrungen nur sehr flüchtigen Besichtigung der Räume, aus denen die Prinzessin Xenia Terraferma auf einem noch unerklärten Wege aus dem Palast verschwunden war, doch durfte er die Gelegenheit nicht vorübergehen lassen, um wenigstens einen Überblick davon zu erhalten, und so folgte er seiner reizenden jungen Führerin durch den von der Loggia begrenzten Vorsaal in den mit verschwenderischer Pracht ausgestatteten Saal. Den ursprünglichen gotischen Stil hatte eine Restauration des sechzehnten Jahrhunderts verdrängt – an die Stelle der alten Balkendecke war eine von vergoldeter Holzschnitzerei getreten wie wir sie im Dogenpalast ob ihres Reichtums bewundern können. In ihrem zum Rahmen sich formenden Zentrum hatte Paul Veroneses Pinsel ein Deckenbild von unvergänglichem Farbenzauber geschaffen, den historischen Moment verherrlichend, in dem der Admiral Angelo Terraferma der thronenden Venezia die eroberten Türkenfahnen mit dem Halbmond überreicht. Die Wände des Saales bedeckten Paneele von vielscheibigem Spiegelglas, in holzgeschnitzte, vergoldete Rahmen gefasst, zwischen denen Streifen einer Tapete von Seidendamast sichtbar wurden, von jenem zarten Gelblichgrün, dessen Färbung zu den verlorenen Tönen gehört oder durch die Zeit geschaffen ist. Die Polstermöbel überspannte derselbe Stoff, der auch von der durch schlanke Säulen getrennten gotischen Fensterreihe als Vorhänge in reichen Falten herabhing.

„Das ist ein königlicher Saal", bemerkte Windmüller mit der andächtigen Bewunderung des Kenners. „Stören Sie vielleicht die gotischen Fenster, Komtesse? Mich nicht! Die Künstler jener Zeit, die doch heute noch maßgebend sind, scheuten die Mischung der Stilarten keineswegs, und sie hatten Recht damit. Sie haben damit wunderbare Effekte erreicht."

„Es ist ein wonniger Saal!", bestätigte die Komtesse, über den glatten Marmorboden dahinschreitend. „Ich war schon in ihn verliebt, ehe das Rosa Zimmer mich einfach verzaubert hat. Ob Paul Veronese im grünen Wams und Mantel und in der spitzenbesetzten Halskrause, wie er sich selbst auf dem Bild des ‚Gastmahls' in der Akademie gemalt hat, hier herumgewandelt ist? Gewiss! Ich kann ihn förmlich drüben in der Tür stehen sehen. Ich kann überhaupt vieles sehen, was andere nicht sehen. – Oben in der zweiten Etage ist der Saal in zwei Räume geteilt – einer davon ist der Salon der famosen alten Marchesa – sieht sie nicht aus wie ein aus dem Rahmen gestiegenes Ahnenbild? – So, und nun kommen wir hier links in das Eckzimmer, die Stanza del' Brustoloni genannt, weil dieser Meister die Ebenholzmöbel darin geschnitzt hat. Es ist mein ‚Empfangszimmer', denn um darin zu wohnen, sind diese Möbel weniger geschaffen. Man stößt sich Schienbeine und Knie an den Füßen der Tische zuschanden und schlägt sich Löcher in den Kopf, wenn man sich in den Sesseln und auf dem Sofa bequem anlehnen will. Sonst aber sind's ja Wunderwerke – nicht wahr?"

Windmüller konnte seiner Führerin nur Recht geben; die figürliche Plastik, aus dem eisenharten, bleischweren Material des glänzend schwarzen Ebenholzes geformt, war bewunderungswürdig in ihrer Kühnheit und in ihrem Reichtum. Jeder Sessel, jeder Tisch war ein Schaustück, aber sicherlich nicht zum täglichen Gebrauch bestimmt. Die goldfarbenen Damastbezüge und Tapeten hoben das tiefe Schwarz zu künstlerischer Wirkung, und auch der Mantel des Kamins war von schwarzem, mit nur wenig weißen Adern durchzogenem Marmor. An den Wänden hingen Porträts; Familienbilder von Tizian, Tintoretto, Giorgione und Pordenone gemalt, Kunstschätze, die das Auge des Fremden in Venedig nicht einmal ahnt, geschweige denn zu sehen bekommt.

„Und nun sieh her und bleibe deiner Sinne Meister!", zitierte die Komtesse, indem sie die Türflügel zu dem folgenden Zimmer, das nach Windmüllers Berechnung unter dem Schlafzimmer des Marchese lag, öffnete und eine einladende Handbewegung machte. „Dies ist das berühmte Rosa Zimmer. Es wurde für den Besuch der Königin von Polen und Kurfürstin von Sachsen, Maria Josepha von Österreich, des Kaisers Joseph I. Tochter, hergerichtet, und, wie Sie sehen, nicht daran gespart.

Es war damals Sitte, dass die großen Patrizierfamilien die fremden Souveräne, die nach Venedig kamen, bei sich aufnahmen, und dass sie sich dabei nicht lumpen ließen, dafür bürgte der Glanz der Meereskönigin. Es kam bei solchen Gelegenheiten gar nicht darauf an, was es kostete; wurde doch beim Besuch Kaiser Friedrichs III. im Jahre 1452 die Rialtobrücke einfach abgerissen, um den ‚Bucintoro' durchzulassen, das Staatsschiff, mit dem der Doge seinen Gast von Mestre abgeholt hatte."

Während Komtesse Meldeck mit enthusiastischer Lebhaftigkeit also plauderte, stellte Windmüller fest, was er übrigens auch erwartet hatte; dass die Verbindungsmauer zwischen dem Eck- und dem Rosa Zimmer ebenso auffallend tief war, wie oben, vielleicht sogar noch etwas tiefer. Aber das war nur eine Annahme nach dem Augenmaß. Nähertretend sagte er dann das erwartete „Ah, wie schön!", mit voller Überzeugung.

Es war in der Tat ein Gemach für eine Königin, die eines Kaisers Tochter gewesen war; ein raffiniert ausgedachter und angepasster Hintergrund für die blonde Fürstin mit dem Teint wie Pfirsichblüte. Wie ihr bekanntes Porträt von Rosalba Carriera, der venezianischen Meisterin des Pastells, in der Dresdner Galerie, so hing auch hier eines im silbernen Rahmen und bewies, wie wunderbar Maria Josepha in dieses Zimmer gepasst haben musste. Die Wände waren mit rosa Brokat bespannt in dem blassen, eigentümlichen Rosa der alten Bilder, dem Rosa Paul Veroneses. Der Brokat war mit großen, silbernen Sträußen broschiert und rauschte in schweren, knisternden, schillernden Falten als Vorhang aus einer riesigen, vergoldeten, mit Steinen besetzten Königskrone, die den Baldachin bildete, über dem Bett herab, das, gleichfalls mit einer Decke aus rosa Stoff mit Silberstickerei bedeckt, auf einem erhöhten Tritt stand. Die Bettstelle selbst war reich geschnitzt, versilbert und mit zarten Malereien bedeckt. Geschnitzt, versilbert und bemalt waren auch die geschweiften Girandolen, der Toilettentisch mit dem Spiegel im schweren, handgetriebenen Silberrahmen und ebenfalls die Sitzmöbel. Nur der Mantel des Kamins zwischen den beiden Fenstern war aus weißem Marmor, wie die Platten der Kastenmöbel, und über all diese von der Zeit mit einer umso reizvolleren Patina überzogenen Pracht lachte der Plafond, von Tiepolo gemalt, in unvergänglicher Farbenfrische herab. Auf sonnendurchleuchteten, von dem blauen Himmel durchschimmerten Wolken wand eine Schar köstlicher Amoretten Rosen zu Girlanden, schleppte sie Arme voll, Körbe voll Rosen herbei, streute Rosen herab, dass man meinte, man brauchte sie gerade nur aufzufangen.

„Es ist ein Zimmer für die Feenkönigin", meinte Windmüller mit einem Blick auf die jetzige Inhaberin, wurde aber plötzlich aufmerksam, denn er sah in den auf ihn gerichteten, sonst so klaren blauen Augen eine Wolke – etwas, wie eine leise Beunruhigung, ein gespanntes Horchen auf – auf was? „Auf alle Fälle ist dies nicht das Spukzimmer des Palastes", setzte er lächelnd hinzu.

„Ich weiß nicht – nein, es sieht nicht danach aus", erwiderte die Komtesse nachdenklich. „Das Rosa ist so freundlich, das Silber so unaufdringlich und beruhigend – nicht? Und doch habe ich die erste Nacht hier nicht geschlafen, obwohl das Bett wirklich sehr mollig ist. Ich schlafe sonst sehr gut, auch in fremder Umgebung – aber vielleicht war meine Phantasie doch etwas zu aufgeregt. Solch alter, venezianischer Palast hat eben etwas sehr Suggestives ..."

„Das hat er zweifellos für Leute, die überhaupt Phantasie besitzen, die die Geschichte dieser Stadt kennen und keine Philister sind", erklärte Windmüller zustimmend. „Der allgemeine Eindruck, außerdem die große Stille, die in und um diese im Herzen der Stadt liegenden Häuser herrscht – das alles sind Faktoren, die auf sensitive Naturen schlafhindernd wirken können. Es bedarf dazu gar nicht erst eines bestimmten, sichtbaren oder fühlbaren Spezialeindrucks, der ja in Ihrem Falle sicherlich auch gefehlt haben dürfte."

„Ich weiß nicht – ja und nein", sagte sie nach einer kleinen Pause. „Ich habe natürlich nichts Übernatürliches gesehen oder gehört. Gar nichts, aber ..."
Sie stockte und zuckte mit den Achseln.
„Dummheit!", fuhr sie dann rasch fort. „Sie werden mich ja bloß auslachen!"
„Durchaus nicht. – Nicht einmal in Gedanken", rief Windmüller lebhaft. „Du lieber Himmel! Wenn ich zu den Leuten

gehörte, die über alles lachen, was sie selbst nicht empfinden können, dann würde ich's in meinem Beruf, den ich von einer sehr psychologischen Seite auffasse, nicht so weit gebracht haben, als es tatsächlich der Fall ist. Ich gehöre auch aus Überzeugung nicht zu denen, die nur glauben, was sie selbst sehen, fühlen und hören, sondern ich gestehe anderen unbedingt die höhere Gabe zu, mehr hören und sehen zu können als der Durchschnitt."

„Gerade so meine ich es", meinte die Komtesse lebhaft. „Es gibt so viele Menschen, mit denen einfach über diese Dinge nicht zu reden ist – zum Beispiel mein Vormund und seine Frau. Es war dumm von mir, zu sagen, dass Sie mich auslachen würden, denn wenn ich es nicht in Ihren Augen gesehen hätte, dass Sie mich verstehen und ... und all diese Dinge ‚zwischen Himmel und Erde', dann hätte ich überhaupt nichts davon gesagt. Nein, ich habe nichts gesehen und gehört, nur gefühlt und ... gerochen!"

„Gerochen?", wiederholte Windmüller sichtlich verblüfft, aber er lachte nicht dazu. Die Komtesse nickte.

„Ja. Beim ersten Mal, als wir kamen, um die Zimmer anzusehen, habe ich nicht die geringste Empfindung irgendeines besonderen Geruches gehabt. In dem ganzen Stockwerk war nur jener leise, eigentümliche Hauch, den alle unbewohnten Räume haben, zu spüren, aber doch nicht auffallend. Nun, als wir gestern hier einzogen und ich dieses Zimmer hier betrat, fiel mir auch noch nichts Sonderliches auf. Die Fenster waren geöffnet, und der frische Hauch des Wassers kam herein. Aber während ich meine Sachen einräumte, fing es an, so ausgesprochen nach Gardenien zu duften ..."

„Ah – das ist leicht erklärlich!", fiel Windmüller ein. „Das Zimmer ist vor wenigen Tagen erst von einer Verwandten des Hauses – allerdings nur für einen halben Tag und eine Nacht bewohnt worden. Sie hatte ihre Sachen stark mit Gardenienduft parfümiert, der sich jedenfalls den von Ihnen geöffneten und benutzten Schubfächern mitgeteilt hat und ..."

Er brach kurz ab, denn es fiel ihm ein, dass ja die wenigen Wäsche- und Toilettengegenstände der Donna Xenia dem kleinen Reisekoffer mit Ausnahme des Kleides nicht entnommen worden waren, somit auch die Fächer nicht parfümiert haben konnten.

„Ja, das dachte ich auch und habe meine Nase darum prüfend in alle Ecken gesteckt", sagte die Komtesse. „Ich glaubte nun, dass der Geruch von draußen kam, und schloss die Fenster, weil Gardenienduft mich – ja, wie soll ich sagen? – mich nervös macht. Ich habe ihn nicht ungern, aber ich kann ihn auf die Dauer schwer ertragen. Der Duft wurde aber immer stärker und schließlich mischte sich ein anderer Geruch herein, der über dem Blumenduft dominierte. – Ich weiß nicht, welchen Namen ich ihm geben soll, denn ich habe noch nie ähnliches gerochen. Es wurde mir so übel davon, dass ich die Fenster wieder öffnete. Da wurde es besser, sogar wieder gut, kann man sagen, obwohl der Gardenienduft blieb. Und letzte Nacht war's ebenso. Erst wurde der Duft immer schwerer und schwüler, und dann mischte sich dieser andere, namenlose Geruch darunter und wurde immer zudringlicher, den Duft erstickend, bis ich's nicht mehr ertragen konnte, aufstand, das Fenster hier aufmachte und mich davorsetzte, bis mir besser wurde. Ich hab' dann auch geschlafen bei offenem Fenster. – Sie müssen die Gardenien doch auch riechen, Herr Doktor! Dieser Duft ist ja nicht sehr stark, weil die Luft von außen ihn gewissermaßen verdünnt, aber er ist doch merkbar, deutlich merkbar!"

Windmüller nickte. Er roch nichts, obwohl er eine recht empfindliche Nase hatte, die wohlgeübt und wohlgeschult war wie die eines Polizeihundes, aber er verwarf deswegen die Mitteilung der jungen Dame nicht als ‚Unsinn' oder ‚Einbildung', eben weil er nicht zu denen gehörte, die nur gelten lassen, was sie selbst sehen und hören, fühlen und riechen können, und neben sich keinen Platz lassen für die, deren Sensitivität in einem höheren Grade entwickelt ist, die eben einen so genannten sechsten Sinn besitzen. Zudem war ja auch noch eine andere Theorie möglich.

„Sie sagten, Sie hätten auch etwas ... gefühlt", erwiderte er statt einer direkten Antwort.

„Ja, aber das kann vielleicht Autosuggestion sein", sagte die Komtesse. „Ich meine, durch das Bewusstsein, sich in einem uralten venezianischen Palast zu befinden, in dem man die

Geister der Vorzeit gewissermaßen erwartet. Ich wenigstens, die ich eine solch enthusiastische Liebe zu dieser wunderbaren Stadt habe! – Gefühlt? Ich fühle es eben jetzt, jeden Augenblick, den ich in diesem Zimmer bin, ein klein wenig auch nebenan, aber nicht so deutlich. Was es ist? Oh, ich denke, die Gegenwart von etwas, von jemandem, um präziser zu sein, von jemandem, der den Raum mit mir teilt, jemandem, der mich im Vorübergehen jeden Augenblick berühren kann. Und das Herz schlägt mir wild bei dem Gedanken, dass es geschehen könnte, und doch wär's vielleicht ganz gut, wenn es geschähe, damit man doch weiß, was es ist!"

Windmüller antwortete nicht gleich. Sein Blick wanderte rings um das wundervolle Zimmer, jedes Detail in sich aufnehmend.

„Sie sollten diese rosig silberne Pracht mit einem anderen Raum vertauschen", meinte er danach.

„Es fällt mir nicht im Traum ein, mich auslachen zu lassen, nachdem ich mir dieses Zimmer mit solcher Begeisterung auserkoren habe!", rief sie mit einem Lachen, das nicht recht gelang. „Wenn mein Vormund, seine Frau und die Jungfer die Gardenien gerochen hätten, so würden sie ja etwas darüber gesagt haben. Oder sie halten den Duft für etwas Zugehöriges; und er ist's ja auch. Das andere ist natürlich nur Einbildung. Warum sagen Sie es denn nicht gerade heraus, Herr Doktor?"

„Wenn es nur das wäre, was Sie von mir erwarteten, so hätten Sie mir die Geschichte ja nicht erzählt", erwiderte Windmüller feinsinnig. „Lassen Sie mich mit der Antwort noch etwas warten. – Sie ist gar nicht so einfach, weil ich mir einbilde, kein Philister zu sein. Aber wirklich und aufrichtig: Bleiben Sie auf Kosten Ihrer Nerven nicht in diesem Zimmer. Der Preis wäre ein zu hoher im Vergleich gegen das bisschen Neckerei oder auch Schelten wegen scheinbarer Launenhaftigkeit. Die Last einer ständigen Furcht ..."

„Nein, nein – ich habe keine Furcht!", fiel sie lebhaft ein. „Ich weiß ganz gewiss, dass das Klopfen meines Herzens, von dem ich eben sprach, keine Furcht im eigentlichen Sinne des Wortes ist, sondern mehr die Erwartung von etwas, das sich offenbaren will, das sich hinter einem Vorhang bewegt, ohne dass man weiß, was es ist. Verstehen Sie mich? Ich habe nicht die Empfindung, dass mich etwas bedroht, dass mir persönlich eine Gefahr nahe ist!"

„Nun, ich taxiere Sie auch nicht darauf, dass sie furchtsam sind und vor einer Gefahr weglaufen würden", erwiderte Windmüller mit einem freundlichen Blick auf die junge Dame, in deren klaren, blauen Augen er in der Tat keine Furcht las, aber ein Etwas, das man nicht oft zu finden pflegt: Die Fähigkeit, zu sehen, was den meisten unsichtbar bleibt. „Es ist keine Feigheit und auch keine Schande, die Waffen vor den Dingen ‚zwischen Himmel und Erde' zu strecken."

„Also meinen Sie ..."

„Ah, es soll dies keine Meinung sein, sondern nur ein Vorschlag. Ich bin noch gar nicht in der Lage, eine Meinung zu äußern. Vielleicht reden wir noch einmal darüber, falls ich länger in Venedig bleiben sollte. – Für den Augenblick fürchte ich, dass ich mich Ihnen empfehlen muss. – Das Zimmer nebenan ist das letzte in der Flucht, die Sie bewohnen, nehme ich an. Ganz recht. Und diese schmalen Türen rechts und links von dem Bett, in dem man eigentlich königlich schlafen müsste, führen in den Vorsaal?"

„Nicht direkt. Diese rechts geht in die Garderobe, die links in das Badezimmer. Von der Ersteren aus gelangt man unmittelbar in den Vorsaal und in das Treppenhaus."

Windmüller interessierte sich sehr für beide Räume und besichtigte sie so eingehend, dass Komtesse Meldeck nur mit Mühe ein paar Fragen zurückhielt, die sich ihr aufdrängten. Aber sie hielt sich zurück und bewies damit, dass sie über ihre jungen Jahre hinaus recht taktvoll war.

Die Garderobe war ein geräumiges Gelass, dem darüber liegenden, zur Wohnung des Marchese gehörigen entsprechend, und künstlich beleuchtet. Die weißlackierten, reich mit Gold verzierten Schränke, ein mit Spitzen über Seidenfutter elegant arrangierter Toilettentisch, ein hoher Spiegel in geschnitztem und vergoldetem Rahmen entsprachen ganz der Pracht des Rosa Zimmers. Auch das Badezimmer, in Weiß und Gold gehalten, machte den Eindruck einer Rokokobonbonniere. Es hatte noch einen zweiten, maskierten Ausgang zur Garderobe, in die es gewissermaßen eingebaut war, bot sonst aber wie die Letztere keinen Anhalt für die Möglichkeit eines geheimen Zutritts.

Der Salon, dessen Nachbarschaft Windmüller am Morgen bei Besichtigung des unbewohnten Teils des Piano nobile für die Verhandlungen mit dem Majordomo beanstandet hatte, war von Komtesse Meldeck als ihr Wohnzimmer erwählt worden und machte durch die mitgebrachten Bücher und Bilder, mit seinen kostbaren alten Wandteppichen und bequemen Möbeln aus der Empirezeit einen sehr behaglichen Eindruck.

Windmüller schien es zu überhören, dass die Komtesse ihn darauf aufmerksam machte, man könne von diesem Salon aus in das Vestibül gelangen, denn er nahm den Weg wieder zurück durch das Rosa Zimmer, das ja den Schlüssel zu dem Rätsel der Donna Xenia enthalten musste. Warum musste es für sie bei diesem plötzlichen, kurzen Besuch hergerichtet werden, wenn doch ihr Absteigequartier im obersten Stock immer für sie bereitgehalten wurde?

Der Detektiv wusste sehr gut, dass es Frauen mit ganz unberechenbaren Launen gab, in dieser aber schien doch Methode gewesen zu sein. Es war erwiesen, dass Don Gian das Dokument bei verschlossenen Türen geraubt wurde, erwiesen schien auch, dass Donna Xenia den Palast zu einer Zeit verlassen hatte, in der darin noch alles schlief. Im Rosa Zimmer musste also die Lösung des Rätsels zu finden sein.

Windmüller zog auch die Möglichkeit in Betracht, dass die Bestellung des Gondolieres einfach eine Ableitung von der richtigen Spur sein konnte. Wahrscheinlich hatte sie die Absicht, den Mann später irgendwie zu entschädigen, und wenn das bisher noch nicht geschah, so war dies ein Beweis mehr, dass Donna Xenia es entweder vorläufig für besser befand, ihre Spur zu verwischen, oder dass diese von anderen verwischt worden war.

Windmüller klopfte im Vorübergehen mit dem Griff seines Stockes an die weißlackierten und mit reich vergoldeter Schnitzerei verzierten Paneele des so auffallend tiefen Türrahmens, der das Rosa Zimmer von dem Eckzimmer mit den Ebenholzmöbeln trennte.

„Elegant bis ins Kleinste war doch die von Stilfanatikern so gern geschmähte Rokokoepoche, für die ich eine Schwäche bekenne", meinte er, indem er auch der linken Seite einige leichte Schläge gab.

„Ich auch", erwiderte die Komtesse im gleichen Ton. „Ich habe alle diese Paneele auch sorgfältig abgeklopft, denn diese Mauer ist wirklich unvernünftig dick. Ich hatte mich schon darauf gefreut, ein mysteriöses, verborgenes Gemach zu entdecken, wie es sich eigentlich in solch einem Palast gehört, aber es ist nichts damit, denn es klingt überall ganz solide. Indes gebe ich die Hoffnung noch nicht auf, denn einen Zweck muss diese eine dicke Mauer doch haben – nicht wahr?"

Windmüller war stehengeblieben und sah mit einem leichten Schmunzeln auf das junge Menschenkind an seiner Seite. Junge Damen, selbst wenn sie wussten, wer und was er war, pflegten seine Tätigkeit meistens nicht auf leblose Dinge zu beziehen, sondern ihn für eine Art von Floh zu halten, der von Person zu Person sprang – ängstigend, beißend und Blut saugend. Und dieses Mädchen verneinte ihm nicht nur rein architektonische Interessen, sondern fixierte ihm dieselben sogar auf einen ganz bestimmten Punkt. ‚Und was der Verstand der Verständigen nicht sieht, das findet in Einfalt ein kindlich Gemüt!' dachte er, wenn schon das Zitat nicht ganz korrekt war, denn die besagte Mauer, von der Komtesse sehr richtig ‚unvernünftig dick' genannt, hatte ihn längst beschäftigt.

„Es kann sein", sagte er nach einer Pause, „dass diese ‚unvernünftige' Mauer nichts oder – alles mit meinen architektonischen Interessen an diesem Palast zu tun hat. Setzen Sie immerhin Ihre Forschungen fort. – Aber reden Sie darüber besser mit niemandem und erwähnen Sie auch nicht, dass ich mir diese Zimmer näher angesehen habe. Sie verstehen mich?"

„Annähernd", versicherte sie. „Und darüber reden? Du lieber Himmel, mit wem denn? Mit meinem Vormund und seiner Frau? Die besorgen das Reden allein. Und zu den Damen Terraferma oder zu der Gräfin Candiani, die verwandt mit ihnen ist, werde ich doch sicher nicht davon anfangen."

VIII.

In seinem Zimmer fand Windmüller einige Depeschen vor, die ihm von Nord und Süd wiederum nur die Nachricht übermittelten, dass die Principessa Terraferma weder in Rom noch anderswo aufgetaucht war, noch auch hatten sich Zeichen bemerkbar gemacht, die Ursache zu einer Beunruhigung nach dieser Richtung geben konnten, während man über das Verschwinden der Agentin selbst in der Botschaft in Rom direkt von Unruhe in Alarm übergegangen war. Dies berichtete der Kronleuchterputzer. Windmüller wusste, dass er sich auf ihn verlassen konnte.

In dieser Betrachtung störte ihn das Klingelzeichen zur Collazione, und nach wenigen Minuten betrat er den Salon der Marchesa, die er dort mit ihren beiden Enkeln vorfand. Die alte Dame trat dem ihr noch unbekannten Gast des Hauses nicht ohne eine leichte Befangenheit entgegen. Don Gian hatte ihr zwar versichert, dass der berühmte Detektiv ein Doktor der Jurisprudenz und obendrein ein Gentleman sei, der in Rom von aller Welt empfangen wurde. Der erste Blick auf die schlanke Gestalt mit dem ausdrucksvollen Gesicht ihres Gastes beruhigte sie jedoch etwas. Sie erhob sich bei seinem Eintritt und reichte ihm die ihre schöne, schlanke Hand.

„Ich heiße Sie doppelt willkommen, Herr Doktor", sagte sie ernst, aber in der gewinnenden Art, die ihr eigen war. „Zuerst als Gast im Haus Terraferma und dann als Retter in der Not."
Windmüller küsste die ihm gereichte Hand in vollendeter weltmännischer Weise.

„Eccellenza, Sie müssen das Wenige, das ich in dieser Angelegenheit bisher habe tun können, nicht überschätzen", sagte er abwehrend und doch ein wenig geschmeichelt. Don Gian fiel ihm sofort ins Wort.

„Das Wenige!", wiederholte er. „Herr Doktor, Sie haben immerhin den Verdacht von mir genommen, ein Vaterlandsverräter zu sein. Ohne Sie wäre der Beweis dafür wohl kaum jemals ans Licht gebracht worden!"

„Nein, wenigstens nicht gleich", gab Windmüller lachend zu und fuhr fort: „Sie haben hoffentlich auch eingestanden,

Herr Marchese, dass meine verabscheuungswürdigen Methoden dabei Ihr starkes Missfallen erregt haben."

„Ich nehme das feierlich zurück", versicherte Don Gian, Windmüller die Hand reichend. „Wie stünde ich jetzt da, wenn Sie sich daran gestört hätten!"

„Meine Großmutter und mein Bruder haben ganz vergessen, uns miteinander bekannt zu machen, Herr Doktor", fiel Donna Loredana lebhaft ein. „Nun, so tue ich es eben selbst. Es ist so erfrischend, einmal unkonventionell zu sein. Alles in allem genommen, hat meine Schwägerin sich doch auch über das Konventionelle hinweggesetzt und ist ihre eigenen Wege gegangen. Mögen wir diese nun richtig finden oder nicht, so dürfen wir ihr die Anerkennung nicht versagen, dass sie Mut bewiesen hat. Es zeugt doch von einer gewissen Größe, zu tun, was man für recht befindet. Nicht wahr?"

„Gewiss. Die Frage wäre nur noch die: Hat die Prinzessin Terraferma das Bewusstsein gehabt, recht zu handeln?", entgegnete Windmüller. „Ihr jetziges Vaterland ist das ihres verstorbenen Gatten, und ob es recht ist, dieses zu verraten und den Bruder ihres Gatten hinterlistig zu berauben und seine bürgerliche Ehre, seine Existenz damit nicht nur aufs Spiel zu setzen, sondern mit größerer Wahrscheinlichkeit ein für alle Mal zu vernichten – darüber dürfte das Urteil eigentlich ziemlich eindeutig sein."

„Ich verteidige sie nicht. – Wie könnte ich's auch wohl, wenn doch mein eigener Bruder auf dem Spiel steht!", meinte Donna Loredana. „Man kann ja aber jemandes Richtung verwerfen und doch vorurteilslos genug sein, ihm ein Ideal – *sein* Ideal zuzugestehen."

„Das Ideal des Judas – die dreißig Silberlinge!", fiel Don Gian bitter ein. „Xenia hatte nicht genug, um ihre Sucht zum Luxus zu befriedigen, und da ging sie hin und verkaufte ihres Gatten Vaterland! Ich, mein Leben, meine Ehre waren nur ein Zwischenfall dabei! Es ist gewiss edel von dir, dass du Xenia mit einem Ideal zu verteidigen suchst, aber du verschwendest damit deine eigenen Ideale an eine unedle Sache."

„Xenia ist durchaus nicht mein Ideal. – Ich sprach nur vom Recht eines jeden, seine eigenen Wege zu gehen, und erkenne

den Mut dazu an!", entgegnete Donna Loredana leidenschaftlich. „Ich glaube es nicht, dass sie es des Geldes wegen tat. – Ich glaube es einfach nicht! Lasst mir doch diesen Glauben! Besonders da ja nichts geschehen und es jetzt erwiesen ist, dass du, Gian, das Dokument nicht genommen hast!"
Windmüller hätte über diese jugendliche Logik beinah gelacht, aber er unterdrückte es, schon um diese kleine Enthusiastin nicht zu weiterer Opposition anzustacheln. Er nickte daher nur und fügte dann hinzu: „Wir dürfen nicht übersehen, dass das Dokument verschwunden ist, und so lange es nicht gefunden wird ..."
Er hielt ein und zuckte mit den Achseln.

„So lange hängt diese Wolke über meiner Ehre", vollendete Don Gian. „Ach na ja, was ist dieser unbedeutende Umstand gegen Xenias Recht, ihre eigenen Wege gegangen zu sein."

„Ach, Gian ...!"
Donna Loredana schlang plötzlich, unbekümmert um die Anwesenheit des Fremden, die Arme um den Hals ihres Bruders und küsste ihn, wie nur die Italiener ihre Verwandten küssen können, rechts und links mit erstaunlicher Energie.

„Giannino mio!", schluchzte sie. „Wie konnte sie dir das nur antun, dir, der Nonna, uns allen – unserem Namen! Das Dokument – wir müssen das Dokument unbedingt finden, ich werde es suchen – ich!"

„Lore, dazu ist ja der Herr Doktor gekommen!", erinnerte die Marchesa mit Nachdruck, aber Loredana hatte einen anderen Ausgangspunkt für ihren Enthusiasmus gefunden und nahm mit klingendem Spiel und fliegenden Fahnen Besitz davon.

„Ich werde dem Herrn Doktor helfen", erklärte sie mit dem Feuereifer, der ihre falsche erste Stellungnahme entschuldigen und gutmachen sollte.
Windmüller hatte aber, gestützt auf alte Erfahrungen, eine eingewurzelte Abneigung gegen die ‚Hilfe' von Dilettanten, und er hatte durchaus Übung darin, derartige Helfer kaltzustellen.

„Bravo!", sagt er aufgeschlossen. „So ist es recht, Donna Loredana! Ja natürlich können Sie mir helfen. Sie haben doch, wie ich sicher annehme, ein Archiv im Haus? Natürlich – verzeihen sie die überflüssige Frage! Nun wohl, so durchsuchen

Sie es recht sorgfältig nach einem Hinweis über einen etwaigen geheimen Ausgang des Palastes. Sie würden uns damit in der Tat einen immensen Dienst leisten!"

Donna Loredana war gleich Feuer und Flamme für eine Arbeit, die ihrer Neigung so sehr entsprach, und sie sprach die Absicht aus, gleich nach der Collazione mit der Suche zu beginnen.

‚Die ist zufrieden und gut aufgehoben!' dachte Windmüller befriedigt, und auf die Frage der Marchesa, ob er wirklich glaube, dass Donna Xenia einen solchen Ausgang benutzt haben könnte, erwiderte er zur weiteren Anstachelung von Donna Loredanas Eifer, dass nach den vorliegenden Tatsachen eine derartige Annahme die einzige Möglichkeit zur Lösung des Rätsels sei.

„Und das Rosa Zimmer muss in irgendeinem Zusammenhang damit stehen!", rief die alte Dame. „Und nun habe ich auch noch durch die Aufnahme dieser Fremden den Weg zu dem Rosa Zimmer abgeschnitten!"

„Aber ganz und gar nicht, Eccellenza", sagte Windmüller beruhigend. „Ich war eben darin. – Es ist wirklich ein Raum, einer Königin würdig und übrigens wie geschaffen für seine jetzige, charmante Inhaberin."

Don Gian sah seinen Gast mit einem fast drolligen Staunen an.

„Wie in aller Welt ...", begann er, hielt dann aber ein und setzte resigniert hinzu: „Ich glaube, Sie kommen sogar in einen verschlossenen Kassenschrank hinein, wenn Sie es wollen."

„Nichts einfacher als das!", erwiderte Windmüller lachend. „Übrigens hat mich die Inhaberin des Rosa Zimmers selbst und ganz freiwillig hineingeführt. Wir sind nämlich alte Bekannte. Es war also gar keine Hexerei dazu nötig. Sie sehen, Herr Marchese, dass bei einem Menschen wie mir nicht alles Geschicklichkeit, sondern auch sehr viel Glück ist."

„Wie interessant, dass Sie die Komtesse auch kennen!", rief Donna Loredana enthusiastisch. „Sie ist das schönste Wesen, das man sehen kann. – Viel schöner als Xenia. – Ich sage dir, Gian, sie hat Haare ... einfach herrlich! Wie ... wie gesponnenes Gold? Nein, das ist noch zu gelb – wie Gold mit einem Silberschleier darüber ..."

„Ja, wie Platin!", bestätigte Don Gian unter dem Eindruck

einer Erinnerung. „In ganz kleinen, gerippten Wellen dahinfließendes Platin, das oben wie poliertes Silber aussieht und tiefe, goldene Schatten hat. Solche Haare sind, glaube ich, wirklich sehr selten."

„Ich habe sie nur einmal zuvor in meinem Leben gesehen – bei einer Florentinerin", bemerkte die Marchesa sinnend. „Das war vor vielen Jahren. Aber dieses Mädchen hatte dunkle, fast schwarze Augen, und die junge Dame unten hat blaue – so durchsichtig blaue, wie ich sie noch nie zuvor gesehen habe. – Sie also bewohnt das Rosa Zimmer? Nun ja, sie hat den alabasterartigen Teint dazu, wie ihn die Königin von Polen hatte. Dieses Rosa ist wirklich nur für veronesische Blondinen ..."

Als Windmüller sich nach beendeter Mahlzeit von den Damen verabschiedet hatte und der Einladung des Marchese zu einer Zigarre folgte, fragte dieser, kaum, dass sich die Tür hinter ihnen geschlossen hatte, ob über den Verbleib von Donna Xenia etwas in Erfahrung gebracht worden sei. Windmüller hielt es aus Erfahrung für besser, das Wenige, das er erfahren hatte, vorerst für sich zu behalten.

„Also entweder war die Bestellung des Gondolieres überhaupt nur eine Finte oder Donna Xenia hat in der Zwischenzeit Nachrichten erhalten, die es wünschenswert erscheinen ließen, sich auf einem anderen Wege aus dem Palast zu entfernen. Diese Nachrichten können mit der Post gekommen sein. Es ist aber natürlich nicht ausgeschlossen, dass sie auch auf einem anderen Wege zu ihr gelangt sind – durch eine vorüberfahrende Gondel, durch mündliche Mitteilung eines Boten. Dass sie selbst während ihrer kurzen Anwesenheit im Palazzo Terraferma diesen nicht verlassen hat, scheint durch die Aussagen des Portiers erwiesen. Vielleicht fragen Sie noch einmal nach, ob Briefe, Telegramme oder Botschaften irgendwelcher Art für sie eingetroffen sind. Das Verschwinden Ihrer Schwägerin wird, wenn es in den nächsten Stunden nicht aufgeklärt werden kann, vielleicht morgen schon von allen Zeitungen gemeldet und kommentiert werden. – Es liegt also keine Veranlassung mehr vor, offiziell ihre Privatangelegenheiten mit Diskretion zu behandeln. Im Gegenteil, jede, auch die kleinste Einzelheit kann zu einem wichtigen Schlussstein werden."

„Gut, ich werde Agostino und Sebastiano fragen. Der Erstere nimmt zwar die Briefe vom Postboten in Empfang, aber ich bezweifle, dass er sich die Adressen besonders ansieht; er ist kein Schriftgelehrter. Sebastiano aber holt die Post selbst und allein vom Portier ab, der sie nur ihm auszuhändigen hat, sortiert und verteilt sie dann. – Nehmen Sie Platz, Herr Doktor. – Hier sind die Zigarren!"

„Freilich, ich bin ja nur hergekommen, um Zigarren zu rauchen", brummte Windmüller, nachdem Gian das Zimmer verlassen hatte, und gleichzeitig stand er auch schon im Türrahmen zwischen Wohn- und Schlafzimmer, vielmehr kauerte er sich darin nieder und betrachtete, mit dem Finger den Paneelfüllungen nachgehend, diese auf das allergenaueste.

„Hier rechts oder links muss der Haken unbedingt sitzen", murmelte er. „Dass hier wie unten im Rosa Zimmer nichts hohl klingt, ist kein Beweis – gar keiner. Wenn man schon geheime Verbindungen oder Schlupfwinkel hergestellt hat, dann ist auch bombensicher dafür gesorgt worden, dass nicht jeder, der mit dem Ellbogen dagegen stößt, sofort heraus hat: ‚Aha! Hier kannst du suchen, wenn du Lust hast!' Man darf auch hundert gegen eins wetten, dass diejenigen, die hier gesucht haben, jede Wand, jedes Paneel gründlich abgeklopft haben. Also mit Klopfen ist nichts zu holen. Suchen, suchen und wieder suchen ..."

Als Don Gian nach kaum viertelstündiger Abwesenheit in sein Zimmer zurückkehrte, fand er seinen Gast der Länge lang auf dem Boden zwischen der Tür nach dem Schlafzimmer liegen, anscheinend bemüht, den Ritz zu betrachten, der zwischen Schwelle und Füllung an der rechten, der Fensterseite, deutlicher sichtbar war, als auf der gegenüberliegenden.

„Haben Sie ein Zündholz bei sich, Marchese?"
Don Gian reichte Windmüller die ganze Schachtel, die auf dem Tisch lag.

„Darf ich fragen, was Sie da suchen? Ich meine, ist Ihnen etwas heruntergefallen?"
Windmüller hörte die Frage nicht oder er überhörte sie. Ohne sich zu erheben, strich er ein Zündholz an und leuchtete damit die Spalte ab. Dann bat er Don Gian, dasselbe für ihn zu tun,

und während der venezianische Patrizier und Diplomat ohne Widerrede gleichfalls auf dem Boden lag und diese Arbeit verrichtete, führte Windmüller die lange, dünne Klinge seines Taschenmessers in den Ritz hinein und in diesem entlang.

„Ich habe auch schon versucht, ob sich das Paneel nicht mit der Messerklinge anheben lässt, und dabei ist die Spitze abgebrochen", sagte Don Gian mehr mit der Absicht zu warnen, als Windmüller von seinem Bemühen abzubringen. „Auf der anderen Seite ist das Messer nicht so tief eingedrungen wie hier."

Windmüller kratzte mit seiner Klinge im Ritz entlang und den darin angesammelten, fest gewordenen Staub heraus, den er sodann abermals mittels des Messers auf ein Stückchen Papier zusammenfegte, das Don Gian ihm reichen musste. Hierauf richtete er sich aus seiner unbequemen Stellung auf, begab sich ans Fenster und unterzog den Staub einer sehr eingehenden Untersuchung.

„Da haben Sie Ihre Messerspitze!", sagte er, das Partikelchen mit seinem Instrument herausholend. „Und hier", fuhr er fort, auf ein kreisrundes, glänzendes Plättchen deutend, das er aus dem Staub aussonderte, „hier haben Sie den Beweis, dass Donna Xenia an jenem Abend, in jener Nacht in Ihrem Zimmer war. Ein sehr wertvolles Stück, Herr Marchese!"

Don Gian sah den winzigen Gegenstand an, dann seinen Gast und schüttelte den Kopf.

„Ich verstehe nicht ...", begann er befremdet.

Windmüller aber blies, den Finger auf die kleine Scheibe legend, den Staub zum Fenster hinaus und betrachtete dann liebevoll seinen Fund. „Es ist eine Paillette! Und mit solchen ist das schwarze Kleid bestickt, das wir heute früh hier aus dem Koffer nahmen, das Kleid, das Donna Xenia an jenem Abend getragen und dann nebst einigen interessanten Spinnweben eingepackt hatte. Verstehen Sie nun? Die Nadel und der Faden, mit dem diese Flitterchen durch das darin bemerkbare Loch dem Stoff aufgestickt werden, sind auch spinnwebendünn. Der Rand des Loches aber ist scharf und schneidet den Faden leicht durch, und das Flitterchen fällt herab und wird zum Verräter einer Gegenwart, für die sich ein Beweis sonst schwer oder gar nicht führen ließe. Darum ist diese kleine Paillette, die im Licht aufleuchtete, ein stummer Zeuge, der glaubhafter ist als vielleicht zehn lebende. Ein neuer Beweis, Herr Marchese, dass man auch an seine Kleidung denken muss, wenn man auf Pfaden wandelt, die das Licht scheuen. Freilich, wer denkt an eine Paillette, die den sie haltenden Faden durchschneidet, damit ein Unschuldiger nicht leiden muss! Glauben Sie, dass es ein Zufall war, der diesen Faden gerade in dieser Stunde und an diesem Orte reißen ließ? Ich nicht, denn es gibt überhaupt keinen Zufall. Ein törichteres, gedankenloseres Wort als dieses ist nie erfunden worden. Die Frage, wie diese Paillette dort in den Ritz zwischen Schwelle und Türrahmen gekommen ist, tritt mit jener, wie Donna Xenia des Nachts in Ihr Zimmer gelangte, für den Augenblick in den Hintergrund. Genug, dass die Paillette da ist, um für die Gegenwart der Dame zu zeugen. Wahrscheinlich ist der Gegenstand in den Ritz hineingefegt worden, ohne von dem reinigenden Mädchen bemerkt worden zu sein. Und hat sie sich nach dem glitzernden Ding gebückt, dann hat sie sich dabei entweder gar nichts oder allerlei gedacht. Das hängt von der geistigen Veranlagung dieser Zimmerfee ab, und Sie werden zugeben, dass eine Paillette vom Kleid einer Dame im Zimmer eines Junggesellen gefunden, doch mindestens eines Fragezeichens wert ist. Haben Sie ein Stückchen Seidenpapier? Wir wollen diese kostbare Paillette darin sorgsam einpacken und das wichtige Beweisstück zunächst in meiner Brieftasche verwahren. – Ihre Nachfrage wegen Briefen an Donna Xenia war natürlich resultatlos?"

„Gänzlich", erwiderte Gian. „Der Portier und sein Stellvertreter verneinen, dass irgendwer mit einer Botschaft an meine Schwägerin dagewesen ist. Sie hat übrigens während des Nachmittags ihrer Anwesenheit hier das Haus nicht verlassen."

„Das hatte ich bereits festgestellt", bemerkte Windmüller. „Übrigens – wer wohnt eigentlich hier gegenüber in diesem großen Palast?"

Er deutete auf den langen Seitentrakt des Renaissancegebäudes jenseits des Sackkanals, das mit seinen verschlossenen Fensterläden einen recht verlassenen Eindruck machte. Nur im Hochparterre waren einige Fenster mit Blumenstöcken besetzt und mit zum Trocknen aufgehängten kleinen Wäschestücken dekoriert.

„Nur der Besitzer wohnt darin, Conte Asolo" antwortete Don Gian mit leichtem Erstaunen über den Gedankensprung. „Er ist noch auf seinem Landgut bei Padua. Die Nordseite des Palastes, der zwar fast so tief ist wie der meine, aber im Verhältnis sehr schmal, ist als Magazin vermietet. Sonst hat aber Asolo – glücklicher Mensch! – sein Haus für sich behalten. – Wobei mir einfällt, dass meine Großmutter unsere Mieter heute zum Diner erwartet. Sie sagten ja, dass Sie die Leute kennen, nicht wahr?"

„Nur die junge Dame", erwiderte Windmüller zerstreut, den Blick auf das Haus gegenüber heftend, in dessen einem offenen Fenster im Halbgeschoss jetzt eben eine behäbige Frau die aufgehängte Wäsche auf ihren Trockengrad prüfte.

„Ich bin ihr eben auf der Treppe begegnet", erzählte Don Gian, ebenso zerstreut. „Meine Großmutter hat Recht – ich habe auch noch nie solche eigentümlichen, blauen Augen gesehen wie die ihrigen. Und solch blonde Haare", setzte er in der Erinnerung an die Vision der vergangenen Nacht hinzu. „Und solch einen – einen muschelähnlichen Teint!", schloss er mit der Energie der Überzeugung.

„Wie?", fragte Windmüller, der sozusagen nur mit *einem* Ohr zugehört hatte. „Oh, Sie reden von Komtesse Meldeck! Ja, sie ist auffallend hübsch und wirklich sehr nett, aber das ist leider heutzutage keine Mitgift. Sie hat nichts. Damit ist ihr Urteil gesprochen, es ist gewissermaßen die Warnungstafel gegen das Verlieben."

„Es scheint so, denn Tante Candiani hat sie auch schon hier aufgestellt und selbst meine sonst ganz ideal veranlagte Nonna hat sich verpflichtet gefühlt, mir diesen Text gut einzuprägen", sagte Don Gian achselzuckend. „Schon weil mein Bruder eine gänzliche Nichtachtung davor bewiesen hat. Womit wir wieder bei der brennenden Frage, meiner Schwägerin, angelangt sind. Der Fund dieser Paillette ist ja gewiss ein sehr wertvoller, denn er beweist, dass Xenia in meiner Wohnung war. Aber sie kann das Ding auch verloren haben, ehe ich in jener Nacht meine Wohnung betreten hatte, als ich oben bei meiner Schwester war.

Da standen hier noch die Türen offen, durch die sie kommen und gehen konnte. Der Beweis dafür, dass sie nachts kam – auf einem geheimen Wege – während ich im künstlichen Schlaf einfach ausgeschaltet war, ist also diese Paillette dann eigentlich nicht! Ich meine, nicht für jene, die für diese meine Aussage eine Erhärtung verlangen können."
Windmüller nickte.

„Sie haben den Finger auf den einen schwachen Punkt gelegt, der diesen kleinen und doch so großen Zeugen für Ihre Aussage angreifbar machen könnte. Dass dieser Einwand von Ihnen selbst erhoben wird, erfüllt mich mit neuem Eifer für Ihre Sache, denn Leute, die einen Schatten zu zerstreuen haben, pflegen sich nicht selbst vor das Licht zu stellen, das ihnen angezündet wird. So – und nun lassen Sie mich wieder an die Arbeit gehen. Ich sehe eine Möglichkeit für eine Spur und darf die Zeit, um sie zu finden, nicht vergeuden ..."

IX.

Kurz darauf verließ Windmüller den Palast auf der Landseite durch die eine für den Verkehr benutzte Tür, die in die schmale Gasse Calle Terraferma hinausführte. Dass die Fenster des Piano nobile auf dieser Seite mit kunstvoll gearbeiteten, zum Teil vergoldeten, schmiedeeisernen Gittern versehen waren, mochte sich in der leichteren Angreifbarkeit der Landfront begründet haben.

Windmüller ging die Calle nach Norden zu hinauf, bog um die Ecke und erreichte den großen, palastumsäumten Platz, auf dem der Landeingang zu dem Palazzo Asolo liegt. Er kannte die Geschichte des venezianischen Patriziats zur Genüge, um sich zu erinnern, dass die Familie Asolo nicht zu den Tribunen der Republik gehört, sondern erst im siebzehnten Jahrhundert eingewandert war und sich – wie viele andere – durch reiche Geschenke die Eintragung in das Goldene Buch erkauft hatte. Windmüller wusste das wohl, konnte sich hingegen nicht erinnern, den Palazzo Asolo jemals als reich an Kunstwerken rühmen gehört zu haben, trotzdem läutete er an der verschlossenen Tür und fragte die behäbige Frau, die zu öffnen kam – es war dieselbe, die vorhin die Wäsche aufgehangen hatte – mit der ganzen Harmlosigkeit des Touristen, ob es erlaubt sei, den Palazzo zu besichtigen.

Die Frau, der diese Frage wahrscheinlich zum ersten Male im Leben gestellt wurde, machte schon den Mund zu einer ablehnenden Bemerkung auf, Windmülles Erscheinung war aber eine so augenscheinlich ‚herrschaftliche‘ und der Gedanke an ein gutes Trinkgeld daher so naheliegend, dass die Frau die verneinende Antwort wieder hinunterschluckte und dafür etwas zögernd zugab, dass der Signor Conte zwar nie ein Verbot gegen die Besichtigung des Palazzo durch Fremde erlassen habe, dass aber auch dafür nicht viel zu sehen sei, worauf Windmüller meinte, sie sei da offenbar viel zu bescheiden, denn ein venezianischer Palast, selbst wenn er leer sei, sei immer noch sehenswerter als irgendeiner anderswo, und wenn es nicht zu viel Mühe mache – er würde sich gern erkenntlich zeigen.

Und so folgte er denn alsbald seiner Führerin die Hintertreppe hinauf ins Piano nobile und durchwanderte mit ihr, die die Fensterläden zu öffnen vorausging, eine Reihe recht hübscher Räume, die mit Familienbildern geschmückt waren, namentlich aber wertvolle Möbel enthielten und sicherlich einen durchaus vornehmen Eindruck machten. Windmüller nahm indes davon nur flüchtig Notiz, während er sich von der Frau des Portiers, als welche er sie richtig vermutet hatte, die Familiengeschichte der Asolo erzählen ließ. Das war eine seiner Spezialitäten, dass er die Leute durch geschickt gestellte Fragen und Bemerkungen zum Plaudern brachte, und es gab nur wenige, bei denen diese Kunst versagte.

Nachdem der große Salon, der die Front des Hauses einnahm, gebührend bewundert worden war, gelangten sie dahin, wohin Windmüller von vornherein gestrebt war, in eine lange, schmale Galerie der Westseite, die mit alten, wertvollen Gobelins behangen, mit Waffen und Büsten auf Marmorkonsolen geschmückt war. Diese scheinbar mit besonderem Interesse betrachtend, trat Windmüller wie zufällig an eines der geöffneten Fenster zum Sackkanal.

„Der Palazzo Terraferma, nicht?", fragte er hinüberdeutend.

„Ich kenne nämlich den Marchese – von Rom her. Schade, dass er sein schönes Haus hier nicht bewohnt. Ein liebenswürdiger Herr. – Und seine Schwägerin, die Principessa, eine so schöne Dame!"

„Ja, sicher", gab die Frau eifrig zu. „Und so jung schon Witwe! Nun, man sagt, sie tröstet sich ganz gut in Rom. Sie ist jetzt zum Besuch der alten Marchesa hier. – Oder war da, was weiß ich. Es ist ihr wohl zu still in dem einsamen Haus."

„So! Also die Principessa war hier!", warf Windmüller ein. „Wohl erst unlängst? Ich sah sie erst vorige Woche in Rom!"

„Eh – wie lange ist's her? Zwei, drei Tage erst, da sah ich sie dort an jenem Fenster im Piano nobile", plauderte die Frau, indem sie auf eines der offenen Fenster des Rosa Zimmers deutete. „Es war am frühen Nachmittag, und sie hatte den Hut auf, einen Reisemantel an und zog sich gerade die Handschuhe aus. Wahrscheinlich war sie eben angekommen, und ich wunderte mich, warum sie in die unbewohnten Zimmer gegangen ist."

„Nun, sie wird wohl dort immer wohnen, wenn sie nach Venedig kommt", meinte Windmüller unschuldig.

„Wer wird denn in den Prunkzimmern wohnen!", wehrte die Frau diese Vermutung ab. „Die Principessa hat ihre Wohnung auf der anderen Seite im dritten Stock, gerade über den Zimmern der alten Marchesa! Sie hatte aber wohl gewechselt, denn ich sah sie am Abend, gerade als ich schlafen ging und das Fenster schloss, im zweiten Stock am Fenster. Sie hatte ein schwarzes Kleid an, ganz mit Flittern bestickt, die im Mondschein nur so funkelten. Ich hatte das Licht schon ausgelöscht und stellte mich hinter den Vorhang, um sie anzusehen. Madonna mia! Was sah sie prächtig aus! Ich konnte sie gut sehen, denn sie bog sich zum Fenster heraus und goss dann eine Wasserflasche in den Kanal, und ich sah dabei die Ringe an ihrer Hand funkeln ..."

„Dio mio!", machte Windmüller. „Eine so große Dame und gießt selbst ihre Wasserflasche aus!"

„Ja, ich meine, sie muss eine Vorliebe dafür haben, denn ich sah sie's noch zweimal in derselben Nacht und an demselben Fenster tun", rief die Frau mit gutmütigem Lachen.

„Nein, so etwas!", rief Windmüller erstaunt. „Zweimal?"

„So ist's, Signor! Es war eine heiße Nacht, und ich konnte nicht schlafen und dachte mir, wenn das Fenster offen wäre, könnte es auch meinem Mann nicht schaden, der zwar fest, aber unruhig schlief. – Also, ich stand auf, und wie ich ans Fenster trete, sehe ich drüben Licht und das Fenster offenstehen. Und wer steht darin? Die Principessa wieder mit der Wasserflasche in der Hand und gießt sie aus! Dann trat sie ins Zimmer zurück, und nach einer kleinen Weile kommt sie wieder und schüttet dieselbe Flasche nochmals aus, indem sie sie schwenkte, wie um sie auszuspülen. Dann machte sie den Fensterladen zu."

„Ah – sie hat vielleicht auch nicht schlafen können ..."

„Sie war ja noch angezogen, Signor, nicht mehr in dem funkelnden schwarzen Kleid, sondern in einem Straßenkleid – ich glaube, es war grau. Und es muss Mitternacht vorbei gewesen sein. Nun, es geht mich ja nichts an. Mein Mann pflegt immer zu sagen: Filomena, sagt er, lass die Leute tun, was sie wollen, und halte den Mund dazu. Und das tue ich auch."

„Ein sehr weiser Mann, Ihr Gatte, Signora!", lobte Windmüller mit einem leisen Lächeln über den Erfolg dieser Lehre.

„Er ist ein Mann, der die Welt gesehen hat, denn er war sogar schon einmal in Mailand", verkündete Filomena mit berechtigtem Stolz. „Er war übrigens der Ansicht, dass ich entweder geträumt oder mich geirrt haben müsste, und wir haben uns fast darüber gestritten. Nicht darüber, dass ich die Principessa die Flasche ausgießen sah, sondern ... Als ob ich nicht wüsste, was der zweite Stock und was der Piano nobile ist! Das merkwürdigste dabei ist bloß, dass ich selbst ganz irre geworden bin. Ich lag nämlich, nachdem ich die Principessa den Laden schließen gesehen hatte, immer noch auf den Schlaf wartend, in meinem Bett bei offenem Fenster, da höre ich wieder über den Kanal herüber einen Laden sich öffnen. Madonna mia, denke ich mir, will sie schon wieder eine Flasche ausgießen? Ich musste über den Gedanken lachen, und weil ich doch gern wissen wollte, ob das wirklich eine Liebhaberei von ihr ist, stehe ich also leise auf und schaue hinüber, so, dass man mich nicht sehen konnte; man will doch nicht, dass jemand von einem vermutet, dass man spioniert! Nun, ich denke wirklich, ich sehe nicht recht, denn der Laden oben ist zu und der darunter im Piano nobile halb offen, und die Principessa lehnt sich zum Fenster heraus, den Hut auf dem Kopf und den Mantel an, gerade wie ich sie am Nachmittag zuvor gesehen habe. Es war eine so helle Nacht, Signor, dass ich ihr Gesicht unter dem Hut ganz deutlich sehen konnte, und es war auch Licht im Zimmer hinter ihr. Sie schaute um den halboffenen Fensterladen herum über den Kanal, machte dann den Laden wieder zu und das Licht, das durch die Ritzen schimmerte, erlosch gleich darauf. Ich trat nun bis an mein Fenster heran, denn ich war nun doch neugierig geworden, was mir keiner verdenken kann, Signor – Sie hätten es doch auch nicht anders gemacht ..."

„Sicher nicht", flocht Windmüller ermunternd ein.

„Nun ja, wenn eine so vornehme Dame in der Nacht – es muss schon fast zwei Uhr gewesen sein – in Hut und Mantel zum Fenster herausschaut ...! Wie ich also am Fenster stehe hinter dem Vorhang, denn man will doch nicht zeigen, dass man ein bisschen neugierig ist – da sehe ich eine geschlossene Gondel am Palazzo entlangkommen. Aha, denke ich mir, jetzt wissen wir ja, warum sie den Hut aufhat – sie will abreisen. Nun hatte ich schon so viel gesehen, und jetzt wollte ich auch noch zuschauen, wie sie in die Gondel drüben am Portal steigt – eine Principessa sieht man nicht alle Tage abreisen. Das ist für unsereins gerade so, als ob man im Theater wäre. – Nun, Signor, mögen Sie mir's glauben oder nicht – die Gondel fuhr nicht zum Portal, sondern legte zwischen den beiden Fenstern dort an, da wo die Lastra ist! Und dort blieb sie wie festgenagelt liegen – ein, zwei Stunden ungefähr. Ich zog einen Rock über, denn mich fing an zu frieren, und blieb am Fenster und wartete. Denn wer kann denn einsteigen, wenn keine Tür da ist, um herauszukommen, und wer durch eine Mauer kann, dem muss schon der Leibhaftige helfen! Es war mir ganz unheimlich dabei, Signor! Und was hatte die Gondel hier in der Nacht sonst zu tun, wenn sie nicht auf jemand wartete, so frage ich! Aber niemand kam. Der Gondoliere saß auf seiner Poppa und gähnte. – Ich dachte mir aber, du bleibst auf deinem Posten und wartest, und wenn die Sonne drüber aufgehen sollte, denn wer hatte je schon so etwas gesehen? Wie ein Steinbild stand ich hinter dem Fenster und wartete und hörte, wie der Gondoliere leise fluchte, und endlich fuhr er wieder davon. Nun, mein Mann hat den Kopf geschüttelt, wie ich's ihm erzählte, und wir stritten uns fast darum, und dann sagte er: Filomena, sagte er, lass die Leute tun, was sie wollen, und halte den Mund dazu! Das habe ich dann auch getan, Signor", schloss sie mit einem ernsthaften Seufzer.

Windmüller lobte die bewiesene Enthaltsamkeit, indem er sich fragte, ob die ganze oder nur die halbe Nachbarschaft eine Stunde später die Geschichte schon gewusst habe. Er besah dann den Rest der Ca'Asolo mit scheinbar ungemindertem Interesse und verabschiedete sich von Frau Filomena mit vielem Dank und einem warmen Händedruck, dessen Betrag einen sehr tiefen Knicks von Seiten der würdigen Dame auslöste.

X.

Als der Marchese an Windmüllers Tür klopfte und auf dessen Ruf eintrat, fand er seinen Gast in Hemdärmeln am Schreibtisch sitzend vor, der bereits für die angesagte, feierliche Stunde des Abends gerüstet war.

„Ah!", sagte er aufsehend und seinen Wirt mit Wohlgefallen betrachtend, „schon im Kriegsschmuck? Mein Grundsatz, nie ohne einen Frack im Gepäck zu reisen, hat sich wieder einmal bewährt. Es steht Ihnen aber gut, sehr gut sogar – was entschieden von der Figur abhängt, die einem der Himmel mitgegeben hat, und ... natürlich vom Schneider. Nur die Gardenie in Ihrem Knopfloch – hm! Sehen Sie, eine gütige Fee, wie ich sie in Ihrer Frau Großmutter vermute, hat einen Nelkenstrauß in mein Zimmer stellen lassen. Suchen Sie sich eine davon aus und lassen Sie die Gardenie dafür zurück."

„Ja warum denn in aller Welt?", fragte Don Gian erstaunt, von seinem Gast auf die wachsweiße Blume herabsehend, die seinem tadellosen Frack einen ganz besonderen Tupfer verlieh.

„Ich kenne jemand in unserem heutigen Kreis, dem der Gardenienduft Unbehagen macht", erwiderte Windmüller mit leisem Lächeln. „Solche Abneigungen kommen vor. Das kann Ihnen freilich gleichgültig sein und ist ja nur ein Vorschlag von mir, weil ich eben diese kleine Eigentümlichkeit meiner jungen Freundin zufällig kenne."

Don Gian zog ohne ein Wort zu sagen die Gardenie aus seinem Knopfloch und steckte eine gelbe Nelke aus dem Blumenstrauß an, der auf dem Tisch stand.

„Danke", sagte er. „Herr Doktor, ich habe Sie den ganzen Nachmittag nicht gesehen und möchte doch gern wissen, ob Sie in unserer Angelegenheit weitergekommen sind."

„Das ist mit Ja oder Nein nicht ohne Weiteres zu beantworten", erwiderte Windmüller nach einer Pause, während welcher er seine Papiere wegschloss. „Ich wollte noch ein paar Nachrichten abwarten, ehe ich Sie aufsuche. Diese Nachrichten habe ich erhalten. Sie sind, um es kurz zu sagen, alle auf demselben Punkt wie die früheren: Ihre Frau Schwägerin ist nirgends aufgetaucht und gesehen worden, das Dokument scheint mit ihr verschwunden zu sein, denn es hat sich nicht das geringste Anzeichen, dass es in die unrechten Hände geraten ist, im diplomatischen Verkehr zwischen Ihrem Vaterland und der Pforte bemerkbar gemacht ..."

„Gott sei Dank!", fiel Don Gian inbrünstig ein.

„Die Gefahr, die damit verbunden war, darf also als vorübergegangen betrachtet werden", fuhr Windmüller fort. „Die drei Tage, die seit dem Verschwinden des Vertrages vergangen sind, haben mehr als genügt, um die Sache auszugleichen, und sollte das Dokument jetzt noch irgendwo auftauchen, so kann es keinen größeren Schaden mehr verursachen."

„Gott sei Dank!", sagte Don Gian noch einmal und dann fuhr er mit unwillkürlich gedämpfter Stimme fort: „Aber was ist dann aus meiner Schwägerin geworden? Ist sie vielleicht sogar ...?"

Er hielt mit einem Schauder inne, denn so wenig er die Witwe seines Bruders mochte, so war das Unausgesprochene doch zu furchtbar, um ihm Worte zu geben.

„Sie meinen, ob sie entweder entführt oder gar ermordet worden ist?", vollendete Windmüller ernst. „Nein. Ich zweifle an diesen beiden Möglichkeiten deshalb so stark, weil in jedem der beiden Fälle das Dokument längst denen zum Kauf angeboten worden wäre, für die es entwendet worden ist. Ich glaube

auch nicht, dass Ihre Schwägerin damit das Weite gesucht hat, denn es wäre ja einfach Wahnsinn, sich mit ihren Brotgebern zu entzweien. Man könnte zwar noch den unwahrscheinlichen Fall in Betracht ziehen, dass sie plötzlich Gewissensbisse bekommen hat – unterwegs, auf der Fahrt zum Verrat, dass ihr der Boden unter den Füßen zu heiß geworden ist und dass sie sich verborgen hält, bis etwas Gras über die Sache wächst. Jedoch glaube ich eher, dass Ihre Frau Schwägerin, nachdem sie schon so weit gegangen war, ihr Gewissen längst über Bord geworfen hatte. Was ich zu glauben anfange, ist, dass Donna Xenia auf einem noch unaufgeklärten Weg die Nachricht von einer ihr drohenden Gefahr erhalten hat – nach der Tat, wohlgemerkt – und dass sie, weil sie nicht wagen darf, das Haus zu verlassen, einen Schlupfwinkel darin gefunden hat – mit anderen Worten, dass sie noch unter diesem Dach weilt und zu bleiben gezwungen ist, bis sie glaubt, sich mit Sicherheit entfernen zu können."
Don Gian war so starr vor Überraschung über diese mögliche Lösung, dass er Windmüller wie geistesabwesend anstarrte, und das war viel für eine so intelligente Physiognomie wie die seine. Dann aber machte er eine abwehrende Handbewegung.

„Herr Doktor", begann er und fand damit seine Haltung wieder, „nehmen wir an, dieses Haus hätte solche Schlupfwinkel – wahrscheinlich sogar hat es welche. Wenn meine Schwägerin einen mir unbekannten Weg kennt, um in mein Zimmer bei verschlossenen Türen und Fenstern zu gelangen, so wird sie schon noch mehr von den Geheimnissen dieses Hauses wissen, aber ... ein Mensch kann doch nicht tagelang ohne jede Nahrung leben!"

„Sicher nicht", gab Windmüller sofort zu. „Es ist aber möglich, sich nachts, wenn alles schläft, heimlich zu verproviantieren, oder jemand hier im Haus besorgt dieses Geschäft. Ich neige der letzteren Ansicht zu."

„Zum Teufel auch!", murmelte Don Gian. „Aber wer? Tatsache ist, Herr Doktor, dass meine Schwägerin bei den Dienstboten im Haus nicht beliebt ist. Sie hat eine von der unseren stark abweichende Art, mit ihnen umzugehen und ..."

„Aber, Herr Marchese, Ihre Schwägerin ist, soviel ich weiß, nicht eben knauserig, und Geld hat die unleugbare Eigenschaft, selbst Unbeliebtheit erträglich zu machen – in den Sphären wenigstens, in denen wir zu suchen haben, falls der jugendliche Enthusiasmus von Donna Loredana für die Rechte eines jeden, seine eigenen Wege gehen zu dürfen, sie nicht zur Verbündeten ihrer, wie es scheint, von ihr sehr bewunderten Schwägerin gemacht hat", schloss Windmüller liebenswürdig.

Don Gian war von dem Sessel, auf dem er Platz genommen, aufgesprungen, als ob er von einer Natter gestochen sei. „Das ist zu weit gegangen, Doktor! Meine eigene Schwester, die weiß, was für mich auf dem Spiel steht ..."

„Verzeihung, Herr Marchese, ich hatte den Eindruck, dass sie das, bis heute Mittag wenigstens, nicht wusste! Donna Loredana ist noch sehr jung und sehr enthusiastisch. Sie ist wie weiches Wachs in den Händen einer so gewandten Dame wie Ihre Schwägerin, der sicher alle Töne zur Verfügung stehen, sie zu einer – natürlich anscheinend ganz unschuldigen kleinen Intrige zu begeistern. Herr Marchese, glauben Sie mir, es ist für jemand wie Ihre Frau Schwägerin nicht schwer, den Eingang in solch jugendliches Gemüt zu finden."

Gian hatte sich, während Windmüller sprach, wieder gesetzt.

„Nein", sagte er finster, „da haben Sie Recht. Wenn ihr die Brücke nicht zu unsicher war, so ist sie gewiss mit ihren infamen Absichten darauf getreten. Soll ich Loredana fragen?"

„Überlassen Sie das mir", erwiderte Windmüller. „Ich kann das mit ein paar geschickten Wendungen unauffällig und ohne die junge Seele zu verletzen, besorgen und vertraue da meiner Übung in solchen Dingen. Denn sehen Sie: Ist Ihre Schwester ahnungslos, dann würde der bloße Verdacht einen Sturm in ihrem Gemüt erregen, dessen Nachwehen wir ihr ersparen müssen. Die Jugend sollte mit sehr schonenden Händen angefasst werden."

Don Gian sagte zustimmend: „Sie sind ein sehr verständnisvoller Mann, Herr Doktor!"

„Man hat sich nur das Verständnis für die Regungen der Seele zu bewahren gewusst", entgegnete Windmüller freundlich. „Der Gedanke an diese Möglichkeit ist mir übrigens erst in letzter Stunde gekommen, und wenn ich Ihnen überhaupt Mitteilung davon machte, so geschah es nur, um Sie vorzubereiten.

Ich halte übrigens für meinen Teil die Beihilfe von jemand aus Ihrer Dienerschaft für wahrscheinlicher. Wenn Ihre Schwester aber in ihrer Unschuld benutzt und zum Hehler gemacht wurde, dann ist sie heute Mittag sehr kräftig alarmiert worden, und dann werden wir gut daran tun, heute Nacht dem entfliehenden Vogel den Weg zur Freiheit zu vertreten. – Ach, und übrigens, es steht eindeutig fest, dass Donna Xenia das kleine Flitterchen in Ihrem Zimmer verloren hat, als Sie Ihnen den Schlaftrunk zurechtmachte."

„Wie wollen Sie das wissen?", fragte Don Gian erstaunt, als Windmüller eine Pause eintreten ließ und dann kurz erzählte, was er im Palazzo Asolo erfahren hatte.

„Es ist möglich, dass Donna Xenia in der Zeit zwischen ihrem zweiten Besuch bei Ihnen und ihrer beabsichtigten Abreise eine Warnung erhalten hat", fuhr er fort. „Sie war dann gezwungen, die Gondel im Stich zu lassen, die gerade in den Sackkanal einbog, als sie unten im Rosa Zimmer am Fenster gesehen wurde. Dass sie dabei den Hut aufhatte, ist kein Beweis, dass sie trotzdem beabsichtigte, abzureisen; sie musste aber ihre Abreise markieren und durfte den Hut nicht zurücklassen. Warum sie ihren Koffer jedoch nicht mitnahm oder daraus wenigstens die notwendigsten Dinge, die der Kulturmensch nun einmal nicht entbehren kann, ist schon schwerer verständlich. Sie hat vielleicht nicht gedacht, dass ihr Versteck von Dauer sein würde, und als sie sich dann notgedrungen jemand im Haus hier offenbaren musste, war der Koffer diesem Jemand nicht mehr zugänglich. – Das sind natürlich alles nur Vermutungen, die jedoch zur Konstruktion des Bildes gehören und die auch alle unrichtig sein können. Es bleibt aber freilich noch eine zweite Möglichkeit für Donna Xenias Verschwinden, die jedoch mit der vergeblich wartenden Gondel nicht übereinstimmt. Dass sie das Dokument vor der drohenden Gefahr entweder verborgen oder vernichtet hat, und dass der Anschlag auf ihre Person vergeblich war. – Wie gesagt, das stimmt nicht mit der unbenutzten Gondel überein und ist nur deshalb erwähnt, um keine Möglichkeit aus den Augen zu lassen ..."

XI.

Windmüller und Don Gian fanden die alte Marchesa und ihre Enkelin noch allein, als sie eintraten. Aber auf dem Fuße folgte ihnen bereits, feierlich von Sebastiano angemeldet, der Freiherr von Krähenhausen mit seiner Frau und seinem Mündel, deren Erscheinung den Vergleich mit einer weißen Taube zwischen zwei zausen Krähen förmlich herausforderte. Ihnen folgte fast gleichzeitig die Contessa Candiani, die die Fremden im Palazzo eingeführt hatte; eine lebhafte, elegante Dame. Und damit war die Abendgesellschaft vollständig versammelt.

Herr von Krähenhausen war ein älterer, schlanker Mann mit schneeweißem Vollbart, der ihm im Verein mit seinen wallenden Locken das Aussehen eines altbiblischen Patriarchen in schlecht sitzendem Frack gab. Die Augen zu beiden Seiten der enormen Adlernase, beschattet von buschigen Brauen, hatten indes einen gutmütigen, fast kindlichen Ausdruck, der von Geduld und Nachgiebigkeit zeugte.

In einem violettseidenen Kleide, das die unverkennbare Etikette ‚gefärbt' trug und, mit billigen weißen Spitzen besetzt, entschieden aufgedonnert aussah, machte seine kleine, dürre Frau mit dem scharfen Wieselgesicht und den dunklen, stechenden Augen den weniger sympathischeren Eindruck. Der Menschenkenner hätte freilich in ihren zugespitzten Zügen den Kampf eines Lebens mit den Sorgen des Daseins herauslesen können, die ihre Runen der Physiognomie ja sehr verschieden aufprägen. Auch ihr sichtliches Bestreben, um jeden Preis die Merkzeichen ihrer aristokratischen Geburt und Stellung aufrechtzuerhalten, hätte etwas Pathetisches gehabt, wenn sie es nicht in Äußerlichkeiten gesucht hätte; in einer etwas gezierten Überlegenheit, einer hohen, flötenden Stimme und in so langen Fingernägeln wie ein chinesischer Mandarin. Und je natürlicher die anderen sich benahmen, um so gezierter wurde sie in der Meinung, dass es genau so der Freifrau von Krähenhausen und geborenen Freiin von Ebingen zukam.

Die Unterhaltung wurde, da das Paar des Italienischen nicht mächtig war, französisch geführt, aus welcher Sprache Herr von Krähenhausen ein Kauderwelsch machte, das zwar jeder

Klarheit entbehrte, dafür aber recht erheiternd wirkte, woran er gutmütig und ohne falsche Scham am herzlichsten teilnahm. Seine Frau sprach Französisch korrekt, aber wie auf den Stelzen des höheren Töchterschulenunterrichts einherschreitend. Es war ihr anzumerken, dass sie wie ein Schießhund aufpasste, um der rasch fließenden Unterhaltung folgen zu können.

„Diese Deutschen sind doch ein komisches Volk", raunte Contessa Candiani der Marchesa zu. „So reiche Leute, die den Piano nobile mieten und dabei aussehen, als ob sie nichts zu beißen hätten!"

„Nun, vielleicht sind sie erst unlängst in den Besitz gelangt und wissen ihn noch nicht anzuwenden."

„Hm – ja, wahrscheinlich ist es so", gab die Contessa leise zu. „Oder es ist ihnen ganz egal, wie sie aussehen. Geiz ist es nicht, denn der Mietpreis hat ihnen kein Zucken mit den Wimpern abgelockt. – Die kleine Meldeck ist süß, nicht wahr? Dies einfache weiße Kleid so schick, als ob Paquin in Paris es gemacht hätte. Und diese blauen Augen ...! Hoffentlich verliebt Gian sich nicht in sie, denn sie hat nichts – absolut nichts, sage ich dir. Die Meldecks sind arm wie die Kirchenmäuse. Ich habe den Vater ja gut gekannt, als mein seliger Mann Gesandter in – oh, carissima mia", fuhr sie liebenswürdig nach der anderen Seite herum, als sich das Objekt dieser Mitteilungen eben nahte. „Ich erzählte meiner Tante eben von deinem lieben Vater. Du hast ganz und gar seine Augen und ... was für eine nettes Kleid du trägst."

Die Komtesse lachte und strich mit ihrer schmalen Hand im weißen Handschuh an ihrem schlichten Empirekleid entlang, das ihren schlanken Körper wie eine Schlangenhaut umschloss.

„Was du für einen Blick hast! Paquin in Paris hat nämlich das Kleid gemacht!", sagte sie vergnügt.

Contessa Candiani stieß einen leisen Schrei aus.

„Du kleine Verschwenderin!", rief sie gutmütig scheltend. „Wart, ich werde dir den Kopf waschen! Trägt das Mädchen Kleider von Paquin, dem teuersten Schneider! Wohl ein Geschenk von deinem Vormund, liebste Fiore?"

„Wie heißen Sie, Contessina?", fragte die Marchesa, die lächelnd zugehört, mit einem Interesse, das ihren großen dunklen

Augen einen ganz eigenen Ausdruck gab und Don Gian, der eben zu der kleinen Gruppe getreten war, seine Großmutter erstaunt ansehen ließ.

„Ich heiße Fiore, Eccellenza", erwiderte Komtesse Meldeck harmlos. „Eigentlich Fiorenzia, aber der Name ist zu lang zum Aussprechen und wurde immer in Fiore abgekürzt!"

„Das ist ein italienischer Name!", sagte die Marchesa zögernd, erwartungsvoll.

„Gewiss. Meine Mutter war Italienerin, und ich bin nach ihr benannt worden."

„Also darum sprechen Sie so gut Italienisch, Contessina!", fiel Don Gian mit einer Begeisterung ein, die entschieden darauf schließen ließ, dass er auf dem besten Wege war, genau das zu tun, was die Gräfin Candiani vor ein paar Minuten für nicht wünschenswert gehalten hatte. „Dann sind wir beide ja halbe Landsleute!"

Weder die Gräfin noch die Marchesa achteten auf die an ihrem Verwandten sonst ungewohnte Lebhaftigkeit. Die Erstere machte ein verlegenes Gesicht und die Letztere schien ihre Augen von dem jungen Mädchen nicht losreißen zu können.

„Eine Italienerin!", wiederholte sie. „Es ist merkwürdig – Sie erinnern mich besonders jetzt, ohne den Hut, an eine junge Dame, die ich vor Jahren kannte. Sie hieß seltsamerweise auch Fiorenzia und war eine Florentinerin."

„Meine Mutter war ja auch eine Florentinerin!", rief Fiore überrascht. „Wer weiß, vielleicht war sie es, Eccellenza, die Sie kannten. Sie hieß mit ihrem Mädchennamen Fiorenzia Crespolo und war die Tochter des Herzogs von Rifreddi ..."

Sie hielt ein, denn die Marchesa hielt ihr beide Hände entgegen und zog sie bewegt an sich.

„Oh cara mia!", murmelte sie mit feuchten Augen. „Ja, ja, sie war's, die ich kannte und sehr lieb hatte! Darum also! Sie haben ihre Haare, Fiore, nur sind die Ihren noch ein wenig heller! Und ganz die Züge der armen Fiorenzia haben Sie. – Doch hatte sie dunkle, sehr dunkle Augen. Dio mio – nach so viel Jahren! Ist sie ... schon lange von Ihnen gegangen?"

„Sie starb, als ich noch kaum laufen konnte" sagte Fiore. Dann folgte sie, begleitet von Don Gian, eigentlich nur ungern einem Ruf von Donna Loredana, denn sie hätte die alte Dame gern über die Mutter befragt, von der sie so wenig wusste.

„Hast du das nicht gewusst?", fragte die Marchesa, während auch sie sich erhob, denn Sebastiano war eben eingetreten, um zu Tisch zu bitten. Gräfin Candiani hustete.

„Natürlich habe ich es gewusst", tuschelte sie zurück. „Wozu hätte ich es dir aber sagen sollen? Du hattest Fiorenzias Geburtsnamen längst vergessen. Warum an alten Wunden rühren? Ich dachte auch kaum, dass du mit deinen Mietern Verkehr pflegen würdest. Es ist ja eigentlich nicht gebräuchlich."

„Nein, es ist sonst wohl nicht gebräuchlich", erwiderte die Marchesa mit einem Blick auf ihre Gäste. „Es war das Mädchen, das mich dazu bewog. Ich dachte mir, vielleicht wäre es eine Gesellschaft für Loredana."

„Ah ja!", machte die Contessa verständnisvoll. „Sie ist so frisch und natürlich, Loredana aber solch ein Bücherwurm, dem es ganz guttäte, wenn jemand ihn aus seinen dummen Gedanken, die er sich in den Kopf pfropft, herausrisse, und ..."

Das Herantreten des Freiherrn von Krähenhausen machte der sich überstürzenden Mitteilung ein Ende. Er verbeugte sich altmodisch, aber würdevoll vor der Marchesa und reichte ihr den Arm, wobei sein Frack eine Falte auf dem Rücken schlug.

„Kumm!", machte er, und nachdem er durch diesen Laut seiner Nase Luft verschafft, fuhr er galant fort: „J'ai l'honneur de – de – de tirer Votre Excellence sur la table."

„Um Gottes willen!", murmelte die Contessa, die über diese fürchterliche Ankündigung, auf den Tisch gezogen zu werden, fast das Gleichgewicht verlor.

Die Marchesa unterdrückte aber heroisch ein verdächtiges Zucken ihres Mundes, und als sie neben ihrem Gast bei Tisch saß, äußerte sie ihm in liebenswürdigen Worten ihre Freude, dass er ein so erfrischendes Wesen wie Fiore Meldeck bei sich haben dürfe, und fragte ihn, ob er selbst Familie habe.

Von der ganzen Rede verstand Herr von Krähenhausen indes nur den freundlichen Ton, und seine guten Augen strahlten die Freude darüber zurück, während er sich darauf beschränkte, ein paarmal mit besonderer Energie ‚Kumm!' zu machen.

Die Marchesa, die ja nicht wusste, dass es ein chronischer

Stockschnupfen war, der ihn zu diesem eigentümlichen Laut zwang, beschloss, sich zu erkundigen, was die Silbe ‚Kumm!' in einer ihr sonst doch bekannten Sprache bedeutete. Frau von Krähenhausen aber, die nahe genug an der Seite des Marchese saß, um hören zu können, was dessen Großmutter redete, kam ihrem Gatten zu Hilfe und erzählte in gewählten Worten, dass sie einen Sohn hätten, der Professor der Geschichte an der Universität ihrer Heimatprovinz sei und eine glänzende Laufbahn vermöge seiner noch um vieles glänzenderen Geistesgaben vor sich habe. Er sei ja so schnell vom Privatdozenten zum außerordentlichen Professor befördert worden.

„Wir erwarten unseren Wiwigenz in den nächsten Tagen hier in Venedig. Er hat einen außergewöhnlichen Urlaub zum Studium im Staatsarchiv erhalten", schloss sie mit einem Rundblick des Triumphes.

„Wie sagten Sie doch, dass Ihr Herr Sohn heißt?", fragte die Marchesa interessiert.

„Wi– wi– genz!", skandierte die stolze Mutter. „Es ist ein uralter Name, der in meiner Familie gebräuchlich war."

„Oui, un nom tres vieux. – Kumm!", fiel Herr von Krähenhausen ein. „Tout mes anes s' appellent Wiwigenz."

Die arme Marchesa wusste wirklich nicht, ob sie sich mehr darüber wundern sollte, dass ihr Gast so viele Esel besaß, oder warum sie alle Wiwigenz hießen. Zum Glück klärte seine Frau sie darüber auf, indem sie mit einem vernichtenden Blick auf die arbeitenden Gesichtsmuskeln der anderen scharf und ohne Lächeln verkündigte, ihr Mann habe natürlich arcetres sagen wollen, was auf Deutsch ‚Ahnen' hieße – eine Erklärung, die nun auch die Marchesa hart an den Rand einer unauslöschlichen Heiterkeit brachte.

Dank solchen wiederholten Zwischenfällen, der Unterhaltungsgabe der überwiegenden Mehrzahl des kleinen Kreises und dem typisch germanischen Bedürfnis Herrn von Krähenhausens, unbedingt eine Rede halten zu müssen, in der er seine Gastgeber hochleben ließ, verlief das Mahl recht angeregt und heiter, besonders da der besagte Toast grammatikalisch und wörtlich fehlerlos zum Ausbruch kam, was jedem ohne Weiteres die Vermutung aufdrängte, dass er von der besseren Hälfte des Paares redigiert und von der stärkeren vorher auswendig gelernt und von der Gattin gründlich abgehört worden war.

Im Hause Terraferma war die englische Sitte eingeführt worden, nach der die Damen die Tafel auf ein Zeichen der Wirtin verlassen, während die Herren bei einem Glas Wein zu einer Zigarette zurückbleiben, was den Vorteil hat, dass die Gesellschaft in absehbarer Zeit wieder vereint ist und das stärkere Geschlecht für den Rest des Abends nicht durch seine Abwesenheit im Rauchzimmer glänzt, wodurch der Zweck eines gemeinsamen Beisammenseins wie bei uns in Deutschland meist hinfällig gemacht wird.

Die Marchesa erhob sich also mit einem einladenden Rundblick auf ihre weiblichen Gäste, indem sie zu ihrem Tischherrn sagte: „Vous fumez certainement, Monsieur?"

„Oui, Madame", erwiderte Herr von Krähenhausen zustimmend mit dröhnender Stimme, „je suis un grand fumier."
Die Marchesa musste sich im ersten Schrecken über dieses Geständnis noch einmal niedersetzen, erhob sich aber schnell wieder und verließ, das Taschentuch vor den Mund gepresst und mit zuckenden Schultern, den Tisch mit einer Eile, die auf ihre Selbstbeherrschung einen traurigen Schluss zuließ. In derselben Verfassung folgten ihr die anderen Damen, deren jüngerer Teil mit schlecht unterdrückten Lachkrämpfen rang. – Ja selbst Frau von Krähenhausen machte ein ganz merkwürdiges Gesicht, als ob sie niesen wollte, und ehe die Damen den Vorsaal gekreuzt und wieder im Salon der Marchesa angelangt waren, hörten sie im Speisesaal ein herzhaftes männliches Lachterzett ertönen, was darauf schließen ließ, dass Doktor Windmüller wahrscheinlich übernommen hatte, Herrn von Krähenhausen darüber aufzuklären, was er eigentlich gesagt hatte, dass er nämlich ein „großer Mistkerl" sei.

„Wenn mein Mann mehr Gelegenheit gehabt hätte, die französische Sprache zu üben, so würden ihm solche – hm – Verwechslungen nicht passieren", erklärte Frau von Krähenhausen scharf, als sie kaum auf dem Sofa neben der Marchesa saß. „Wir leben – der ungestörten Studien meines Manns wegen – in einer kleinen Stadt, in der das Interesse der höheren Kreise, in denen wir ja ausschließlich verkehren, für fremde Sprachen ein sehr geringes ist. Ich muss das mit größtem Bedauern eingestehen, umso mehr, als sich in den Kreisen der Bourgeoisie ein unpassender Geist eingeschlichen hat. Es existiert sogar ein Lesekränzchen, in dem diese Leute klassische Dramen mit verteilten Rollen lesen!"

Sie schloss diese etwas unklare Rede, die mit den französischen Entgleisungen ihres Gatten eigentlich gar nichts zu tun hatten, mit einem recht aristokratisch sein sollenden Zurücklehnen, indem sie ihre Hände auf ihren Schoß legte, sodass man die Mandarinennägel daran in ihrer vollen Glorie bewundern konnte. Die Marchesa, die sich auf eine Unterhaltung über die Übergriffe der Bourgeoisie nicht weiter einlassen wollte, machte nur ein verbindliches: „Oh, wirklich?", womit man ja so gut zur Tagesordnung übergehen kann, und fragte dann, wie sich Frau von Krähenhausen in ihrer Wohnung eingerichtet habe.

„Oh, ich danke", war die gedehnte Antwort. „Wenn die Zimmer nicht so groß und hoch wären, würden sie gemütlicher sein. Man muss sich erst an die Marmorplatten der Tische gewöhnen. Für Nacht- und Waschtische ist Marmor ja ganz praktisch, für den täglichen Gebrauch ist man ihn bei uns nicht gewöhnt. Auch nimmt man bei uns weißen und grauen Marmor. Dieser gelbe, schwarze und rötliche ist so ungewohnt."

„Diese Sorten galten als sehr kostbar", flocht die Contessa beiläufig ein.

„Ja, so sagte Fiore", erwiderte Frau von Krähenhausen von oben herab. „Aber was kann solch junges Mädchen wissen? Die Steinfußböden sind schrecklich, für unseren Geschmack wenigstens. Ich war, offen gesagt, ganz zufrieden mit meinem Zimmer im Hotel, aber Fiore redete von nichts anderem als von einem ‚alten Palast'. Es war bequemer im Hotel, das muss ich schon sagen. Man hatte auch mehr Aussicht. Wenn die Straßen hier wenigstens nicht mit Wasser gefüllt wären, so wäre es für meinen Geschmack hübscher und weniger melancholisch."

„Ja – diese mit Wasser gefüllten Straßen sind doch aber eigentlich charakteristisch für Venedig", murmelte die Marchesa entschuldigend.

„Das erinnert mich an die Geschichte von einem fremden Ehepaar, das heimkommend gefragt wurde, wie ihm Venedig gefallen habe. Die guten Leutchen erwiderten, dass sie darüber eigentlich nichts sagen könnten, denn sie hätten leider gerade eine große Überschwemmung angetroffen und seien genötigt gewesen, in einem Kahn ins Hotel zu fahren. Natürlich wären sie dann gleich wieder abgereist, denn was hätte man davon, und es sei auch ungesund", erzählte die Contessa.

Frau von Krähenhausen zuckte zu dieser lustigen Geschichte nur vornehm mit den Achseln und meinte, so ganz Unrecht hätten diese Leute nicht, sie selbst hätte sich Venedig mit weniger Wasser vorgestellt und müsse schon gestehen, dass sie etwas enttäuscht sei.

„Ja, warum sind Sie dann überhaupt hergekommen und haben zum mindesten nicht darauf bestanden, im Hotel zu bleiben?", erkundigte sich die Contessa lachend. „Da Ihr Wunsch doch der ausschlaggebende ist, so wäre es leicht gewesen, Fiore zu überstimmen!"

Frau von Krähenhausen bekam einen kleinen Hustenanfall.

„Was will man denn machen, wenn man doch einem Gast gefällig sein möchte", meinte sie. „Sie glauben nicht, was für eine Phantasie dieses Mädchen hat und wie sie betteln kann, wenn sie etwas haben will! Kaum, dass wir sie bei uns aufgenommen hatten, das arme Ding, heimatlos, wie sie war, da sprach sie von nichts als von einer Reise nach Venedig. ‚Gut – machen wir ihr die Freude', sagte mein Mann. Schon unterwegs fing sie an, von einem Palast zu schwärmen, und wieder gab mein Mann nach, als wir durch Sie wussten, dass man einen solchen Palast mieten kann. Und wenn mein Sohn kommt und sie setzt sich in den Kopf, ihn zu heiraten, so würde mein Mann wahrscheinlich auch Ja und Amen dazu sagen", schloss sie mit einem stechenden Blick auf ihre beiden Zuhörerinnen und auf das Objekt ihrer Klagen, das mit Donna Loredana zusammen in einer fernen Ecke des Salons einen reizenden Anblick bot. Die Marchesa folgte diesem Blick und lächelte.

„Nun", meinte sie, „vielleicht setzt Ihr Herr Sohn selbst sich einen solchen Wunsch in den Kopf."

„Mein Sohn ist vermöge seiner überlegenen und außergewöhnlich entwickelten Geistesgaben erhaben über die Eindrücke eines hübschen Lärvchens. Er sieht nur auf den Geist und auf den inneren Wert", verkündigte die stolze Mutter eines solchen Sohnes mit angemessenem Nachdruck.

„Fiore hat mir immer den Eindruck gemacht, als ob sie diesen Forderungen entspräche", bemerkte die Contessa anerkennend, aber nicht ohne eine kleine Schärfe, denn sie fing an, sich über diese Frau zu ärgern, die sie bisher nur amüsiert hatte, und in Gedanken setzte sie hinzu: ‚Bewahre der Himmel das arme Mädchen vor solch einer Schwiegermutter!'

Der Eintritt der drei Herren machte diesen Gedanken ein glückliches Ende, und während die Diener den Teetisch hereinbrachten, suchte Windmüller Gelegenheit, mit Loredana abseits von den anderen Gruppen ein kleines Gespräch zu führen.

„Ich bin so neugierig, zu erfahren, ob Sie schon etwas in der von Ihnen übernommenen Aufgabe getan haben", begann er mit eifriger Harmlosigkeit.

„Ich habe den ganzen Nachmittag die Chronik, die mein Urgroßvater über unser Haus und unsere Familie hinterlassen hat, durchgesehen", erwiderte Loredana bereitwillig. „Sie enthält eine ausführliche Schilderung des Palastes, von dem er unter anderem schrieb: Man sagt, dass das Haus geheime Gänge, Treppen und Gemächer besitzt, und dass ein geheimer Plan davon aufgezeichnet ist, der wohl im Laufe der Zeit verloren ging, denn ich habe ihn nicht finden können. – Das ist alles, Herr Doktor. Aber ich werde weitersuchen, und es wäre wundervoll, wenn ich diesen Plan entdecken würde."

„Sie würden sich damit den Dank Ihrer ganzen Familie verdienen", sagte Windmüller ernsthaft und fügte mit gedämpfter Stimme hinzu, indem er Donna Loredana fest ansah: „Wir müssen Ihre Frau Schwägerin finden. – Es ist von größtem Interesse für Ihren Herrn Bruder. – Glauben Sie, dass es zum Beispiel möglich wäre, dass Donna Xenia sich immer noch hier im Haus verborgen hält?"

Sie sah ihn groß und erstaunt an und erwiderte ihm dann fast mit den gleichen Worten wie ihr Bruder: „Welche Idee! Ein Mensch kann doch nicht so lange ohne Nahrung bleiben!"

„Das geht freilich nicht", entgegnete Windmüller mit einer Miene, als hätte er daran gerade nicht gedacht, und setzte, wie einem plötzlichen Gedanken folgend, hinzu: „Natürlich setzte diese Möglichkeit voraus, dass jemand hier im Haus eingeweiht sein müsste, der bei der freiwillig Gefangenen die Rolle des speisenden Raben spielt."

„Ja, so wäre es möglich", gab Donna Loredana ohne Weiteres zu. „Das könnte nur ein Dienstbote tun. Aber wenn das herauskommt, dann möchte ich nicht in seiner Haut stecken, denn Großmama würde kurzen Prozess mit ihm machen."

„Ah ja, es wäre in der Tat ein zu großes Risiko", stimmte Windmüller bei. „Nun, es war nur eine Idee von mir, denn natürlich hätte sich die Principessa in diesem Falle nicht an einen der Dienstboten, sondern an einen ihr Nahestehenden, zum Beispiel an Sie, gewendet."

„Gott bewahre!", rief Donna Loredana erschrocken. „Aber ich hätte ihr wahrscheinlich geholfen, denn sie würde mir die Wahrheit doch nicht gesagt haben. – In diesem speziellen Fall meine ich", fügte sie hinzu.

Windmüller war ganz zufrieden mit dem Ergebnis dieser kurzen Unterhaltung, die damit schloss, denn Donna Loredana eilte davon, um den Tee zu bereiten. Er sah ihr befriedigt nach, denn es hätte ihn geschmerzt, das junge Mädchen in diese Sache verwickelt zu sehen.

Er warf einen Blick durch die Tür in das Boudoir und lächelte ein wenig, denn dort standen vor dem unschuldigen Bilde, das in diesem Falle den Elefanten abgeben musste, Fiore Meldeck und Don Gian, und des Letzteren intelligentes Gesicht mit der typischen Nase der venezianischen Patrizier hatte einen ganz verklärten Ausdruck.

„Nun", dachte Windmüller, „da haben wir also wieder einen, dessen Ansichten durch die Umstände geändert werden, oder ich müsste mich sehr täuschen, wenn dieses Mannes leider nur zu verständliche Ideen über ‚ausländische Ehen' nicht seit diesem Abend wenigstens eine wesentliche Einschränkung in Bezug auf die Nationalität erfahren haben sollten."

Der Tee war eingenommen, die Contessa hatte erklärt, heim zu müssen, da ihre Gondel jedenfalls schon lange warte. Sie hatten bereits lebhaften Abschied genommen, aber Frau von Krähenhausen blieb auf ihrem Sofaplatz sitzen, was Don Gian jedenfalls ganz angenehm fand, denn er bot ihr fortwährend

Kuchen an. Und da sie jedes Mal eines der Stückchen annahm, so konnte dieses Verfahren sich in Anbetracht dessen, dass der Korb noch ziemlich voll war, ganz ordentlich in die Länge ziehen, während ihr Gatte durch seine Misshandlung der französischen Sprache die Marchesa amüsierte.

Als Frau von Krähenhausen aber wieder einmal zugriff, stand Fiore auf, trat an sie heran und flüsterte ihr zu, dass es hier Sitte sei, nach dem Tee aufzubrechen. Frau von Krähenhausen machte das Beste aus diesem Wink.

„Müde sind Sie, liebes Kind?", fragte sie laut. „Nein, diese Jugend von heute! Nun, wenn Sie schlafen gehen müssen, so wird die Frau Marchesa uns gewiss entschuldigen ..."

Die Frau Marchesa entschuldigte sehr gern, und so zogen sich Krähenhausens endlich zurück, bis zur Treppe vom Marchese geleitet.

Als er bei seiner Großmutter wieder eintrat, sagte er: „Nonna, was hättest du getan, wenn deine Kuchenstücke sämtlich aufgegessen wären? Neue backen lassen? Wetten wir, dass die alte Vogelscheuche darauf gewartet hätte? – Arme Nonna, ich sah doch, wie müde du warst! Uff! Diese Leute sind sehr anstrengend. Und zu denken, dass die Contessina mit ihnen leben muss; ein Phönix unter ... Krähen!"

XII.

Windmüller gab dem Majordomo nach der Verabschiedung von der Marchesa zu verstehen, dass er ihn heute noch zu sprechen wünschte. Er brauchte nicht lange zu warten, denn bald nachdem er in seinem Zimmer war, trat Sebastiano bei ihm ein.

„Hören Sie, wir müssen etwas sehr Wichtiges miteinander besprechen", begann Windmüller vertraulich. „Sie sind in die Familienangelegenheiten des Hauses eingeweiht, und die Marchesa hat mir gesagt, dass es das Verdienst Ihrer treuen Dienste ist und dass man sich unbedingt auf Sie verlassen kann. Also: Wissen Sie schon dass die Principessa nicht nur hier aus dem Haus, sondern überhaupt spurlos verschwunden ist?"

„Teufel!", machte Sebastiano überrascht. „Ist sie denn nicht zu Hause in Rom?"

„Weder dort noch anderswo", bestätigte Windmüller. „Das hat mich nun auf den Gedanken gebracht, dass sie den Palazzo überhaupt nicht verlassen hat."

„Den Gedanken, Signor, hat der Agostino von vornherein gehabt", sagte Sebastiano mit einer Handbewegung, die seine Meinung negativ ausdrückte. „Er sagte: Sie ist durch keine der Türen des Hauses hinaus, weil ich die Schlüssel habe und alle Riegel innen vorgeschoben waren. Sie ist nicht durchs Fenster, denn die waren zu. Fliegen kann sie nicht, um vom Dach herunterzukommen, und das ist auch zu hoch für jede Leiter. Ein Seil, wenn sie daran heruntergerutscht wäre, müsste doch zu sehen sein, weil es oben angemacht werden müsste. – Folglich ist sie überhaupt nicht aus dem Haus heraus. Ich habe Agostino gesagt, er sei ein alter Esel, denn ohne Nahrung kann doch kein Mensch in einem Loch leben."

Windmüller steckte das Kompliment, das ja auch ihm galt, da er mit Agostino den gleichen Gedanken hatte, ohne zu zucken ein und beantwortete den gemachten Einwand zum dritten Male an diesem Tage, indem er bemerkte, dass jemand hier im Haus die freiwillig Gefangene mit Speisen versorgen könne.

„Wer denn?", fragte Sebastiano verächtlich. „Die Lucia? Der Chef? Ich? Keiner von uns würde sich darauf eingelassen haben. Warum? Weil wir hinter dem Rücken der Herrschaft keine gemeinsame Sache mit der ... der Fremden machen würden. Wir nicht! Und die Gans, die Assunta? Die hätte sich damit in den ersten drei Stunden verraten."

„Wer ist Assunta?", fiel Windmüller ein.

„Das Stubenmädchen, das die Frau Principessa hier bediente, weil sie ihre Zofe nicht mitgebracht hatte", erklärte Sebastiano, der offenbar von der Erwähnten keine hohe Meinung hatte. „Sie kam heulend zum Essen, die Assunta nämlich, weil die Signora Principessa sie eine Gans genannt hat, als sie ihr beim Ausziehen helfen musste, und später schickte die Frau Principessa sie fort, weil sie sich lieber allein ausziehen als von solchem Trampeltier bedienen lassen wollte. Die Assunta hätte jedem Menschen im ganzen Haus erst jeden Bissen gezeigt, ehe sie ihn jemandem heimlich zugesteckt hätte! Eine Gans bleibt eine Gans, und Gänse müssen schnattern!"

„Man kann doch aber den Gänsen den Schnabel zubinden", wandte Windmüller ein.

Sebastiano verstand sofort, wie es gemeint war, denn er antwortete prompt: „Solche Gänse wie Assunta schlagen dann wenigstens mit den Flügeln, um zu zeigen, dass sie nicht schnattern dürfen."

Und nach diesem Beleg, dass ihm die vergleichende Zoologie durchaus geläufig war, fuhr der Diener fort: „Auch mit den beiden jungen Dienern und wer sonst noch im Haus ist, können wir hierbei nicht rechnen, Herr Doktor. Ich weiß bestimmt, dass die Principessa mit keinem von der Dienerschaft, außer mit der Assunta, geredet hat. Ich will schon eingestehen, dass der alte Esel, der Agostino, mir einen Floh ins Ohr gesetzt hat. Ich habe also das ganze Haus durchsucht. Drin ist sie nicht, und wenn ihr der Teufel nicht geholfen hat, dann ist sie auch nicht herausgekommen. Es ist eine vertrackte Geschichte, Signor – das ist sie wirklich. Und unter uns: Die Principessa ist, bei allem Respekt, eine Dame, die sozusagen mit allen Hunden gehetzt ist, die dem Teufel selbst ein Schnippchen schlagen würde, wenn's darauf ankommt!"

„Könnten Sie mir die Assunta mit irgendeinem Auftrag herschicken, so dass sie nicht merkt, dass ich mit ihr reden will?", fragte er nach einer Pause. „Ich möchte gern noch ein paar Fragen an sie stellen, aber es ist notwendig, dass sie nicht vorbereitet zu mir kommt. Die Frau Marchesa hat mir Ihre Mithilfe zugesichert, Herr Majordomo, und Sie sehen, dass ich sehr damit rechne."

„Sie können auf mich zählen", erwiderte Sebastiano würdevoll. „Die Assunta könnte Ihnen eine Flasche Wasser bringen, Signor, falls sie nicht schon im Bett liegt!"

Die Assunta lag noch nicht im Bett, denn sie erschien sehr bald mit einer Platte, auf der eine Flasche Mineralwasser und ein Glas standen, stellte sie auf den Tisch neben den scheinbar in ein Buch vertieften Windmüller und wollte sich mit einem Knicks wieder entfernen, als er plötzlich aufsah.

„Danke sehr", sagte er freundlich. „Sie sind die Assunta, nicht wahr? Dieselbe, die die Frau Principessa bei ihrem letzten

Besuch hier bedient hat? Sehr gut. Dann sagen Sie mir einmal, wann Sie sie zum letzten Mal gesehen haben."

Assunta legte überlegend den rechten Zeigefinger an die Nase. Dann schüttelte sie den Kopf.

„Das kann ich nicht genau sagen", erklärte sie. „Es kann so zwischen zehn und elf Uhr morgens gewesen sein, als ich der Lucia half, die Zimmer für die fremde Herrschaft zurechtzumachen. Die sind am Nachmittag nach der Collazione gekommen, wir hatten bis zum Mittagsläuten alles fertiggemacht."

Windmüller sah das Mädchen erstaunt an.

„Aber die fremden Herrschaften sind doch gestern erst eingezogen!", sagte er langsam.

„Jawohl, Signor – gestern", bestätigte Assunta unbeirrt.

„Und gestern haben Sie die Frau Principessa hier zum letzten Mal gesehen?", fragte Windmüller. „Haben Sie auch mit ihr gesprochen?"

„Oh nein", sagte Assunta achselzuckend. „Sie hat nichts gesagt, und es ist doch nicht meine Sache, eine so vornehme Dame anzureden!"

„Natürlich nicht", gab Windmüller zu. „Aber ich meinte, verstanden zu haben, dass die Frau Principessa schon am anderen Morgen wieder abgereist ist – nicht?"

„Ja, so ist's uns gesagt worden. Wie kann Sie denn aber abgereist sein, wenn ich sie doch gesehen habe? Vielleicht ist sie bloß noch einmal rasch wiedergekommen? Mir kann's ja gleich sein, so lange ich den Dienst nicht bei ihr habe."

Windmüller überging diese Bemerkung, die freilich in einem deutlichen Ton der Kränkung gemacht und mit einem Blick begleitet wurde, der eine Aufforderung enthielt, sie darüber weiter zu befragen.

„Bitte, erzählen Sie mir, wo Sie die Principessa gesehen haben. Ich werde mich erkenntlich dafür zeigen", sagte er.

„Es war unten im Rosa Zimmer", begann Assunta bereitwillig. „Ich hatte das Bett zu überziehen, während die Lucia drüben das andere Schlafzimmer mit den beiden Betten herrichtete. Nun, die Kissen waren überzogen, und ich legte das Laken auf, und weil doch das Bett so breit ist, musste ich nach der anderen Seite herum, wo die Tür zum Badekabinett ist, um es dort unter die Matratze zu stecken. – Man reicht mit den Armen so nicht hinüber, und die Lucia ist schrecklich, wenn man nicht alles ganz genau macht. Das ist sie, Signor, Sie glauben nicht, wie sie einem auf die Finger sieht! Erst heute hat sie ..."

„Weiter, weiter!", unterbrach Windmüller die drohende Abschweifung.

„Also, ich gehe um das Bett herum, bücke mich, um das Laken unterzustecken, und auf einmal riecht es so stark und merkwürdig, genau wie das Parfüm, das die Frau Principessa gebraucht. Ich denke mir, sie hat welches auf dem Bett verschüttet, hebe den Kopf, sehe auf, und da stand sie leibhaftig in der Tür auf der Schwelle. Sie hatte ihren Reisemantel an, aber keinen Hut auf dem Kopf und sah schrecklich blass aus, und die Haare waren ganz in Unordnung. Sie sah mich nicht an, sondern geradeaus, und wie ich so stehe und darauf warte, ob sie etwas sagen wird, höre ich die Lucia durch den Saal herüberkommen. Weg war sie auf einmal, die Frau Principessa! Ich denke also, sie ist in den Salotto zurückgetreten und horche, ob sie nicht vielleicht mit der Lucia reden würde, aber die kam, ohne anzuhalten, ohne dass ich sie auch nur flüstern gehört hätte, bis ins Rosa Zimmer und fragte mich, ob ich denn noch nicht fertig wäre, gerade als ob man hexen könnte!"

„Weiter!"

„Weiter ist nichts, Signor. Ich fragte die Lucia aber, ob nicht jemand im Nebenzimmer gewesen wäre, als sie durchkam; es wäre mir so gewesen, als ob ich jemand gehört hätte. Sie hatte aber niemand gesehen."

„Haben Sie der Lucia denn nicht gesagt, dass Sie die Principessa gesehen hätten?", fragte Windmüller.

„Ah, wo werd ich!", erwiderte Assunta. „Ich hatte gar keine Lust, zum Dienst bei ihr befohlen zu werden. Nichts macht man ihr recht, und dann hat sie mich auch noch ein Trampeltier genannt. – Na, danke schön!"

„Nun, mit den anderen Dienstboten werden Sie aber doch wohl darüber gesprochen haben."

„Keine Silbe", versicherte Assunta, wodurch sie Sebastianos Meinung über sie Unrecht gab. „Ich hätte es ja tun können, es ist wahr, und ich weiß auch nicht, warum ich nichts sagte.

Ich denke, es muss die Furcht gewesen sein, wieder den Dienst bei der Principessa zu bekommen. Jetzt, wo Sie davon reden, Signor, fällt's mir ein, dass ich eigentlich den ganzen Tag darauf wartete, die anderen würden es erzählen, dass die Principessa wieder angekommen sei. Keiner hat aber ein Wort davon gesagt. Es wurde auch nicht mehr davon gesprochen, wie sie aus dem Haus gekommen sein könnte, denn der Sebastiano wollte nicht, dass darüber getratscht würde. Und dann waren ja auch die Fremden gekommen, über die wir genug zu reden hatten. Da dachte ich mir: Behalte es lieber für dich."

Nachdem Assunta mit ihrer verheißenen Belohnung strahlend abgezogen war, blieb Windmüller nachdenklich auf seinem Platz sitzen, um den nächsten Schritt zu überlegen. Die Principessa also war wirklich im Haus, und Lucia wusste das vermutlich – vorausgesetzt, dass die Aussage der Assunta der Wahrheit entsprach. Die Erzählung war eine ganz natürliche gewesen, aber sie hatte auch ihre Schwächen. Und zwar lag für Windmüller der Haken darin, dass das Mädchen die Sache für sich behalten und nicht mit den anderen Dienstboten besprochen hatte, was nach dem Aufsehen, welches das unaufgeklärte Verschwinden der Principessa aus dem Haus gemacht hatte, einfach unverständlich war. Windmüller hatte Assunta, während sie redete, scharf beobachtet, und ein gewisser unsteter Ausdruck in ihren Augen war ihm nicht entgangen. Die Erklärung, warum sie, unmittelbar nachdem sie die Principessa gesehen haben wollte, sogar der Lucia gegenüber schwieg, war ungenügend, nachdem Sebastiano der Assunta das Zeugnis ausgestellt hatte, dass sie nicht schweigen könnte.

Ein Klopfen an der Tür unterbrach diese Betrachtung, und auf Windmüllers Aufforderung steckte Don Gian seinen Kopf herein.

„Ich sah noch Licht bei Ihnen. – Darf ich?", fragte er und betrat das Zimmer, gefolgt von einer kleinen, älteren Frau mit krausem, weißem Scheitel, deren freundliches, runzeliges Gesicht einen recht angenehmen Charakter verriet.

„Spät wie die Stunde ist", fuhr Don Gian fort, indem er den Arm um die Schulter der Alten legte, „möchte ich Ihnen doch heute noch unseren guten Hausgeist, unsere Lucia, vorstellen.

Ich habe mit ihr eben den Fall meiner Schwägerin besprochen, sie um ihre Meinung befragt, und sie soll Ihnen nun selbst sagen, was sie davon hält."

Windmüller unterdrückte heroisch ein tiefes Stöhnen bei der Erinnerung an die vielen Fälle, die ungebetene und voreilige Dilettantenhilfe ihm schon verpfuscht hatten und resigniert versicherte er, dass es ihm Freude machen würde, die Meinung der Signora zu hören. Lucia nahm mit einem dankbaren Lächeln, das ihr sehr gut stand, auf dem ihr von Don Gian mit fast zärtlicher Aufmerksamkeit hingeschobenen Stuhl Platz und faltete ihre Hände auf dem Schoß.

„Signor", begann sie ohne Umschweife und ohne Verlegenheit, „ich habe den Herrn Marchese und seinen verstorbenen Bruder auf dem Arm getragen und darum müssen Sie sich nicht wundern, wenn er einiges Gewicht auf die Meinung einer alten Frau legt, die seinem Haus so lange treu gedient hat. Nun, um Ihre Zeit nicht durch viele Worte zu verschwenden: Ich glaube nicht, dass die Principessa noch hier im Haus ist. *Wie* sie es verlassen hat, ist freilich mehr, als ich sagen kann. Sie wird schon gewusst haben, wie es zu machen war, und sie hat auch genau gewusst, dass hinter dem Rücken der Herrschaft mit uns alten Dienern nichts anzufangen gewesen wäre. Auf die jungen aber habe ich ein scharfes Auge, wie's notwendig ist, Signor, und wie es meine Pflicht ist. – Da hätte ich längst etwas Verdächtiges bemerkt, denn ich habe sie gleich alle scharf ins Gebet genommen, und ich darf schon sagen, dass mir keiner standgehalten hätte, wenn er eine Heimlichkeit auf dem Gewissen hätte!"

Windmüller machte eine zustimmende Bewegung.

„Die Principessa ist gestern Vormittag hier im Palazzo gesehen worden", sagte er ruhig, indem er die Beschließerin ansah. Das Erstaunen, das sich bei dieser Mitteilung auf dem Gesicht der Alten malte, war ein zu natürliches, als dass es ein geheucheltes hätte sein können, auch war es ein ganz reines, von jedem Schrecken oder einer Verlegenheit ungemischtes.

„Ist es möglich?", rief sie mit erhobenen Händen. „Darf ich fragen, wer sie gesehen hat?"

Windmüller gab in knappen Worten wieder, was er von Assunta gehört. Während Don Gian aber dabei Zeichen von Erregung kundgab, schüttelte Lucia mit dem Kopf.

„Ja, wenn ein anderer sie gesehen hätte! Aber die Assunta – bah!", sagte sie. „Signor, die Assunta ist eine von denen, die immer etwas sehen! Vor ein paar Tagen schickte ich sie in den Saal drunten, um ein Staubtuch zu holen, das sie dort liegen gelassen hatte, und sie kam ohne dieses zurück, denn im Saal habe ein Kardinal in roter Schleppe und im weißen Spitzenrochet gestanden und habe sie angeschaut! Nun weiß ja jedes Kind, dass die Leute sagen, der Kardinal Luigi Terraferma gehe hier im Palazzo um. Ich habe ihn noch nicht gesehen. – Gott sei Dank! Aber die Assunta hat das Gerede gehört, hat sein Bild, das drüben im Nordflügel hängt, gesehen und hat sich natürlich eingebildet, dass er ihr in eigener Person erschienen ist. Und ein paar Tage später stürzte die Assunta, als ich mich gerade schlafen legen wollte, in mein Zimmer. Ihr Großvater stünde vor ihrer Kammertür, und der sei doch schon vor zwei Jahren gestorben! Sie ist eben eine von denen, die sich einbilden, Geister zu sehen, und wenn ja auch die Frau Principessa keiner ist, so wird sie eben im Rosa Zimmer an sie gedacht und dann gemeint haben, sie zu sehen. – Darum also fragte sie mich, ob nicht jemand im Nebenzimmer gewesen sei, als ich durchkam! Und ich habe richtig noch einmal hineingeschaut, trotzdem ich nun schon wissen konnte, dass die Assunta immer etwas sieht, was andere Leute nicht sehen können, weil eben nichts zu sehen ist!"

Windmüller hatte die alte Lucia bei sich längst von einer Mitwisserschaft freigesprochen und fand ihre Erklärung, Assunta betreffend, durchaus annehmbar.

„Das Mädchen war aber über die Kleidung der Principessa, als sie sie, sagen wir mal, zu sehen *vermeinte*, ganz sicher", wandte er indes noch ein. „Sie hat die Principessa zuletzt in ihrem flittergestickten Abendkleid gesehen und gab an, dass sie gestern in ihren Staubmantel, jedoch ohne Hut, gekleidet war."

Jetzt lächelte die Lucia nicht nur, sondern sie lachte.

„Signor, die Assunta hat ihren Großvater zuletzt im Totenhemd gesehen. Als sie ihn dann vor ihrer Kammertür gesehen haben wollte, trug er nach ihrer Beschreibung schwarz-weiß karierte Hosen und einen braunen Rock mit Messingknöpfen.

Sie hat ihn mir ganz deutlich beschrieben und hat auch gesehen, dass der Großvater frisch rasiert war."

„Madonna mia", murmelte Don Gian enttäuscht.

Windmüller war es auch, denn er fand die Argumente Lucias überzeugend und in Übereinstimmung mit dem sonderbaren Ausdruck in Assuntas ganz hübschen braunen Augen. Und als er bald darauf wieder allein war, musste er sich eingestehen, leeres Stroh gedroschen zu haben, und wenn das nun zwar auch eine unvermeidliche Sache in seinem Geschäft war, so wurde das Bewusstsein darum doch nicht angenehmer, weil kein arbeitender Mensch gern seine Zeit vergeudet sieht. War sie das aber wirklich? Windmüllers praktischer Sinn sagte ja, aber er war ein Mensch mit einem sechsten Sinn. – Die Leute, die er bisher zur Strecke gebracht hatte, gaben ihm noch mehr Sinne, über die wir jedoch hier zur Tagesordnung übergehen können.

Windmüllers sechster Sinn war zwar keiner, mit dem er arbeitete; er half ihm nur, die Menschen zu verstehen, die ihn wirklich besaßen. Und darum konnte und wollte er die Assunta nicht so ganz ohne Weiteres als Kuriosität unter diejenigen schieben, die in den Augen der ‚vernünftigen Leute' zu den Verrückten gehören, bloß weil sie mehr sehen können als jene. Er glaubte im tiefsten Inneren seines Herzens fest daran, dass es trotz der ‚Vernünftigen' solche Menschen gibt; hypersensitive Naturen. Warum sollte denn ein venezianisches Stubenmädchen nicht auch diesen sechsten Sinn besitzen?

Freilich, in Bezug auf die Principessa konnte Lucias Erklärung durchaus richtig sein: Woran oder an wen man gerade recht lebhaft denkt, in diesem Falle unterstützt durch einen ganz spezifischen Geruch, von dem ist es sehr gut möglich, dass man ihn auch in Person zu sehen vermeint. Es wäre eine krasse Unvernunft gewesen, das nicht zu bedenken.

Aber man durfte auch die andere Möglichkeit nicht übersehen. Nach Hudsons Lehre beispielsweise prägt sich eine Persönlichkeit dem Raum, in dem sie eine physische oder geistige Angst durchzukämpfen hatte, in einem solchen Grad ein, dass sensitive Naturen sie darin zu sehen vermögen, und zwar in der umgekehrten Folge, in der man gewöhnlich zu sehen pflegt; also erst mit dem Hirn und dann mit den Augen.

Bei dem hohen Einsatz und der Natur des Spieles, das sie hier gespielt hatte, war es ganz begreiflich, dass die Principessa in dem Rosa Zimmer zum mindesten die geistigen Angstzustände des Gewinnens oder Verlierens durchzukämpfen gehabt hatte. Niemand war da, um zu sagen, ob und was sie auch physisch leiden musste. Die Vorbedingung für Hudsons Theorie war also vorhanden, und das Subjekt, wie es schien, in der Person Assuntas gleichfalls.

Windmüller beschloss, ehe er zur Ruhe ging, morgen früh noch eine Unterhaltung mit Assunta anzuknüpfen, und wenn es auch nur im Interesse einer Wissenschaft war, über welche die etablierten Wissenschaftler die Achseln zucken, weil sie ein Rätsel ist, dem man mit natürlichen Erklärungen nicht beikommen kann.

Im Übrigen wurde Windmüllers Überzeugung, dass Donna Xenia den Palazzo Terraferma überhaupt nicht verlassen hatte, keineswegs dadurch erschüttert, dass er die alten Diener und Assunta von einer Mitwisserschaft gänzlich freizusprechen geneigt war. Mit dem, was er über den Charakter der Verschwundenen wusste und bei den großen Gefahren des Spieles, das sie spielte, war es nur logisch, wenn sie sich keine Mitwisser gemacht, sondern sich auf eigene Hilfsmittel verlassen hatte. Dass sie ihr Köfferchen zurückließ, konnte eine absichtliche Irreleitung, aber auch unbeabsichtigt gewesen sein, falls die Annahme zutraf, dass sie in letzter Stunde etwas sehr Drohendes von ihrer Abfahrt mit der bestellten Gondel zurückgehalten und gezwungen hatte, sich im Haus zu verbergen.

Windmüllers ‚Ruhe' bestand zunächst nur darin, dass er es sich bequem machte. Insbesondere legte er ein Paar leichte Hausschuhe mit Gummisohlen an, die es ihm ermöglichten, als alle Lichter im Haus erloschen waren, lautlos die Treppe hinabzusteigen und sich zu überzeugen, dass alle Ausgänge nach den Wasser- und Landseiten ordnungsmäßig verschlossen und verriegelt waren und die Schlüssel sich in Agostinos treuer Obhut befanden. Und dann hielt er auf der Loggia, von der er den ganzen Hof übersehen konnte, eine lange und ... fruchtlose Wache, die er erst aufgab, als Agostino, der für gewöhnlich mit den Hühnern aufstand, laut gähnend den Hof betrat.

„Und sie steckt doch noch hier!", murmelte Windmüller, als er danach steif und fröstelnd sein Bett aufsuchte.

Galilei hatte seine berühmten Worte ‚Und sie bewegt sich doch!' sicher nicht überzeugter ausgesprochen, als Windmüller seine ‚Und sie steckt doch noch hier!', worauf er sofort einschlief, um nach ein paar Stunden wieder ganz frisch und ausgeruht am Frühstückstisch zu erscheinen.

Die Post war noch nicht eingetroffen, aber sie kam, während er noch mit Don Gian beim Kaffee saß.

„Das alte Lied", sagte er, die Telegramme Don Gian hinüberschiebend. „Donna Xenia ist nirgends aufgetaucht, man hat auch in Rom nichts von ihr gesehen oder gehört. Das spricht sehr für meine Theorie über ihren Verbleib. Hier dieser Brief meines Agenten – er hat Glück, der junge Mann, dass man ihn mit seiner Trödelei beim Kronleuchterreinigen bis gestern noch nicht an die Luft gesetzt hat – dieser Brief berichtet, dass man dort fieberhaft tätig ist, die Verschwundene zu suchen."

„Vielleicht sind sie glücklicher damit wie wir", bemerkte Don Gian. „Sie müssten ja doch ihre Bewegungen besser kennen als wir, die wir erst seit Kurzem Gewissheit darüber erlangt haben."

„Glücklicher? Hm. – Wir wissen mehr als ‚sie'", warf Windmüller hin. „Wesentlich mehr. Wenn das auch noch zu keinem Resultat geführt hat, so dürfen Sie nicht übersehen, dass verloren gegangene Menschen viel schwerer zu finden sind als gestohlene Brillanten. Es ist eine charakteristische Eigentümlichkeit des Menschen, dass er durch ein Brett nur sehen kann, wenn es ein Loch hat. Das Brett hätten wir. – Es bleibt mir nur übrig, das zugepichte Loch zu finden, und ehe ich das nicht habe, müssen Sie mir schon noch weitere Gastfreundschaft gewähren."

„Mein Haus ist das Ihre, auch wenn das Loch gefunden ist", sagte der Marchese. „Ohne Sie säße ich jetzt nicht bei meinem Kaffee im Vollbesitz meiner Ehre. Das wird Ihnen bei mir unvergessen bleiben."

„Das ist ein langes und großes Wort", erwiderte Windmüller mit einem melancholischen Lächeln. „Es steht nur im Wörterbuch von wenigen. Und nun wünsche ich Ihnen einen guten Morgen. Es ist eben neun Uhr, und die Dringlichkeit der Sache muss bei meinem Werk die frühe Stunde entschuldigen."

Der Rede letzter Teil bezog sich – was Don Gian aber nicht wusste – darauf, dass Windmüller zum ersten Stock hinabstieg und in Ermangelung einer Person, die ihn melden konnte, einfach in den großen Saal trat und an der geschlossenen Tür zur Stanza del' Brustoloni anklopfte. Eine Antwort erfolgte nicht, aber Fiore Meldeck öffnete selbst die Tür.

„Sie, Herr Doktor?", rief sie überrascht. „Seien Sie herzlich willkommen."

„Das ist in Anbetracht der frühen Stunde doppelt liebenswürdig von Ihnen, Komtesse. Sie wollen wohl eben ausgehen?"

„Das hat Zeit", erklärte sie. „Herr und Frau von Krähenhausen sind eben auf den Bahnhof gefahren, um ihren Sohn abzuholen, der sich heute früh telegraphisch angemeldet hat. Ich habe zwar eine Ermahnung erhalten, mich würdig auf den Empfang dieses Übermenschen vorzubereiten, aber ich habe nicht vor, mit einem Blumenstrauß in der Hand aufgebaut zu stehen und bei seinem Erscheinen einen Kotau zu machen. Kumm! *Wenn* ich mir der zu erwartenden Ehre voll bewusst wäre, dann ... Sie glauben gar nicht, welche Abneigung ich gegen diesen Wiwigenz im Herzen hege!"

„Na, vielleicht ist er gar nicht so schlimm", meinte Windmüller lachend „Wissen Sie, dass ich den alten Herrn für einen ganz netten Menschen halte? Er hat doch Humor, und das spricht Bände für ihn."

„Oh, Vater Kumm ist eigentlich ganz lieb. Wenn seine bessere Hälfte nicht seine nettesten Regungen allemal in ihm zusammentrampelte, wäre er sogar ganz famos", versicherte Fiore großmütig. „Aber er ist ein Schwachmatikus und mürbe geworden. Da liegt der Hase im Pfeffer. Es hat indes alles sein Gutes: Ich lerne von Frau von Krähenhausen, wie man seinen Ehemann *nicht* behandeln soll."

„Ein glücklicher Mensch, Ihr künftiger Gatte!", rief Windmüller mit Überzeugung. „Ich will Sie nicht lange aufhalten, Komtesse, und darum gleich mit meinem Anliegen kommen. Ich möchte gern das Rosa Zimmer noch einmal sehen."

„So lange und so oft Sie wollen, Herr Doktor", versicherte

Fiore bereitwillig. „Darf ich dabei sein? Es interessiert mich wirklich brennend, Ihnen zuzusehen. Das Rosa Zimmer an sich natürlich auch. Es ist ein wunderbarer Raum, obgleich ich gestehen muss, dass er als Schlafzimmer seinen Reiz für mich verloren hat."

„Warum? Ist der Gardienduft immer noch so stark bemerkbar?", fragte Windmüller aufmerksam.

„Immer noch", bestätigte Fiore. „Der Gardienduft wäre noch zu ertragen, aber der andere Geruch, der sich damit hineinmischt ... Er ist einfach grässlich. Wirklich grässlich! – Warten Sie einmal hier einen Augenblick. – Ich will im Rosa Zimmer die Fenster schließen, und dann sollen Sie selbst sagen, was Sie davon denken!"

Windmüller sah der schlanken Gestalt wohlgefällig nach, wie sie durch die offene Flügeltür in das Rosa Zimmer eilte, dort beide Fenster schloss und dann stehenblieb und witternd den Kopf hob.

„Noch sind's nur die Gardenien, die ich rieche. – Kommen Sie!", rief sie ihm zu, und als er langsam hereintrat, da sah er, dass sie sich schüttelte. „Da haben wir ihn wieder, diesen Gestank, der gewissermaßen unter dem aufdringlichen Duft einer schwebt. Es wird einem ganz übel dabei – puh!"

Windmüller, dessen Geruchsorgan so hyperempfindlich war, dass er zum Beispiel genau sagen konnte, welche Tabaksorten in einem Raum geraucht worden waren, roch nichts – einfach nichts als die frische, anregende Morgenbrise der See, die, von Osten kommend, Venedig an diesem Morgen durchzog. Er sah Fiore prüfend an. Sie war ganz blass, und nun bemerkte er auch, dass sie blaue Ringe unter den Augen hatte und dass sie müde aussah. Er trat ans nächste Fenster, machte es wieder auf und sah, wie sie die hereinströmende frische Luft erleichtert einsog.

„Schrecklich – nicht wahr?", sagte sie matt.

„Komtesschen, Sie sollten das Zimmer wechseln", entgegnete er besorgt. „Sie sehen heute ganz elend aus."

„Ach, das ist ja nicht des Geruchs wegen", meinte sie. „Wenn die Fenster offen sind, ist's ganz erträglich. Ich habe heute Nacht einen Schrecken gehabt und danach nicht schlafen können – das ist's. Ich denke nicht daran, das Zimmer zu wechseln. – Das gäbe ein schönes Trara und eine nette Predigt von Frau von Krähenhausen, nachdem wir dieses Zimmers wegen, in das ich mich verliebt hatte, in den Palazzo gezogen sind. Sie ist furchtbar, die liebe Tante ‚Wenn', sobald die Schleusen ihres Sprechmechanismus aufgezogen sind."

„Ich kann's mir denken", meinte Windmüller trocken. „Was hat Sie denn heute Nacht so erschreckt?"

„Ach – ich habe mir eingebildet, etwas zu sehen – es kann aber doch nur eine Einbildung gewesen sein, denn die Türen waren alle geschlossen."

„Was war's?", redete ihr Windmüller zu, als sie stockte.

„Wenn Sie mir auf der Seele knien, dann würde ich sagen, ich war so munter und wach, wie ich jetzt bin", berichtete sie mit etwas ungerechtfertigter Energie, denn Windmüller hatte das ja noch gar nicht bestritten. „Ich hatte überhaupt noch nicht geschlafen, sondern lag mit offenen Augen und sah dem Mondstrahl zu, der durch das offene Fenster schräg ins Zimmer fiel, und dachte an gar nichts Ungewöhnliches, sondern ließ den Abend droben bei der Marchesa noch einmal vor meinen geistigen Augen vorüberziehen. Es war doch ein sehr netter Abend, nicht wahr? Nun also! Dann richtete ich mich etwas auf, um mich nach der anderen Seite umzudrehen, und – da sah ich sie in der Tür stehen: Eine Dame war's, etwa von Mittelgröße, in einem ganz modernen, grauseidenen Reisemantel, aber ohne Hut, mit dunklen, etwas wirren Haaren und blassem, aber hübschem Gesicht. Ich rief sie an. Sie gab aber keine Antwort, schien mich gar nicht zu sehen, und ich sprang nun aus dem Bett und ging auf sie zu. Da war sie plötzlich verschwunden. Ich dachte, sie sei ins Nebenzimmer zurückgewichen, und ich lief ihr nach, denn ich war empört über dieses lautlose Eindringen. Aber drinnen waren die Läden geschlossen, es war fast ganz finster, und ich drehte das elektrische Licht an. Das Zimmer war leer, die Türen innen geschlossen! In mein Schlafzimmer zurückgekehrt, hab' ich noch nachgeschaut, ob irgendwelche Schatten mich getäuscht haben könnten. Es waren aber absolut keine vorhanden, und ich muss schon sagen, dass es mir etwas unheimlich wurde. Mein Herz fing an, wie ein Schmiedehammer zu schlagen, und eingeschlafen bin ich erst, als schon der Morgen zu dämmern anfing. – So, jetzt können Sie mich meinetwegen auslachen, Herr Doktor!"

„Ich lache Sie ganz und gar nicht aus", versicherte Windmüller, der mit dem größten Interesse zugehört hatte. „Komtesschen – verzeihen Sie die alte Anrede – ich möchte Sie zu meiner Vertrauten machen. Ich kann mich doch auf Ihre Diskretion verlassen, nicht wahr?"

„Ich denke schon. Ich bin doch meines Vaters Tochter", erwiderte Fiore.

„Darum meine ich's eben", sagte Windmüller zustimmend. „Also ganz im Vertrauen: Ich bin hier, um eine Dame – ihr Name tut nichts zur Sache – um eine Dame zu suchen, die in diesem Zimmer vor wenigen Tagen gewohnt hat, offiziell abgereist und seitdem verschwunden ist. Ich habe nun die Überzeugung, dass ihre Abreise fingiert war und sie sich hier im Haus aus nur ihr bekannten Gründen verborgen hält. Die Beschreibung der ... Gestalt, die Sie heute Nacht hier gesehen haben, passt auf die Gesuchte, und ich habe die Idee, die Sie ja schon gestern erraten haben, dass sich in diesem Rosa Zimmer ein geheimer, der Familie unbekannter Ausgang befindet ..."

„Und den Sie suchen wollen. – Nein, wie romantisch!", fiel Fiore mit leuchtenden Augen ein, aus denen der Ausdruck der Beunruhigung vollständig verschwunden war. „Hat etwa ... Doch nein, ich will nichts fragen, sondern mich mit dem begnügen, was Sie mir zu sagen für gut halten. Nun, wenn es einen verborgenen Ausgang gibt, dann muss er der Tür dort verdammt nahe sein, denn weit zu gehen hatte diese geheimnisvolle Dame keine Zeit. Sie war kaum verschwunden, da war ich ja schon aus dem Bett heraus und in der Tür, wo sie gestanden hatte."

Windmüller nickte. Diese Beobachtung stimmte ganz mit der überein, die Assunta gemacht hatte, als sie fast gleichzeitig mit den Schritten Lucias das Verschwinden der Principessa bemerkte, und da Lucia die Letztere nicht mehr gesehen hatte, so konnte der notwendig vorhandene Ausgang nur dicht neben der Tür oder in dem auffällig tiefen Rahmen derselben liegen. Diese Erwägung vereinfachte natürlich die Sache insofern, als nur ein bestimmter Umkreis in oder zwischen den beiden Räumen in Frage kam, aber diese Eingrenzung blieb trotzdem eine harte Nuss, denn methodisch, wie Windmüller vorging, und ausgerüstet mit der Kenntnis der Schleichwege solch alter Häuser, wie er war – er konnte keine Fuge finden, keine Kombination entdecken, mit der dem Geheimnis beizukommen gewesen wäre. Das erschütterte aber seinen felsenfesten Glauben an die Existenz eines verborgenen Ausganges keineswegs. Wozu sonst die plötzliche Vorliebe der Principessa für das Rosa Zimmer, das sie bisher verschmäht hatte? Mehr noch: Das Zimmer *musste* eine Verbindung mit dem oberen Stock enthalten, die sie zum Raub des Dokumentes benutzt hatte.

Zu beiden Seiten der Flügeltüren, die in das Zimmer mit den Ebenholzmöbeln führten, standen große, hohe Lehnsessel, die sich wegen ihrer ungeheuren Schwere kaum von der Stelle schieben ließen, geschweige denn von einer so zarten Person wie der Principessa so weit abgerückt werden konnten – mit einer solchen Schnelligkeit wenigstens nicht, wie es ihr Verschwinden bedingte, um ihr genügend Raum zu geben, dahinter zu schlüpfen. Fiore war sich sicher, dass diese Sessel nicht von ihrem Platz gerückt worden waren, so lange sie diese Räume bewohnte. Zudem war die Tapete hier ganz ohne jede Fuge, die Wand dahinter so solide, dass sie der Annahme einer verborgenen Tür einfach spottete, und neben den Sesseln standen eine Etagere und ein Schrank von solcher Schwere, dass schon die Kräfte mehrerer Männer dazu gehörten, um sie auch nur um Zentimeter von den Wänden fortzubewegen. Es blieb also die Türfüllung, die, durch vergoldete Leisten in je zwei bemalte Paneele rechts und links abgeteilt, ihr Geheimnis, wenn sie eines verbarg, so gründlich hütete, dass Windmüller sich nach genauester Untersuchung für geschlagen erklärte – wenigstens zunächst, denn dass hier des Rätsels Lösung zu suchen und infolgedessen auch zu finden war, davon war er nun fester denn je überzeugt.

Nach kurzem Nachdenken, in dem Fiore ihn durch keine Silbe störte, kam er zu dem Entschluss, der Sache von unten beizukommen, mindestens aber vielleicht durch die Architektur des Erd- oder Wassergeschosses einen Fingerzeig zu erspähen.

Er verabschiedete sich von Fiore, die ihn durch den Saal begleitete und ihm unterwegs versprach, die Forschung auf eigene Faust fortzusetzen.

„Nicht, dass ich mir anmaße zu finden, was Ihnen entgangen ist", meinte sie bescheiden, „aber man kann ja nie wissen."

„Komtesschen, ich weiß, was ich kann, aber ich bin durchaus nicht so anmaßend, mich für allvermögend zu halten", erwiderte Windmüller lächelnd. „Jede Hilfe wird dankbar angenommen. Vor allem aber: Diskretion! Namentlich Ihrem Vormund und seiner Frau gegenüber, die dieser Sache verständnislos gegenüberstehen dürften."

„Die wären auch die letzten, mit denen ich darüber reden würde", gestand Fiore.

Sie waren inzwischen zur Vorhalle gelangt, und diese öffnend, befand sich Windmüller einem Herrn gegenüber, der offenbar eben im Begriff war, anzuklopfen. Es war ein noch junger Mann in so tadellos elegantem Zivil, dass man ausnahmsweise sicher nicht den deutschen Offizier auf Urlaub in ihm vermutet haben würde, wenn er beim Anblick der ihm Entgegenkommenden nicht die Hacken ganz militärisch zusammengeschlagen hätte. Er war auch ein ganz hübscher Mensch mit rassigen Zügen, und er wäre sicher noch hübscher gewesen, ohne den verschnittenen, modernen Schnurrbart, der wie eine Zahnbürste unter der Nase hängt und allen Gesichtern, die ihn als ‚Zierde' tragen, den gleichen halb törichten, halb ‚wurstigen' Ausdruck zu verleihen pflegt.

„Vetter Fritz!", rief Fiore überrascht, aber ohne innere Begeisterung.

„In Person, Bäslein!", bestätigte der Fremde, und mit nochmaligem Zusammenklappen der Hacken stellte er sich Windmüller vor: „Rittmeister Graf Meldeck!"

„Doktor Windmüller!", erwiderte er die Höflichkeit, sagte dann: „Also auf Wiedersehen", und ging seiner Wege.

„Donnerwetter! Kolossal feudales Lokal!"
Das waren Graf Meldecks Worte, als er den Saal betreten hatte, indem er sich überrascht darin umsah.

„Kolossal", bestätigte Fiore. „Und was verschafft mir die hohe Ehre deines Besuches, Vetter Fritz?"

„Hohe Ehre – na, hör mal, begrüßt man so seinen nächsten Verwandten?", rief Graf Meldeck lachend.

„Nachdem der nächste Verwandte sich fünf Jahre lang nicht um einen gekümmert, einem nicht mal eine Postkarte zu Neujahr geschrieben hat, muss man wohl von hoher Ehre reden", gab Fiore prompt zurück.

„Nu man sachte mit die jungen Pferde, Bäslein", war die ebenso prompte Antwort „Wohin hätte ich denn mit deiner gütigen Erlaubnis schreiben sollen? Du bist es doch gewesen, die es nicht für nötig gehalten hat, uns mitzuteilen, wohin du mit der alten Vogelscheuche, die du deinen nächsten Verwandten vorgezogen hast, verduftet warst!"

„Hast du mich gefragt, wohin ich verduften wollte?", entgegnete Fiore hitzig. „Na, denn nicht, liebe Seele, hast du einfach nur gesagt, als du damals Papas Begräbnis mit deiner Gegenwart verherrlicht hattest und mir, der armen, mittellosen Verwandten, großmütig eine Stelle als ... Kindermädchen bei deiner Schwester anbotest, die es noch nicht einmal für notwendig gehalten hatte, dich zu begleiten. Ja, wenn noch wenigstens von einem ‚zu Hause' bei deiner Schwester die Rede gewesen wäre! ‚Du kannst dich bei den Kindern nützlich machen.' Das war alles. Kannst du mir's ernsthaft etwa noch übelnehmen, dass ich das mir so gütig angebotene Heim bei meiner Pate vorzog, die schon vorher gekommen war, um mir in den letzten Tagen meines Vaters beizustehen? Ich möchte den sehen, der nach einem trockenen Knochen schnappt, wenn ihm ein Herz angeboten wird!"

„Da hast du nun wieder Recht", gestand Graf Meldeck unumwunden ein. „Ich hab' halt damals ausgerichtet, was mir aufgetragen wurde. – Na, am Ende war's vielleicht ganz gut, dass ich's so tappig gemacht hatte. Du warst glücklich bei deiner Pate, und Sie hat dir, wie ich höre, auch ein bisschen Moos vermacht, nicht?"

„Die alte Vogelscheuche, wie du die Pate zu nennen beliebtest, hat mich nicht ganz mittellos hinterlassen", erwiderte Fiore etwas besänftigt, aber immer noch mit – natürlich bildlich gesprochen – gesträubten Federn. „Ich war sehr glücklich bei ihr – wenn dir's eine Beruhigung ist, das zu hören."

„Freut mich von Herzen", versicherte Graf Meldeck aufrichtig. „So, und wo du nun du deinem Herzen Luft gemacht hast, lass uns das Kriegsbeil begraben, an dem ich eigentlich ganz unschuldig bin. Darf ich mich setzen?"
Jetzt musste Fiore lachen.
„Ja, setz dich nur", sagte sie heiter. „Und entschuldige, dass ich dich so ungastlich behandelt habe, Vetter Fritz."
„Schon recht. – Bloß aus seinem Herzen keine Mördergrube machen, das ist mein Grundsatz. Übrigens mein Kompliment: Wenn schon die Puppe viel versprach – der Schmetterling hat mehr gehalten!", meinte Graf Meldeck mit ungeheucheltem und unverhohlenem Wohlgefallen seine Verwandte betrachtend. Die begriff das Kompliment gar nicht einmal und fragte höchst erstaunt: „Welche Puppe?"
Vetter Fritz lachte jetzt auch.
„Na, hör mal, welche?", sagte er belustigt. „Das hab' ich doch hübsch und poetisch gesagt – nicht? Gemeint hab' ich: Du hast dich höllisch herausgemausert. Richtig baff war ich, wie ich dich vorhin sah!"
„Ach, so war's gemeint?", rief Fiore übermütig lachend mit einem Blick auf den sich lichtenden Scheitel des Vetters. „Ich werde dir das Kompliment zurückgeben, wenn du selbst einmal mit dem Mausern fertig bist."
„Grundgerechter, hat die ein Mundwerk!", stöhnte der Graf mit einem Blick gen Himmel und einem zweiten begeisterten auf Fiore. „Na, ich werde mich in Acht nehmen, noch einmal ein Kompliment zu machen. – Übrigens, war das dein jetziger Vormund, der vorhin hinausging? Habe den Namen leider nicht recht verstanden."
„Nein, das war ein alter Freund", erwiderte Fiore. „Mein Vormund heißt Krähenhausen."
„Ganz richtig, das las ich im Fremdenbuch meines Hotels, in dem ich zu meiner Überraschung deinen Namen fand, worauf mir gesagt wurde, dass du mit den Herrschaften in diesen Palast übergesiedelt seist. Natürlich nahm ich mir gleich eine Gondel, um dich aufzusuchen."
„Daher also wusstest du, dass ich hier bin!", schlussfolgerte Fiore. „Nun, es ist nett, dass du gekommen bist, Vetter Fritz.

Ich danke dir für deinen Besuch und möchte dir Abbitte für den etwas steifen Empfang leisten."

„Steif ist gut", meinte Graf Meldeck gutmütig. „Übrigens ist da nichts zu danken. – Blut ist nun mal dicker als Wasser. Ich hätte gar nicht anders gekonnt, als zu dir zu kommen, nun, da ich dich am selben Ort mit mir wusste. Sag mal, muss ich nicht auch deinem Vormund meinen Besuch machen?"

„Kannst du gleich haben. Er ist mit seiner Frau auf dem Bahnhof, um seinen Sohn, den ich noch nicht kenne, den Professor Doktor Wiwigenz Freiherrn von Krähenhausen abzuholen. Er will hier im Archiv Studien machen. Er lehrt Geschichte in ...."

„Was, das ist *der*?", rief Graf Meldeck. „Ich kenne ihn gut, den außerordentlichen Kich-Wiwi!"

„Wie nennst du ihn?"

„Das ist sein Spitzname", erklärte Graf Meldeck schmunzelnd. „Bezugnehmend auf seine Stellung als außerordentlicher Professor, auf eine seiner Eigentümlichkeiten und auf seinen ebenso schönen wie ungewöhnlichen Vornamen."

„Das nennt man Ausnützung!", rief Fiore belustigt. „Was ist er denn für ein Mensch?"

„Oh, er ist ein anständiger Kerl, der viel in unserem Regiment verkehrt", erwiderte Meldeck. „Wir haben ihn ganz gern, lachen aber manchmal ein bisschen über ihn. Du weißt ja, ‚Leutnants, stets verbrecherlich, finden alles lächerlich'. – Und um noch ein Zitat anzuwenden – er kann von sich sagen: ‚Zwei Seelen wohnen, ach, in meiner Brust!' Die eine Seele ist die eines von Natur harmlosen, stillvergnügten, netten Kerls ..."

„Hat er vom Vater!", flocht Fiore ein.

„Die andere Seele ist die eines auf seine Fähigkeiten und seine Stellung als außerordentlicher Universitätsprofessor viel zu hochmütigen Aristokraten ..."

„Hat er von der Mutter!"

„Na ja, und beide Seelen streiten miteinander. Wenn er der Stimme der Ersteren gefolgt und uns alle damit gewonnen hat, dann besinnt er sich plötzlich darauf, dass er uns armen Landsknechten eigentlich geistig turmhoch überlegen ist. Er macht dann ‚Kich', womit er seiner von chronischem Stockschnupfen belasteten Nase Luft verschafft ..."

„Erbteil vom Vater!"

„Worauf er sich aufs Katheder – bildlich geredet – schwingt und uns durch ein Privatissimum einfach niederschmettert, bis seiner Nase wieder die Luft mangelt. ‚Kich!' macht er dann wieder und steigt zu uns Sterblichen als Sterblicher herab. Deshalb nennen wir ihn den außerordentlichen Kich-Wiwi."

„Seine beiden Seelen sind demnach von seiner Nase in ihrer Wechselseitigkeit abhängig?"

„Scheint so. Na, wir haben halt alle irgendwo eine Schraube locker. Lassen wir jetzt den Kich-Wiwi, erzähle mir lieber, warum du das gute und bequeme Hotel gegen diesen alten Kasten verlassen hast?"

„Geschmacksache, Fritz! Ich finde den alten Kasten wundervoll, und weil er gerade zu haben war, so haben wir zugegriffen und sind nun erst so richtig in Venedig."

„Hm – ja. Wenn alle Zimmer so sind, wie dieser Saal, dann allerhand Hochachtung! Ich verstehe nur nicht, wie der Besitzer dieses Haus vermieten kann. Ruinierter Neureicher, wie?"

„Es macht mir nicht den Eindruck. Ich glaube eher – wenigstens deutete die Gräfin Candiani es an –, dass nur eine vorübergehende Verlegenheit die Ursache ist, Mieter zuzulassen, die übrigens einer sehr gewichtigen Empfehlung zur Zulassung bedürfen. Denn diese Räume sind ja voll von Kunstgegenständen, für die man eine Garantie verlangt. Von einer Vermietung des Hauses ist auch nicht die Rede. Die Familie bewohnt die oberen Stockwerke, und von der unbenutzten Flucht in dieser Etage haben wir nur die Hälfte, zehn Zimmer im Ganzen."

„Alle Wetter – das ist imposant! – Wer ist eigentlich der Besitzer? – Marchese Terraferma? Mir begegnete unten vorhin, als ich ankam, ein sehr schick aussehender junger Herr."

„Das wird schon der Marchese gewesen sein. Er ist zur Zeit auf Urlaub hier", sagte Fiore wie obenhin und ohne die Augen zu senken, denn Graf Meldeck sah sie forschend an.

„Ist er Offizier?"

„Nein, Diplomat."

„Oh! Hm. Verheiratet?"

„Nein. Seine Großmutter und die Schwester leben hier im

Palazzo. Die solltest du sehen, Fritz! Ich sage dir, eine echt venezianische Schönheit mit rotgoldenem Haar und schwarzen Augen!"

„Wäre ganz mein Geschmack!", rief Graf Meldeck. „Blondinen sind nämlich meine Passion", setzte er mit einem Seufzer hinzu, der Fiore lachen machte.

„Na, dann sieh nur zu, dass du keine Gefärbte erwischst", meinte sie heiter. „Bist du eigentlich inzwischen verheiratet?"

„Ich? Aber absolut nicht! Erstens weil ich die passende Blondine noch nicht gefunden habe, und dann ist noch die Frage, ob sie einen armen Teufel, wie mich, der nischt hat als sein Gehalt und ein paar Schulden, nehmen würde. Denn zum Heiraten gehören nämlich zwei."

„Ist das denn die Möglichkeit!", staunte Fiore. Und dann, aufhorchend, fuhr sie lebhaft fort: „Jetzt kannst du gleich deine Bekanntschaft mit dem ‚Außerordentlichen' erneuern. Denn ich höre die Krähenhausens eben die Treppe heraufkommen."

Sie waren es wirklich und betraten gleich darauf den Saal, und es entging Fiore nicht, dass Frau von Krähenhausens Gesicht ganz unverhohlen den Ausdruck unangenehmster Überraschung beim Anblick Meldecks zeigte, als sie, ihren Sohn an der Hand, ihn dem Mündel ihres Gatten mit den Worten zuführte: „Hier, liebes Kind, bringe ich Ihnen meinen Wiwigenz, der sich schon sehr darauf freut, Ihre Bekanntschaft zu machen. Wenn ich freilich gewusst hätte, dass Sie Besuch haben, so ..."

„Guten Tag, Herr Professor! Haben Sie eine gute Reise gehabt?", unterbrach Fiore den mit ‚so' beginnenden unvermeidlichen Nachsatz, indem sie dem ‚Außerordentlichen' freimütig die Hand reichte.

Er war eine ganz stattliche Erscheinung, dieser jüngere Krähenhausen – eine zweite Auflage seines Vaters, der mit noch dunklem Haar und Bart genau so ausgesehen haben musste.

„Mein Vetter, Graf Meldeck", stellte Fiore den Genannten vor, ohne auf eine Antwort ihrer Höflichkeitsfrage zu warten. „Ich höre, die Herren kennen sich schon ..."

„Das ist ja eine angenehme Überraschung, Herr Graf! Als Sie mir sagten, dass Sie eine Urlaubsreise machen wollten, erwähnten Sie nicht, dass Sie nach Venedig reisen würden", rief der Professor mit harmloser Herzlichkeit, aber mit einem Seitenblick auf seines Vaters Mündel.

„Ich gebe Ihnen diese Unterlassungssünde zurück", erwiderte Meldeck lachend. „Denn als Sie sagten, Sie träten gleichzeitig eine Studienreise an, erwähnten Sie auch nicht, dass Venedig Ihr Ziel sei. Und so treffen wir uns in der Seestadt in diesem feudalen Palast; nur, dass ich, nach Venedig kommend, noch keine Ahnung hatte, meine liebe Base hier wiederzusehen!"

„Oh – in der Tat? Und woher erfuhren Sie, dass Gräfin Fiore hier ist?", fragte Frau von Krähenhausen misstrauisch.

„Aus dem Fremdenbuch des Hotels, gnädige Frau", entgegnete Meldeck bereitwillig, „Doch ich will die Herrschaften nun nicht länger stören. – Liebes Bäslein, ich darf doch wiederkommen? Stelle mich auch für einen Ausflug ganz zu Diensten. – War mir eine besondere Ehre, meine Herrschaften!"

Als die Tür hinter Graf Meldeck geschlossen war, sah Frau von Krähenhausen sich zu einer Ermahnung veranlasst.

„Hast du gewusst, Wiwigenz, dass dieser Graf Meldeck ein Vetter unserer lieben Fiore ist?", begann sie sauersüß und fuhr im selben Atem fort: „Aber egal, liebe Fiore, ich hätte es für *passender* gefunden, wenn Sie den Herrn in meiner Gegenwart empfangen hätten!"

„Kumm!", machte Herr von Krähenhausen einleitend. Aber Fiore ließ ihn nicht zur Rede kommen.

„Ah, nein!", sagte sie ruhig. „In Ihrer Gegenwart hätten wir uns ja nicht zanken können! Sollten Sie bei seinem nächsten Besuch, der Ihnen ja gelten wird, wieder nicht zu Haus sein, dann muss ich mir halt das *Passendere* versagen, damit sich mein nächster Blutsverwandter nicht erst einbildet, dass ich mich in Bezug auf seine Person dummen Gedanken hingebe ..."

„Gnädigste Komtesse gestatten mir, die Sache dahin moderieren zu dürfen, dass ich kühn behaupte, es wäre besser, einen Liebling der Damen wie Ihren Vetter nicht selbst auf ‚dumme Gedanken' zu bringen," fiel der Professor mit solch harmlosem Lachen ein, dass Fiore herzlich einstimmte.

„Sie müssen ihn besser kennen als ich, Herr Professor, und darum schließe ich mich Ihrer Begründung für seinen künftigen

Empfang an, die ja auch Ihre Frau Mutter nicht umhin können wird, zu billigen," sagte sie heiter.

„Ich weiß doch nicht", widersprach Frau von Krähenhausen. „Wenn es einem jungen Mädchen zu meiner Zeit eingefallen wäre, einen jungen Herrn allein zu empfangen, so ..."

„Kumm!", machte Herr von Krähenhausen vermittelnd.

„Kich!", ließ sich gleichzeitig der Professor vernehmen.

Vor dieser dreifachen Äußerung Krähenhausenscher Familieneigentümlichkeiten strich Fiore resignierend die Segel, weil sie sich der Möglichkeit, dem standzuhalten, nicht sicher war. Ehe der Professor nach dem erfolgten Warnungssignal den ‚außerordentlichen' Wiwigenz zur Geltung bringen konnte, erklärte sie, mit allen Geistern der Lachlust ringend, dass sie die Freude des Wiedersehens zwischen Eltern und Sohn nicht länger stören, sondern hinauf zu Donna Loredana gehen wollte, mit der sie eine Verabredung getroffen hätte.

„Wenn Sie mich vorher gefragt hätten, wäre das rücksichtsvoller gewesen", sagte Frau von Krähenhausen zurechtweisend.

„Befragt?", wiederholte Fiore ruhig. „Aber das verstehe ich nicht. Warum hätte ich Sie wegen einer einfachen Verabredung mit einer einwandfreien Persönlichkeit befragen sollen? Und ich dachte, gerade recht rücksichtsvoll zu sein, weil ich Sie Ihrem Herrn Sohn nicht entziehen wollte, mit dem Sie sich ja viel zu sagen haben werden."

Mit einer anmutigen Verbeugung entfernte sich Fiore, ohne jede Hast, aber mit einer zweifellosen Endgültigkeit, und eilte die Treppen zu Donna Loredana hinauf. Dass sie oben den Marchese bei seiner Schwester antraf, war wirklich Zufall und nicht Verabredung oder Gelegenheitsmacherei, wie Frau von Krähenhausen annahm, die diesem Verdacht scharfen Ausdruck gab, kaum dass sich die Tür hinter ihrem Mündel geschlossen hatte.

„Na, lass gut sein, Alte – kumm", meinte Herr von Krähenhausen. „Wir haben dafür, dass die Leute droben Fiore einfangen wollen, nicht den geringsten Anhalt. Es scheinen mir anständige und vornehme Menschen zu sein ..."

„Scheinen! Scheinen!", rief Frau von Krähenhausen giftig. „Dir *scheint* immer, was gelb ist, Gold zu sein, bis ich dir beweise, dass es bloß Messing ist. Der Preis für diese Wohnung ist freilich so *anständig*, dass mir die Augen vom bloßen Hören noch tränen, aber was wissen wir sonst von dieser welschen Lumpenbagage? Nichts! Nichts, sage ich dir!"

„Hm – kumm – die Gräfin Candiani ..."

„Ist auch nur ein Vogel aus dem gleichen Nest. Ich huste auf die Gräfin Candiani!", ereiferte sich Frau von Krähenhausen. „Aber freilich, bei Fiore ist's das welsche Blut der Mutter, das im welschen Lande anfängt, sich zu regen und nach dieser Seite zu drängen, und wenn wir nicht ordentlich aufpassen ..."

„Komtesse Meldeck ist wirklich ein schönes Mädchen", fiel der Professor ein. „Und sie scheint zu wissen, was sie will."

„Na, wenn sie dir gefällt, dann ist's ja gut", erwiderte Frau von Krähenhausen mit einem Ton, der eine starke Dosis persönlichen Widerspruchs enthielt. „Ob Fiore wirklich weiß, was sie will, das möchte ich doch sehr bezweifeln nach dem Schwabenstreich mit diesem Palast. Ich werde sie schon noch härter anfassen müssen, wenn ..."

„Alte, tu's lieber nicht!", fiel Herr von Krähenhausen besorgt ein. „Sie ist so zur Selbstständigkeit von ihrem Vater erzogen worden, und wenn sie nicht will, können wir sie nicht zwingen, bei uns zu bleiben. Wäre es jetzt nicht ganz gut, wenn Wiwigenz sein Frühstück bekäme?"

Frau von Krähenhausen bejahte ausnahmsweise einmal eine Frage ihres Gatten.

XIII.

Windmüller war mit Agostino ins untere Geschoß gestiegen, um dort seine Untersuchungen fortzusetzen. Er fand die Mauer, deren außergewöhnliche Dicke zwischen den Zimmern des ersten und zweiten Stockwerkes ihm zu denken gegeben hatte, zum mindesten noch einmal so stark vor, ohne jedoch eine Lösung für dieses Rätsel zu finden. Es war ja freilich möglich, dass architektonische Rücksichten gerade diese eine Mauer in diesem Umfang auszuführen geboten hatten, aber Windmüller wollte diese Erklärung nicht recht einleuchten. Der Raum zur rechten Seite der Halle – wenn man diese vom Wasserportal aus betrat – dieser Raum, der unter dem Zimmer, der Stanza del' Brustoloni, lag, entsprach in seiner Länge an der Seite des Sackkanals nicht ganz dem oberen Raum, die Mauer, die oben von der Tür in das Rosa Zimmer unterbrochen wurde, schob sich hier unten schon um etwa siebzig Zentimeter weiter vor und zeigte keinerlei Durchgang oder auch die Spur, dass jemals ein solcher darin bestanden hätte. Es war dies ganz zweifellos festzustellen durch den ebenmäßig aufgetragenen Kalkverputz, den die Zeit schon stark abgebröckelt hatte. Im Übrigen wurde dieser Raum als Rumpelkammer für alle möglichen Hausgeräte gebraucht.

Auf der gegenüberliegenden Seite dieser rätselhaft dicken Mauer befand sich die Wohnung des Portiers. Die Wand war hier ebenmäßig verputzt, blau getüncht und zeigte nicht einmal die Möglichkeit eines etwaigen Ausganges. Und doch – nach einer ungefähren Messung betrug die Dicke dieser merkwürdigen Mauer hier unten mehr als zwei Meter, eine Tatsache, die bisher anscheinend niemandem aufgefallen war.

„So war's immer und wird wohl von Beginn an so gewesen sein", brummte Agostino kopfschüttelnd. „Der das Haus gebaut hat, wird wohl gewusst haben, warum er diese Mauer so dick gemacht hat. Ob sie massiv oder innen hohl ist – wer soll das wissen nach so langer Zeit, und der's sagen könnte, ist längst tot. Was geht's uns schließlich an?"

Windmüller war zwar nicht dieser Ansicht, denn die Meinung, dass es ihn zum Beispiel etwas *angehen* könnte, setzte sich immer mehr in ihm fest, aber er musste einsehen, dass dieser Mauer von den vier Seiten, die in Betracht zu ziehen waren, nicht beizukommen war. Wo er sie auch prüfte, klang sie ganz ausnehmend massiv und solid und dennoch – welcher Architekt legt solch einen Mauerblock in die Mitte eines Hauses, ohne einen Zweck damit zu verbinden? Als Stütze des ganzen südöstlichen Teiles des Palastes, der doch wie das ganze übrige Gelände auf dem Rost von Lärchen- und Eichenpfählen erbaut war, auf dem ein jedes Haus in Venedig steht? Nur ein Grundriss des Palastes hätte darüber Auskunft geben können. Dass ein solcher existiert hatte, war ebenso sicher wie die Annahme, dass er im Laufe der Zeiten verlorengegangen war. Und ebenso sicher bemächtigte sich Windmüllers die Überzeugung, dass sich zwischen diesen vier Mauern das Rätsel der Donna Xenia barg, das Rätsel, zu dem sie die Lösung besessen hatte, ja, die sie noch besaß, denn dass sie den Palast nicht verlassen hatte, das stand nach dem Erlebnis Fiore Meldecks in der vergangenen Nacht fester denn je. Vorausgesetzt natürlich, dass die Person, die Fiore Meldeck in der Tür ihres Schlafzimmers gesehen haben wollte, die Principessa war!

Und auch darüber sollte Windmüller bald eine größere Gewissheit erhalten, denn als er nach langer, fruchtloser Prüfung der rätselhaften Mauer wieder in das zweite Stockwerk hinaufstieg, kam vom dritten Fiore Meldeck von ihrem Besuch bei Donna Loredana herab.

„Denken Sie nur, Herr Doktor", rief sie ihm schon von Weitem, aber mit gedämpfter Stimme entgegen, „denken Sie, ich habe eben bei Donna Loredana die Photographie meiner nächtlichen Besucherin gesehen! Es ist ihre Schwägerin, die Witwe ihres ältesten Bruders!"

„Tatsächlich? Sie haben sie auf dem Bild wiedererkannt?"

„Auf den ersten Blick, obwohl sie auf der Fotografie anders angezogen ist. Das schmale Gesicht mit den großen Augen ist nicht zu verkennen und gab mir einen solchen Ruck, dass ich mich fast verraten hätte. Aber natürlich habe ich nichts gesagt, obwohl Donna Loredana mich ganz erstaunt fragte, ob ich ihre Schwägerin kenne, was ich ja mit gutem Gewissen verneinen konnte. Ich sagte nur, das Bild sieht jemand ähnlich, den ich unlängst gesehen habe."

„So ist's recht, Komtesschen. Es ist besser, wenn die Familie vorläufig nichts von Ihrem nächtlichen Besuch erfährt."

„Ich hätte mich auch gar nicht überwinden können, vor ihnen davon zu sprechen, und weiß überhaupt nicht, wie ich dazu kam, es vor Ihnen zu tun. Es war etwas so – wie soll ich sagen? – so Unwahrscheinliches in der Art, wie die Dame lautlos erschien und ebenso lautlos und spurlos wieder verschwand. Ich denke mir, sie muss nicht gewusst haben, dass das Rosa Zimmer bewohnt ist. Oder ..."

„Oder?"

„Ach, ich weiß nicht. – Ich muss jetzt meinen Hut holen.

Donna Loredana will mit mir ausfahren."

„So, so! Viel Vergnügen, Komtesschen!"

Kaum dass Windmüller in seinem Zimmer war, kam auch Don Gian von seiner Schwester zurück. Er zögerte einen Augenblick vor der Tür seines Gastes, besann sich dann aber eines anderen und ging zu seiner Großmutter, die ihn wie immer mit offenen Armen empfing.

„Etwas Neues über Xenia?", fragte sie mit forschendem Blick in sein Gesicht, das einen von den vergangenen Tagen sehr verschiedenen, fast frohen Ausdruck zeigte.

„Xenia?", wiederholte er und setzte mit verdüsterter Miene hinzu: „Nein, nichts Neues. Ich wollte, Xenia wäre in ... in Jericho meinetwegen! Wir werden schon noch zeitig genug von ihr und ihren neuesten Taten hören, trotz der pessimistischen Auffassung von Doktor Windmüller über ihren Verbleib. – Sieh nicht so erstaunt aus, Nonna! Es ist mir nicht zu verdenken, wenn der Name Xenia mich nicht gerade entzückt. – Sag mal, was hat es eigentlich mit der Mutter der Komtesse Meldeck auf sich? Warum warst du so bewegt, als du hörtest, wer ihre Mutter war?"

Die alte Dame kämpfte sichtlich mit sich selbst.

„Ach, Giannino, das ist ein schmerzliches Kapitel in der Geschichte unserer Familie", sagte sie endlich. „Ich möchte lieber nicht darüber sprechen ..."

„In der Geschichte *unserer* Familie?", fiel Don Gian erstaunt ein. „Unserer? Aber Nonna ..."

„Oh, nun habe ich dich erst neugierig gemacht!"

„Ja, das hast du – ehrlich und rechtschaffen."

„Nun, so sei es. Dein Vater war mit der Mutter von Fiore Meldeck verlobt. Ihr Großvater, der Duca di Rifreddi, und dein Vater waren entfernt verwandt, und die Familien hatten die Verbindung besprochen und verabredet, als beide Verlobte noch Kinder waren, wie es damals eben noch so Sitte war. Fiorenzia Crespolo war ein sehr schönes Mädchen – schöner noch, als ihre Tochter ist. Ich habe sie sehr lieb gehabt wie eine leibliche Tochter, Gian, und – acht Tage vor der Hochzeit erklärte dein Vater ihr, er könne sie nicht heiraten, denn er liebe eine andere, die dann ja in der Folge auch deine Mutter wurde. Ich brauche dir nicht erst zu sagen, was diese Handlung deines Vaters im Gefolge hatte. Denk doch nur allein an das Aufsehen, das dieser Bruch so kurz vor der Hochzeit erregte! Es war sehr, sehr hart für uns alle! Und dann der notwendige Bruch mit dem Haus Crespolo, der Affront, der dem armen Mädchen zugefügt wurde, denn wer hätte sich entschlossen, die in letzter Stunde verschmähte Braut noch heimzuführen? Ein deutscher Diplomat, Graf Meldeck, hatte mehrere Jahre später diesen Mut, sich über den Flecken auf dem Leben des jungen Mädchens hinwegzusetzen ..."

„Nonna!", unterbrach Don Gian die alte Dame. „Wie kannst du von einem Flecken auf ihrem Namen reden – ich meine, der fiele doch auf den, der ihr sein Wort gebrochen hat!"

„Ah, Giannino, so urteilt die Welt nicht! Eine verschmähte Braut ist gebrandmarkt nach unseren Begriffen ..."

„Die sich gottlob inzwischen stark geändert haben, Nonna. Ich tadle meinen Vater nicht, der den Mut hatte, für sein Glück ein Band in letzter Stunde zu zerreißen, das nicht er geknüpft hatte, sondern das ihm durch die Überlieferung aufgedrängt worden war. Besser ein Ende mit Schrecken, als ein Schrecken ohne Ende. Ich kann aber auch nicht finden, dass der verlassenen Braut damit ein Flecken angeheftet worden ist. Vielleicht ist ihr ja auch die größte Wohltat ihres Lebens erwiesen worden, da sie wohl meinen Vater ebenso wenig geliebt haben wird, wie er sie."

„Gian!", machte die Marchesa mit einer abwehrenden Bewegung, die aber von einem Blick begleitet war, den man bei einer jungen Dame schelmisch genannt hätte. „Gian, ich bitte dich! Eine Frau unseres Standes hat fraglos den Mann zu lieben, den ihre Eltern für sie gewählt haben!"

Don Gian lachte.

„Nonna, Nonna", sagte er neckend, „mir ist, als ob ich von dir selbst gehört hätte, dass du zu diesen Gliederpuppen auch nicht zu zählen warst, sondern mit großer Energie für deine Liebe eingetreten bist! Ich finde, dass Graf Meldeck ein sehr vernünftiger Mann war, als er sich den Teufel um die so genannten Flecken auf dem Dasein der Donna Fiorenzia Crespolo scherte, und ich finde, dass wir für diesen selben Flecken ihrer

Tochter eine Genugtuung schulden. Findest du nicht auch?"
Die alte Dame schlug die Hände zusammen.

„Gian!", rief sie. „Gian! Du ..."

„Ja, Nonna, ich wäre eigentlich dazu berufen, diese Genugtuung zu leisten. Und noch dazu mit vollster Begeisterung, sicher deiner Zustimmung."
Die Marchesa antwortete nicht gleich.

„Fiore ist nicht nur ein sehr reizendes, sondern auch, was mehr ist, ein sehr liebes Wesen", sagte sie dann zögernd. „Mehr noch, ich glaube, dass sie dich und du sie glücklich machen würdest. Aber sie ist ein armes Mädchen und wir könnten zur Abwechslung einmal eine reiche Marchesa Terraferma ganz gut brauchen."
Don Gian lachte glücklich und leichtherzig.

„Wir könnten's, das ist sicher, aber ich denke und hoffe, es wird auch *so* gehen. Ich wenigstens fühle, dass es gehen wird. Es kommt eben alles auf die Person an, Nonna. Vorgestern noch dachte ich, nur eine reiche Frau heiraten zu können, und heute ist der Mammon für mich eine Sache, die mir so fernliegt wie der Wunsch, auf dem Himalaja zu sitzen. Ich weiß überhaupt gar nicht mehr, wie ich dazu kam, das Geld mit dem Gedanken an meine zukünftige Frau zu verquicken. Ich weiß nur eines noch: Dass ich der unglücklichste Mensch wäre, wenn Fiore Meldeck mich nicht mag, mich nicht lieben könnte!"

„Nun, dann wird sie wohl die Rechte für dich sein", rief die alte Dame mit strahlenden Augen, die den leisen Seufzer, mit dem sie ihre Worte eingeleitet hatte, glorreich überstimmten. „Glückauf zur Werbung, mein Junge! Ich für meinen Teil bin ja eine viel zu unverbesserliche Idealistin, als dass ich Geld und Gut über das Glück des Herzens stellen könnte, wenn schon die Güter dieses Lebens nicht zu verachten sind."

„Das wollen und sollen wir auch nicht, Nonna, aber ich habe einsehen gelernt, dass sie Götzen sind, die auf tönernen Füßen stehen. Und ich meine, dass ich damit eine große Lebensweisheit errungen habe!"

XIV.

Vor seiner Tür traf Don Gian Windmüller an, der gerade vergeblich bei ihm angeklopft hatte, und als nun die beiden Herren in das Zimmer eintreten wollten, kam einer der Diener von unten herauf und übergab dem Marchese eine Visitenkarte mit der Meldung, der Herr frage an, ob er trotz der frühen Stunde seine Aufwartung machen dürfe. Don Gian warf einen Blick auf die Karte, zögerte einen Augenblick und reichte sie Windmüller.

„Mahmud Reschid Bey, Attache a l'Ambassade de Turquie", las der und gab die Karte zurück.

„Ich lasse den Herrn bitten", sagte Don Gian nach abermaligem, kurzem Zögern, und nachdem der Diener sich entfernt hatte, sah er Windmüller fragend an.

„Mir scheint ...", sagte er, brach aber abrupt ab und zuckte mit den Achseln.

„Hm, mir scheint auch", murmelte Windmüller trocken.

„Liegt Ihnen daran, diesen Besuch mit mir zu empfangen?", fragte der Marchese.

„Sogar sehr viel liegt mir daran", gab Windmüller unumwunden zu. „So viel, dass ich sogar den Posten eines ‚Lauschers an der Wand' nicht verschmähen würde. Aber eine unmittelbare Gegenwart ist besser."

„Darf ich fragen, inwiefern?"

„Erlassen Sie mir die Antwort bis nachher, ja? Ich möchte nämlich nicht gern eine Voreingenommenheit schaffen, und da Sie die Güte hatten, mich zu dem Besuch einzuladen, so bin ich ja da, um etwaigen Überraschungen zu begegnen."
Don Gian fragte nicht weiter, und nach wenigen Minuten des Wartens wurde der Besuch, ein eleganter, noch junger Mann mit gepflegtem, dunklem Bart und einem Monokel im rechten Auge, tadellos besuchsmäßig gekleidet, in das Wohnzimmer des Marchese geführt.

„Das ist eine Überraschung, aber eine angenehme Überraschung, Sie hier in meinen vier Pfählen begrüßen zu dürfen", trat Don Gian dem Türken verbindlich entgegen. „Gestatten Sie mir, Sie mit meinem Gast, Herrn Doktor Windmüller, bekannt zu machen ..."

„Oh, wir sind ja alte Bekannte", fiel Windmüller ein. „Wir sind uns gesellschaftlich und geschäftlich schon oft begegnet."

„In der Tat – ganz außerordentlich erfreut, Sie hier zu treffen, Herr Doktor", murmelte Mahmud Bey, dem Detektiv die Hand reichend, der mit seinem liebenswürdigsten Lächeln zur Notiz nahm, was Don Gian entgangen war – nämlich, dass seine, Windmüllers Gegenwart dem fremdländischen Diplomaten eine Überraschung war.

„Sie sind wohl auf der Durchreise in Venedig oder auf Urlaub?", fragte Don Gian, nachdem die Herren Platz genommen hatten. „Woher wussten Sie, dass ich gerade daheim bin?"

„Ah, ich wollte Sie in Rom aufsuchen und hörte dort, dass Sie Urlaub genommen haben", erwiderte der Diplomat. „Und weil ich gern eine Auskunft von Ihnen erbitten wollte, so benutzte ich das schöne Wetter, und da bin ich. Dass ich hier den Herrn Doktor antreffen würde, ist in der Tat eine angenehme Überraschung für mich, denn ich hatte auch an ihn einen Auftrag oder eine Frage meines Chefs zu bestellen, und suchte ihn vergeblich, ohne erfahren zu können, wohin er seine Schritte gelenkt hatte."

„Sehr begreiflich", meinte Windmüller. „Wer von meinen Leuten verrät, wo ich mich zurzeit befinde, darf sich getrost zur selben Stunde nach einer anderen Beschäftigung umsehen."

„Sehr begreiflich", sagte der türkische Diplomat.

„Und womit kann ich Ihnen dienen?", fiel Don Gian ein. „Sie machen mich neugierig; die gewünschte Auskunft muss doch eine gewisse Dringlichkeit haben, wenn Sie den Ausflug nach Venedig für geboten hielten."

„Ah, ich schlage damit zwei Fliegen mit einer Klappe", versicherte der Besucher mit gutgespielter Gemütlichkeit. „Erstens war es längst mein Wunsch, mich einmal ein paar Tage in Venedig vom Wagengerassel und Autogequalme der Großstadt auszuruhen, und dazu bot sich mir diese Gelegenheit wie gerufen. Wunderbarer alter Palast, Herr Marchese! Und wenn Sie gestatten, einmal wiederzukommen, dann will ich Ihnen auch meine Frage vortragen."

„Das Wiederkommen versteht sich von selbst", erwiderte

Don Gian, einen kurzen Blick Windmüllers auffangend. „Ich werde mir dann erlauben, Sie meiner Großmutter und meiner Schwester vorzustellen. Darum mag Ihre Frage gleich zur Sprache kommen. – Herrn Doktor Windmüllers Gegenwart darf Sie in keiner Weise davon abhalten."

Der Türke ließ sein Monokel aus dem Auge fallen, worauf er es sorgfältig mit einem feinen Batisttaschentuch putzte und es sodann wieder mit der dazu unumgänglichen Grimasse einklemmte. Die dadurch bedingte Pause gab ihm Zeit, sich die Sache zurechtzulegen.

„Also", sagte er dann gemütlich, „wenn Doktor Windmüller gestattet, ein Geheimnis ist es nicht. Ihre Frau Schwägerin, lieber Terraferma, hat nämlich eine Erbschaft in Konstantinopel gemacht, und ich hatte den angenehmen Auftrag, sie davon zu unterrichten. Eine recht bedeutende Erbschaft von einem Verwandten ihrer Mutter ..."

„Meine Schwägerin wird das allerdings als eine sehr angenehme Nachricht empfinden. Ich freue mich für sie aufrichtig darüber. Sie hat die Nachricht bei aller gebührender Trauer über den damit leider verknüpften Todesfall gewiss mit einer gewissen Genugtuung aufgenommen?"

„Prinzess Xenia weiß leider noch nichts davon", rief der Besucher lebhaft. „Sie ist, wie ich hörte, vor ein paar Tagen verreist – man sagte mir, nach Venedig. Jedenfalls ist sie noch nicht nach Rom zurückgekehrt, und darum bin ich zu Ihnen gegangen, lieber Terraferma, um von Ihnen zu hören, wo sie sich eigentlich befindet, ob sie tatsächlich hier war und vielleicht noch ist, denn merkwürdigerweise konnte ich darüber nichts erfahren."

„Meine Schwägerin war tatsächlich vor ein paar Tagen zu einem kurzen Besuch bei meiner Großmutter hier und ist ohne vorherige Benachrichtigung wieder am frühen Morgen abgereist", erwiderte Don Gian nach einer kleinen Pause. „Ein an meine Großmutter gerichtetes Billett, das sie zurückgelassen hatte, teilte mit, dass sie nach Rom zurückkehren müsse, um bei einem Basar mitzuwirken. Dass sie in Rom aber nicht eingetroffen ist, wissen wir. Wir sind ohne Nachricht über sie."

„Ach, in der Tat?", fragte Mahmud Bey sehr gedehnt, und

in seinem Ton lag so viel höfliche Ungläubigkeit, dass Don Gian das Blut in die Wangen stieg. Ein Blick von Windmüller aber hielt ein schnelles Wort von ihm zurück. Letzterer sagte, indem er scheinbar das Teppichmuster zu seinen Füßen betrachtete: „In der Tat! Die Familie Terraferma ist begreiflicherweise in Sorge über das Nichteintreffen der Donna Xenia in Rom und hat mich beauftragt, die Verlorengegangene zu suchen. Sollten Sie am Ende mit dem gleichen Auftrag von Ihrem Chef zu mir gekommen sein?"
Der Besucher fuhr so heftig zurück, dass ihm das Monokel unfreiwillig aus dem Auge flog.

„Herr Doktor, was immer mich im Auftrag meines Chefs zu Ihnen führt, muss allerdings eine Angelegenheit unter vier Augen bleiben", sagte er scharf. Windmüller lehnte sich lachend zurück.

„Die Indiskretion ist nicht auf meiner Seite", sagte er heiter. „Ich habe, soviel ich weiß, von Ihnen noch keinen Auftrag erhalten. Wenn Sie also den ausgestreckten Fühler, beziehungsweise eine harmlose Frage in dieser Weise monieren, so muss ja die harmloseste Seele auf den Gedanken kommen, dass ich den Finger auf die richtige Stelle gelegt habe."

Es gibt nur sehr wenige Menschen, die es direkt zugeben, wenn sie sich dermaßen ‚verhauen' haben. Windmüller wunderte sich auch gar nicht, dass der Türke nur überlegen mit den Achseln zuckte, ein paar Stäubchen von seinem Ärmel schnippte und dann erklärte, er hätte sich nur im Allgemeinen gegen ein Gespräch über Amtsgeheimnisse verwahren wollen.

„Ich habe keine berührt", erwiderte Windmüller mit unvermindert guter Laune. „Ideenassoziation – nichts weiter! Es lag doch so nahe, den gleichen Auftrag bei Ihnen zu vermuten, denn die Familie Terraferma und Ihre Regierung haben – wenn auch in verschiedenem Sinne – das gleiche Interesse an der Wiederfindung der Donna Xenia."

„Wieso das gleiche Interesse?"

„Nun, auf dieser Seite ist es die Verwandte, die vermisst wird, auf Ihrer die politische Agentin", sagte Windmüller sanft. Jetzt war der Diplomat besser zur Attacke gerüstet.

„Ich verstehe Sie nicht", erwiderte er.

„Das wundert mich in Anbetracht dessen, dass Sie das Ressort der geheimen politischen Agenten unter sich haben", gab Windmüller seelenruhig zurück. „Sie sehen, dies Fechten mit Worten hat keinen Zweck. – Ich bin also im Bilde. Ich weiß, dass Sie wegen des Ausbleibens der Marchesa Xenia in Unruhe sind, und über ihren Verbleib nichts wissen, sonst wäre ich längst bei Ihnen erschienen, um Rechenschaft über den Verbleib einer so bekannten Person der römischen Gesellschaft zu fordern, deren Familie in schwerer Sorge um ihre Verwandte schwebt."

Der türkische Diplomat zuckte wieder mit den Achseln, kreuzte die Arme über der Brust, nahm eine überlegene Miene an und sagte betont langsam: „Sie sind der Mann, der den Ruf hat, immer Recht zu haben, verehrter Herr Doktor. Nehmen wir also an, Sie haben darin Recht, dass es unnütz ist, mit Worten zu fechten, dass die Prinzessin Xenia in der Tat unserer Regierung nahesteht. In diesem Falle aber bin ich es, der Rechenschaft über ihren Verbleib fordert. Sie ist eingestandenermaßen in Venedig, in diesem Haus eingetroffen und seitdem verschwunden. Das ist doch, zum mindesten gesagt, sehr verdächtig, wenn man in Betracht zieht, dass – sagen wir, der Herr Marchese hier ein brennendes Interesse daran hatte, sie nicht ohne Weiteres nach Rom zurückkehren zu lassen!"

„Was soll das heißen?", fuhr Don Gian blass vor Zorn auf. „Für diese niederträchtige Verdächtigung werden Sie mir ..."

„Ruhe, lieber Marchese, Ruhe!", fiel Windmüller ein. „Von einer Verdächtigung kann schon darum keine Rede sein, weil ich jederzeit bereit bin, zu erklären, dass ich von Ihnen wie von Ihrem Chef gerufen worden bin, um die Verschwundene zu suchen. Der Herr hat sich nur nicht richtig ausgedrückt – das ist alles. Das kann auch dem geschicktesten Diplomaten passieren, denn selbst ein solcher ist nicht allwissend, und wir dürfen auch nicht jedes Wort auf die Goldwaage legen, das jemand in begreiflicher Erregung über den Verbleib – nicht der Person, sondern ihres Auftrags – heraussprudelt. Ich habe da rein zufällig den Brief der Donna Xenia bei mir, mit dem sie ihren, hm – französischen Abschied aus dem Palazzo Terraferma zu erklären versucht. Ich habe ferner alle eingelaufenen Telegramme chronologisch nach Tag und Stunden zusammengelegt in meinem Zimmer, die den Beweis liefern, wo und wie wir die Verschwundene schon gesucht haben. Ich hole sie gern, während Sie die Güte haben, diesen Brief zu lesen, den ich mir aber zurückerbitte."

Mit diesen Worten reichte Windmüller dem Diplomaten den mauvefarbenen, nach Gardenien duftenden Brief, den die Marchesa an jenem verhängnisvollen Morgen in dem verlassenen Zimmer ihrer Schwiegerenkelin gefunden hatte. Dann stand er auf und entfernte sich.

Der Türke las den Brief aufmerksam durch, während der Marchese mit gekreuzten Armen dabeisaß, den Mund zusammengepresst, entschlossen, dem anderen das erste, einleitende Wort zu lassen. Doch der Doktor kehrte mit den Depeschen in der Hand zurück, ehe der Türke den Brief durchgelesen hatte, und legte den ganzen stattlichen Pack auf den Tisch.

„Es versteht sich zwar von selbst", sagte er liebenswürdig, „aber ich möchte es trotzdem nicht unerwähnt lassen, dass ich Ihnen diesen Brief und diese Depeschen nicht aus dem Grunde zur Einsicht vorlege, um einen etwaigen unwürdigen Verdacht Ihrerseits zu entkräften, sondern einzig und allein nur deshalb, um Ihrer Behörde den Beweis zu geben, dass es unnütz ist, mich für die Auffindung der Donna Xenia zu gewinnen, weil ich in dieser Richtung schon für das Haus Terraferma tätig bin. Das Verschwinden der Prinzessin ist jetzt kein Geheimnis mehr, darum ist diese Einsicht in meine Tätigkeit auch keine Indiskretion. Da Sie aber am besten wissen werden, wer ein Interesse daran haben konnte, sie aufzuhalten, ihr den Weg nach Rom zurück abzuschneiden, so ist es Ihnen natürlich unbenommen, unabhängig von meinen Forschungen die Ihrigen einer anderen Kraft anzuvertrauen. Hoffen wir, dass Donna Xenia bald in den Genuss der Erbschaft gelangen möchte, wegen der Sie sich liebenswürdigerweise herbemüht haben", schloss er salbungsvoll.

Der türkische Diplomat, welcher der Form wegen die meist chiffrierten Depeschen, zu denen er den Schlüssel nicht besaß, durchblättert hatte, erhob sich steif.

„Hoffen wir's", wiederholte er und sagte an Don Gian gewandt: „Ich hoffe aber auch, lieber Terraferma, dass Sie in der

Tat meinen Worten nicht die Deutung geben werden, in der sie, wie ich einräume, im ersten Augenblick erscheinen konnten. Es kann mir selbstredend nichts fernerliegen als ein solcher Gedanke, und wenn ich mich ungeschickt ausgedrückt habe, so bedaure *ich* das am allermeisten ..."

„Oh, reden wir nicht weiter davon, die Sache ist erledigt", fiel Don Gian ein, und mehr schien der Türke auch nicht erwartet zu haben, denn er machte nur noch ein paar Redensarten und empfahl sich dann recht zügig.

„So, nun wissen Sie, warum ich diesem Besuch beiwohnen wollte", sagte Windmüller, als er mit Don Gian allein war. „Es war meine volle Absicht, ihn Farbe bekennen und dann seine Verdächtigung zurückziehen zu lassen ..."

„Sie nahmen also an, dass er mit einer Verdächtigung gekommen ist?", fiel Don Gian ein.

„Ich war mir dessen sicher", erwiderte Windmüller, „denn Mahmud Bey ist immer die Vertrauensperson, die von dort mit solch delikaten Aufträgen abgesandt wird, und ich habe mir längst gesagt, dass man dort den Verdacht hegen würde, als ob Sie, Marchese, bei dem Raub des Dokumentes die Täterin in der begreiflichen Aufregung beseitigt haben könnten. Dieser Mann kam zu Ihnen, um Sie zu bedrohen. Ohne meine Anwesenheit hätte der Besuch höchstwahrscheinlich den Ausgang eines Zweikampfes gehabt, falls es ihm nicht gelungen wäre, Sie einzuschüchtern oder zu dem beabsichtigten Geständnis zu zwingen."

„Herr des Himmels!", rief Don Gian. „Darauf wäre ich im Leben nicht verfallen, dass man mich für das Verschwinden meiner Schwägerin verantwortlich machen könnte!"
Windmüller zuckte mit den Achseln.

„Für jemand, der nicht wissen kann, was wir in Erfahrung gebracht haben, liegt der Verdacht gar nicht so fern. Die Leute wissen nicht, welcher Mittel sich ihre Agentin bediente, um in den Besitz des Dokumentes zu gelangen. Sie nahmen eben an, dass die Sache sich gegen Ihren Widerstand abgespielt hatte. Ich habe damit gerechnet, dass man diesen Fühler ausstrecken würde, um in Erfahrung zu bringen, was aus dem Dokument geworden ist. Die Agentin beziehungsweise ihr Schicksal ist dabei gänzlich Nebensache. Sie wird von ihren Auftraggebern einfach fallen gelassen. – Nun, Sie wissen ja, dass die geheimen Agenten nur unter dieser Voraussetzung beschäftigt werden, dass das Risiko lediglich ihre Privatangelegenheit ist. Die Erbschaft – falls eine solche überhaupt existiert – war ein willkommener oder erfundener Vorwand, um zur Sache selbst zu gelangen. Also ..."

„Also bin ich durch Ihre Umsicht abermals einem wenig schmeichelhaften Verdacht entgangen", sagte Don Gian, indem er Windmüller die Hand reichte, die dieser herzlich schüttelte.

„Ich hatte vor, Sie auf diese Möglichkeit vorzubereiten, Marchese. Nun kam sie aber in unerwarteter Weise zum Austrag, und ich hatte keine Zeit, sie Ihnen auseinanderzusetzen. Unter uns: Ich habe Mahmud Bey zwar deutlich unter die Nase gerieben, dass ich keinerlei Veranlassung hätte, ihm die beweisführenden Papiere zu zeigen, aber es war natürlich meine volle Absicht, es zu tun, denn er reist nun, wahrscheinlich schon mit dem nächsten Zug, soweit überzeugt zurück, als ein Diplomat sich überhaupt überzeugen lässt. Es ist ein wahres Glück, dass ich nicht ausgegangen war! – Da dieser Zwischenfall erledigt ist, können wir zur Tagesordnung übergehen: Donna Xenia ist heute Nacht abermals hier im Haus gesehen worden. Leider nicht von mir, sondern von der Komtesse Meldeck. Natürlich sieht sie nach so langer Gefangenschaft schlecht aus. Es müssen doch sehr, sehr dringende Gründe sein, die sie zu so langer Selbstberaubung der Freiheit zwingen, aber wir müssen die Suche jetzt doch energisch betreiben, denn was immer auch ihre Schuld ist – die Menschlichkeit fordert es, die sichtlich schwer Geängstigte aus dieser schrecklichen Lage zu befreien."

„Wüsste man nur, wo sie sich wieder zeigen könnte, so sollte man eine Notiz so niederlegen, dass sie sie finden muss, eine Nachricht, dass sie von uns aus nichts zu fürchten hat", sagte Don Gian, von großmütigem und ehrlichem Mitgefühl bewegt.

„Da liegt der Hase im Pfeffer", meinte Windmüller nachdenklich. „Wenn wir wüssten, wo sie sich wieder zeigen könnte, dann wäre die Sache leicht genug, und wir könnten Komtesse Meldeck einweihen und beauftragen, oder ich könnte

selbst mit ihr die Wache im Rosa Zimmer übernehmen. Es ist jedoch nicht zu erwarten, dass die Principessa diesen Raum noch einmal aufsuchen wird, weil sie weiß, dass er jetzt bewohnt ist. Die einzige Chance wäre nur die, dass Donna Xenia nicht wissen kann, ob die Benutzung des Zimmers eine dauernde ist, und dass sie sich vielleicht doch noch einmal hereinwagt, um möglicherweise zu ihrem zurückgelassenen Koffer zu gelangen. Inzwischen – halt! Was ist das?"
Windmüller hatte, während er sprach, den Blick nicht von der dicken Wand zwischen dem Wohn- und Schlafzimmer, dessen Tür offenstand, abgewendet und trat nun schnell auf das die Türfüllung bekleidende Paneel an der Außenwand zu.

„Es ist merkwürdig!", sagte er, es betrachtend. „Mir war's von dem Standpunkt, den ich eben noch am Tisch eingenommen hatte, als hätte ich hier an dem Ritz etwas blitzen sehen. Da war wohl wieder einmal der Wunsch der Vater des Gedankens ..."

Er zog sein Taschenmesser hervor, klappte eine Klinge auf und fuhr damit in den Ritz, der an dem Pfosten entlanglief. Etwa in halber Höhe blieb die Klinge stecken. Sie hatte einen Widerstand gefunden! Windmüller stieß einen leisen Pfiff aus und begann an der Stelle an der eingelegten Füllung herumzutasten. Die Intarsie schloss der Länge nach in einer Anzahl rautenförmiger Quadrate ab. Diese prüfte Windmüller eines nach dem anderen, indem er mit dem Finger darauf drückte. Die zweite Raute unterhalb der Messerklinge wich dem Druck nach innen, und gleichzeitig löste sich das Paneel als eine niedrige und schmale, innen mit Polsterung versehene Tür lautlos nach außen heraus und enthüllte eine schmale Wendeltreppe, die sich in leiterartigen Stufen im Innenraum der Wand nach unten verlor.

„Aha!", machte Windmüller mit blitzenden Augen, während Don Gian abwehrend die Hände mit einem lauten Ausruf in die Höhe hob. „Aha! Da hätten wir's ja vermöge einer plötzlichen Erleuchtung herausgefunden, die natürlich alle spitzfindigen Kombinationen schlägt. Nun lassen Sie uns sehen, wohin wir hier gelangen. Es ist zwar keine Kunst, es zu sagen, aber Praxis geht über Theorie."

Damit zog er eine Schachtel Wachszündhölzer hervor, setzte

eines davon in Brand und schlüpfte durch die Tür auf die Treppe.

„Eng! Aber die sie benutzten, hatten sie ja auch nicht als Paradetreppe beabsichtigt", rief er zurück und verschwand alsbald in der Schneckenwindung, während Don Gian mit atemloser Spannung oben stehenblieb und die solide Polsterung der Paneeltür betrachtete, die es ebenso natürlich wie sinnreich verhinderte, dass das Holz hohl klang.

Windmüller blieb nicht lange aus. Mit etlichen verstaubten Spinnweben an den Ärmeln erschien er sehr bald wieder oben und schloss die Tür hinter sich, was fast ohne ein Geräusch geschah.

„So", sagte er, „nun wissen wir, wie Donna Xenia in Ihr Zimmer gelangt ist und warum sie das Rosa Zimmer mit ihrer plötzlichen Vorliebe beehrt hat. Die Treppe mündet an derselben Stelle in der Türfüllung der ersten Etage und ist mit verschiedenen Pailletten von ihrem eleganten, schwarzen Kleid dekoriert. Die Paneeltür geht auch unten ohne Geräusch auf, denn die Scharniere sind anscheinend mitsamt der schließenden Feder frisch geölt. Nur wie man unten von außen die Tür öffnet, habe ich noch nicht ergründen können, denn ich hörte die Kammerjungfer in der Garderobe herumhantieren und wollte mich darum nicht aufhalten. Komtesse Meldeck wird mir, wenn sie wieder daheim ist, schon erlauben, meine Neugierde in dieser Sache zu befriedigen. Lehrreich, wie die Entdeckung ist, tritt sie aber vor dem Wert der Frage zurück: auf welche Weise gelangte nun Donna Xenia bei verschlossenen Türen in das Rosa Zimmer und seine Umgebung und auf welchem Wege gedachte sie unter Umgehung des Portiers das Haus zu verlassen? Hm. Sagte Ihr vortrefflicher Majordomo nicht, im Palazzo Terraferma ginge die Sage, dass man auf einem geheimen Weg bis in das dritte Stockwerk gelangen könnte? Vielleicht gibt das gegenüberliegende Paneel der Türfüllung darüber Auskunft. Lassen Sie doch einmal sehen! Es ist die vierzehnte Raute, von unten gezählt, die dem Druck meines Fingers nachgab – ja! Die vierzehnte weicht auch hier dem Druck, aber schwerer – man hat hier nicht geölt. Da hätten wir's! Auch hier ist eine solche Wendeltreppe, die sich aber nach oben, nach dem dritten Stock, emporwindet. Es hat sie seit Generationen keiner mehr betreten, nach dem unberührten Staub auf den Stufen zu urteilen. – Lassen wir ihn auch ungestört sich weiter sammeln, denn es hat keinen Wert für uns, oben einzudringen."

Windmüller schloss auch dieses Paneel, dessen Schnappschloss hier nicht so geräuschlos arbeitete, klopfte den Staub von seiner Kleidung und nickte Don Gian zu, der mit festgeschlossenen Lippen dabeistand.

„Ja", beantwortete er den Blick seines Gastes. „Ich schäme mich nicht, einzugestehen, dass diese Entdeckung mein eben erwachtes Mitleid mit meiner Schwägerin doch wieder stark ins Wanken gebracht hat. Sie hat natürlich diesen Schleichweg gekannt. Die Sache war demnach für sie wirklich ganz einfach."

„Hm", machte Windmüller. „Wir müssen nun Donna Xenia wieder ans Tageslicht bringen und werden es, wie ich hoffe, im Laufe der nächsten Stunden auch tun."

„Es ist mir einfach unbegreiflich, wie meine Schwägerin es zu Wege bringen kann, sich so lange hier im Haus zu verbergen!", rief Don Gian ungeduldig. „Es grenzt ja geradezu an das Unmögliche, und bis ich den lebendigen Beweis nicht vor mir habe, möchte ich lieber glauben, dass die Assunta von ihrer Phantasie getäuscht worden ist und Komtesse Meldeck nur geträumt hat."

„Das Erstere ist möglich, das Letztere wäre aber doch sehr verwunderlich, wenn man bedenkt, dass die Komtesse Meldeck Ihre Schwägerin nie gesehen und ihr Traumbild auf der Fotografie bei Donna Loredana wiedererkannt hat", bemerkte Windmüller.

„Auch das kann Täuschung sein. Bei der Nacht, auch wenn sie noch so hell ist, sind Gesichtszüge in einer gewissen Entfernung nie ganz deutlich zu erkennen", widersprach Don Gian.

Windmüller raffte die Depeschen zusammen, die noch auf dem Tisch lagen, und ging in sein Zimmer zurück, wo er seinen Feldzugsplan trotz Don Gians Ungläubigkeit zur Reife bringen wollte ...

XV.

Fiore Meldeck hatte eine angenehme Fahrt in Gesellschaft von Donna Loredana gemacht, die die beiden jungen Damen einander in herzlicher Weise nahebrachte, und hatte darauf im Kreise der Familie Terraferma am Lunch teilgenommen.

Nach beendeter Mahlzeit eilte sie dann in ihre Wohnung hinab, leichten Herzens, glücklich mit der Welt im Allgemeinen und dem Hause Terraferma im Besonderen, denn die alte Marchesa war so gütig zu ihr gewesen, dass es ihr ganz warm dabei geworden war. Donna Loredana verhieß ihr eine innige Mädchenfreundschaft, und Don Gian, nahm einen ganz besonderen Platz für sich ein, einen Platz, den Fiore noch nicht zu bestimmen wusste, aber es war doch ein sehr hervorragender Platz in ihrem jungen Dasein, um den sich merkwürdig sonnige und selige Zukunftsträume spinnen ließen.

Das leichte, halb unbewusste Glücksgefühl wich jedoch, kaum dass sie das Rosa Zimmer betreten hatte, einer gewissen Gedrücktheit, die sich in diesem wundersamen Raum immer auf ihr Gemüt legte.

‚Es ist dieser Gardenienduft, der in den schweren Stoffen hängt, und den die frische Luft noch nicht vertrieben hat', dachte sie mit einem leisen Schauer des Widerwillens. ‚Solange das Wetter schön ist und man die Fenster offenhalten kann, geht's ja noch an. – Was aber, wenn es kühl ist und man sie schließen muss? Dann ist's nicht mehr zum Aushalten, und dann kommt wohl auch wieder der andere, unnennbare Geruch zur Oberherrschaft! Ich begreife nicht, wie man sich dermaßen parfümieren kann!'

Sie holte sich ihre Schreibmappe und setzte sich damit in die Stanza del' Brustoloni an den Tisch, um einen Brief zu schreiben. Aber nachdem das Datum in die obere Ecke des Bogens eingetragen war, verfiel sie, die Feder in der Hand, in eine Träumerei, die mit dem beabsichtigten Text des Briefes nichts zu tun hatte. Und als die Tinte in der Feder trocken war, tauchte sie diese wieder in das kleine Reisetintenfass ein und zeichnete damit auf dem Löschpapier allerlei Schnörkel und Arabesken und dann das charakteristische Profil eines Männerkopfes, das eine sprechende Ähnlichkeit mit dem glücklichen Besitzer der Ebenholzmöbel von der Meisterhand des Brustoloni trug. Denn Fiore Meldeck war eine mit ganz entschiedenem und zweifellosem Talent für das Porträt begabte junge Dame, und nach der Probe zu urteilen, hatte dieses Talent auch eine ganz beträchtliche Ausbildung erhalten.

Wenn jemand einen Blick für charakteristische Eigenschaften menschlicher Züge hat, so ist es auch natürlich, dass er sie zeichnerisch festzuhalten versucht, und das Profil Don Gians mit der typischen Nase der venezianischen Patrizier, das so genannte Adlerauge, das auch im Profil so viel von der Iris und dem bläulichen Weiß darum sehen lässt, forderten ja geradezu einen Versuch der Wiedergabe heraus. Auch das energische, viereckige Kinn mit dem tiefen Spalt darin gelang ihr überraschend, und nur der Mund wollte sie nicht recht befriedigen, denn sie hatte ihn mit dem Ausdruck des Ernstes wiedergegeben, während er – besonders, wenn er zu ihr, Fiore, redete – einen ungemein gewinnenden Ausdruck hatte.

Ein Klopfen an der Tür zu dem Saale ließ sie aus ihrer Betrachtung auffahren. Sie schob hastig den Briefbogen über die Zeichnung auf dem Löschblatt, und auf ihre Aufforderung betrat Frau von Krähenhausen das Zimmer.

„Ich wollte einmal nachsehen, ob Sie schon von oben herabgekommen sind, mein liebes Kind", sagte sie mit sauersüßer Freundlichkeit. „Wenn die Herrschaften Sie nicht von uns ausgesondert, sondern uns alle eingeladen hätten, so wäre dies höflicher gewesen, das muss ich schon sagen, aber vielleicht ist es hier so Sitte, und man muss Konzessionen machen; in Rom wie die Römer leben, wie das Sprichwort sagt. Doch dies auszusprechen, war nicht der Zweck meines Kommens."

„Nicht?", fragte Fiore gefasst. „Wollen Sie denn nicht Platz nehmen?"

„Gern", erwiderte Frau von Krähenhausen, und da sie sich beim Niedersetzen zurücklehnte, erlitt sie von der monumentalen Schnitzerei, die die Rücklehne des Sessels krönte, einen recht unsanften Stoß.

„Wenn diese Möbel mehr auf die Bequemlichkeit als auf die Zierde berechnet wären, so wäre das praktischer gewesen",

bemerkte sie, ihren Hinterkopf befühlend, indem sie Fiore dabei anklagend ansah. „Der Hausrat in diesem Palast verdirbt einem die ganze Freude daran, die im Übrigen eine mäßige ist."
Fiore kannte diesen grundsätzlichen Protest gegen alles, ‚was anders ist wie bei uns', und hatte gelernt, ihn schweigend zu übergehen. So kam Frau von Krähenhausen auf den eigentlichen Zweck ihres Kommens zu sprechen. Also, man wolle eine Gondelfahrt unternehmen, um dem ‚Außerordentlichen' den Canale Grande vorzustellen, und setzte voraus, dass Fiore mit von der Partie sein würde. Aber Fiore lehnte mit einer Lebhaftigkeit ab, die mehr deutlich als weise war. Sie sei müde, sie wolle das erste Beisammensein von Eltern und Sohn nicht stören, sie habe ein paar dringende Briefe zu schreiben, die noch mit der Abendpost fort müssten.

Frau von Krähenhausen lehnte den ersteren Grund als ‚unnatürlich für die Jugend' schlankweg ab und protestierte warm gegen den zweiten; schließlich aber musste sie sich mit dem dritten geschlagen geben, schluckte sichtlich mühsam eine Bemerkung darüber hinab, was Fiore eigentlich hätte stutzig machen müssen, und stand dann auf, um einen würdevollen Rückzug anzutreten.

An der Tür angelangt, drehte sie sich noch einmal um, lächelte ihr sauersüßestes Lächeln, das Fiore immer an eine Essigzwetschge erinnerte, und sagte mit schelmisch erhobenem Zeigefinger: „Ich möchte wirklich wissen, liebes Kind, ob Ihnen vorhin nicht die Ohren geklungen haben!"
Fiore, die sich eines solchen Vorgangs durchaus unbewusst war, gestand dies offen ein: „Aber warum sollten sie mir denn geklungen haben?"

„Sie haben eine Eroberung gemacht!", erwiderte Frau von Krähenhausen vertraulich. „Mein Wiwigenz hat die ganze Zeit über dermaßen von Ihnen geschwärmt, dass es mich fast eifersüchtig gemacht hat. Eifersüchtig natürlich nur im edelsten Sinne, denn eine Mutter muss ja immer darauf vorbereitet sein, das Herz ihres Sohnes einmal mit einer Fremden teilen zu müssen, und ich bin ja so dankbar, dass es in diesem Falle keine so ganz Fremde ist ..."
Sie hielt ein, um ihre Worte einwirken zu lassen, fiel dann der

auf die Attacke völlig Unvorbereiteten um den Hals und flötete in den süßesten Tönen: „Ach, mein liebes Kind, es ist der so seltene Fall der Liebe auf den ersten Blick! Solche Gefühle sind ja immer gegenseitige, nicht wahr?"

Fiore machte sich sanft, aber entschieden aus der Umklammerung los und trat einen Schritt zurück. Frau von Krähenhausen war ja bitter, giftig und sauer, wie sie gewöhnlich war, sicherlich keine Wonne, süß aber schien sie ihr absolut ungenießbar zu sein.

„Pardon, wenn ich widersprechen muss", sagte sie. „Ich habe Ihren Herrn Sohn nur wenige Minuten gesehen und kann nicht sagen, dass das entscheidend auf mich gewirkt hätte ..."

„Ah, mein Kind, ich verstehe das. Diese Gefühle schlummern noch ganz unbewusst in Ihrer Seele", behauptete Frau von Krähenhausen noch süßer als zuvor. „Ich will ja auch nicht darauf dringen, sie eingestanden zu hören. Lassen wir die Zeit ihr Werk vollenden. Wenn ein Mann von den hervorragenden Eigenschaften des Herzens, des Charakters und des Geistes wie *mein* Sohn jemanden erwählt, dann kann er ja unfehlbar sicher sein, die gleichen Gefühle zu erwecken! Welch glückliches Wesen sind Sie! Ich bin überwältigt von den Gefühlen, die Sie einem Mann wie meinem Wiwigenz einflößen konnten! Denken Sie an die strahlende Zukunft, der Sie an der Seite dieses Auserwählten entgegengehen, und lassen Sie sich den Blick nicht trüben durch den Gedanken an andere, wie zum Beispiel Ihr Vetter einer ist, von dem mein Sohn uns erzählte, dass er nur auf Geld und Gut sieht und bekannt dafür ist, dass er jedem Mädchen nachstellt, von dem er vermutet, dass es vermögend sein könnte. Er weiß ja natürlich, dass Ihre Pate Sie zur Erbin eingesetzt hat ..."

„Ich denke, gnädige Frau, wir brechen das Thema hier besser ab", fiel Fiore ein. „Ich will Sie von Ihrer Gondelfahrt nicht länger abhalten und wünsche Ihnen viel Vergnügen dazu!"

Frau von Krähenhausen hatte gesagt, was sie sagen wollte, und machte gute Miene zum bösen Spiel.

„Oh, ich begreife ja Ihre mädchenhafte Zurückhaltung, mit der Sie Ihre Herzensangelegenheiten selbst mir verschweigen möchten", sagte sie mit bewundernswerter Selbstüberwindung.

„Ich lasse Sie darum allein mit Ihren Mädchenträumen. – Auf Wiedersehen."

Und Fiore eine Kusshand zuwerfend, entfernte sie sich.

Fiores Gefühle machten sich, als sie allein war, zunächst in dem klassischen Ausspruch Luft: „Na, da schlägt's dreizehn!" Und dann sank sie auf ihren Stuhl zurück und lachte, lachte, dass ihr die Tränen über das Gesicht liefen, was nun zwar ihre ‚Mädchenträume' in Bezug auf den außerordentlichen Wiwigenz in ein eigentümliches und nicht gerade verheißungsvolles Licht setzte, dafür aber sehr für ihren Sinn für Humor sprach. Sie wollte sich dann eigentlich über diese Überrumpelung zu ärgern anfangen, weil sie sich sagte, dass Frau von Krähenhausen sie für törichter halten musste, als sie tatsächlich war, aber dazu kam sie nicht, weil die Komik der Sache die Oberhand behielt, was wiederum sehr für ihre geistigen Fähigkeiten sprach, besonders, da sie ohne Weiteres ihren Vormund wie seinen Sohn von der Mitwisserschaft an dieser Attacke freisprach.

‚Es fällt ihnen ja gar nicht ein, dazu geraten zu haben', dachte sie, sich die Augen trocknend. ‚Das war ein Staatsstreich, den Mutter ‚Wenn' ganz allein ausgeheckt hat. Der außerordentliche Wiwi hat mir einen ganz anständigen und vernünftigen Eindruck gemacht – was aber doch noch lange nicht hinreicht, um ihn zu heiraten. Mutter ‚Wenn' als Schwiegermutter ... Das müsste kein übles Vergnügen sein. Ich danke bestens!'

Durch dieses Erlebnis war ihr alle Lust zum Briefschreiben vergangen. Es ist wahr, sie hätte den Brief eigentlich schreiben müssen, aber sie konnte ihre Gedanken nicht auf den trockenen, geschäftlichen Inhalt lenken und sah sich nach einer anderen Beschäftigung um.

Ein vorgenommenes Buch verfehlte es ebenfalls sie zu fesseln. Und sich ihres Versprechens an Doktor Windmüller erinnernd, trat sie an das Paneel der Türfüllung zwischen der Stanza del' Brustoloni und dem Rosa Zimmer, dem der Genannte heute früh seine besondere Aufmerksamkeit gewidmet hatte. Und ahnungslos, dass der Weg durch diesen Zugang bereits von ihm gefunden worden war, begann sie den schon so oft unternommenen Versuch des Abklopfens. Sie tat das sehr vorsichtig, um sowohl die Malerei der Füllung als auch die geschnitzten und vergoldeten Ornamente nicht zu beschädigen.

Die Füllung war hier in zwei Felder eingeteilt, deren Rahmen schlanke Stäbe bildeten, die in den entsprechenden vier Ecken in graziösem Muschel- und Gitterwerk ausliefen, an den Längsseiten durch zierliche, an Schleifen hängende Fruchtkörbe unterbrochen wurden, deren leichte, kunstvolle Ausführung schon oft ihre Bewunderung erregt hatte. Sie legte ihre Finger auf das rechts von ihr befindliche Körbchen – die Schnitzerei war so plastisch, dass man meinen konnte, das niedliche Ding hinge wirklich angeknüpft an der Leiste und man brauchte es nur abzuheben, um es in den Händen halten zu können. Aber was war das? Mit einer unwillkürlichen Bewegung hatte Fiore das Ornament nach links geschoben, und dabei löste sich das Paneel von dem Türrahmen los und öffnete sich lautlos ein wenig wie eine Tür in der halben Höhe des Rahmens!

Mit einem leisen Ausruf der Überraschung machte Fiore die so zufällig entdeckte, innen gepolsterte Tür ein wenig weiter auf und erblickte die Wendeltreppe, die Windmüller heute früh hinabgestiegen war. Und nun kam die Neugierde über sie, wohin diese Treppe wohl führen mochte, und die unwiderstehliche Lust, die Entdeckungsreise darauf anzutreten. Ob die Stufen wohl sicher waren? Doch, sie sahen ganz solide aus, wenngleich sehr schmal und recht staubig. Finster war's auch in dem engen Raum, aber dagegen gab's ja ein Mittel.

Ohne zu zögern, zündete Fiore die Kerze auf ihrem Nachttisch an, und mit der begeisterten Vorstellung, dass so ein alter, geheimnisvoller Palast doch geradezu wonnig romantisch sei, fing sie an, die Wendeltreppe emporzusteigen. Sie kam ihr endlos vor, und ihrem Empfinden nach musste sie mindestens im Speicher, wenn nicht gar auf dem Dach münden. Und dann stand sie nach der letzten Windung vor einer gleichfalls gepolsterten Tür, deren hier sichtbarer Riegel sich federleicht öffnen ließ. Sie schob den Riegel im Feuer ihres Entdeckungseifers unbedenklich zurück und ... stand Auge in Auge vor Don Gian, der gerade aus einem seiner Zimmer ins andere gehen wollte.

„Fiore!", rief er in der ersten Überraschung höchst inkorrekt, aber – wovon das Herz voll ist, davon strömt der Mund über. Fiore selbst war so überrascht, dass sie das gar nicht beachtete.

„Himmlischer Vater! – Wo bin ich denn da hingeraten?", fragte sie halb lachend, halb entsetzt über diese plötzliche Begegnung.

„Oh, das ist nur meine Wohnung", belehrte er sie.

„Ihre Wohnung!", wiederholte sie erschreckt. „Ja, um Himmels willen, was müssen Sie von mir denken! Ich fand nämlich zufällig in der dicken Wand unten bei mir eine Tür in der Füllung zum Rosa Zimmer und diese Treppe da. – Und da fasste mich die Neugier, zu sehen, wohin sie führt. Aber Sie müssen nicht denken, dass ich ... dass ich hier herumspionieren wollte. Oh Gott, mir ist es ja so schrecklich peinlich, hier bei Ihnen eingedrungen zu sein! Verzeihen Sie mir, bitte! Ich trete natürlich sofort meinen Rückzug an. – Das ist ja eine ganz grässliche Sache, die ich da zuwege gebracht habe!"

Es ist nicht zu verwundern, dass Fiore in ihrer sehr natürlichen Verwirrung und wirklichen Bestürzung über ihr unbeabsichtigtes Erscheinen in diesen Räumen in ihrer Hast die erste Stufe der ohnehin schmalen Wendeltreppe verfehlte und fast gestürzt wäre. Es ist noch weniger verwunderlich, dass Don Gian, die Gefahr sehend, Fiore auffing und sie damit vor einem fatalen Unglücksfall bewahrte. Das hätte an seiner Stelle natürlich ein jeder getan, der auch nur einen Funken von Geistesgegenwart und Menschlichkeit besaß; nach seiner Unterhaltung aber, die er am Morgen dieses Tages mit seiner Großmutter hatte, kann es jedoch auch keinen Menschen von Einsicht wundern, dass er Fiore nicht gleich wieder losließ, nachdem er den drohenden Sturz aufgehalten hatte. Der Raum war eng, sehr eng sogar, die Lage eine entschieden unbequeme auf der leiterartigen Wendeltreppe, aber die Gelegenheit war äußerst günstig, und wer sie unbenutzt vorübergehen ließe, wäre ein Tor, der das Salz auf seinem Brot nicht verdient.

Man konnte nun von Don Gian nicht eben behaupten, dass er ein Genie war, ein Tor aber war er sicher nicht. Das hätte sein bitterster Feind ihm nicht vorwerfen können. Und er bewies es in dieser Stunde zwischen der bewussten dicken Mauer der Ca'Terraferma. Nicht, dass er bei dieser Gelegenheit gerade originell gewesen wäre; er sagte eigentlich nichts weiter als nur ganz leise: „Fiore ..."

Fiore schien diesen Mangel an Ausdrucksfähigkeit ansprechender zu finden, als wenn Don Gian ihr einen wohl gesetzten Spruch aufgesagt hätte; um korrekt zu sein, muss gesagt werden, dass er sich so einen Spruch schon gründlich überlegt hatte. Aber angesichts des Unerwarteten vergaß er ebenso gründlich, was er eigentlich hatte sagen wollen, und das sprach wieder Bände für ihn und die Echtheit seiner Gefühle. Fiore empfand das ebenfalls mit dem feinen Instinkt des Herzens, der sich in solchen Fällen kaum irrt. Und sie empfand auch, dass er sie in den Armen hielt wie ein Heiligtum, und machte keinerlei Versuch, sich zu befreien, was ja auch räumlich schwer zu bewerkstelligen gewesen wäre. Sie legte einfach nur ihre Arme um seinen Nacken und sah ihm in die Augen.

„Ja, Gian", sagte sie nur leise. „Es hat wohl alles so kommen müssen, wie's gekommen ist ..."

„Ach, Fiore, du weißt nicht einmal, wie's gekommen ist", meinte er ausatmend. „Es ist ja ein reines Wunder, dass ich dich finden musste. Und nun gar noch in diesem Loch! – Gesegnet sei es, dieses Loch, denn es ist doch wenigstens neutraler Boden zwischen den Etagen!"

Jetzt musste Fiore aber doch lachen.

„Und was für ein Boden!", sagte sie. „Ein Fuß oben, der andere unten – nie im Leben hätte ich vermutet, dass ich jemals mit jemandem in solch einem Loch ... Gian, versprichst du mir jetzt hoch und heilig, dass du nie, niemals und keiner einzigen Seele jemals verraten wirst, wann, wo und wie wir uns gefunden haben?"

Don Gian hätte in dieser seligen Stunde noch ganz andere Dinge heilig versprochen. Er kannte außerdem die Welt im Allgemeinen und seine engere Welt im Besonderen und wusste, dass sie nicht leicht an Zufälligkeiten glaubt. Auch er selbst glaubte ja nicht an den Zufall, sondern war fest davon überzeugt, dass eine gütige Vorsehung das Glück seines Lebens auf demselben Weg zu ihm geleitet hatte, auf dem vor wenigen Tagen erst ein böses Verhängnis zu ihm emporgestiegen war, das sein Leben vernichten wollte.

‚Ich werde diese Treppe vergolden lassen', gelobte er sich mit einem heißen Dankgefühl im Herzen, und doch schien sie ihm, so wie sie eben war, schon aus purem Gold zu sein ...

Irgendein Geräusch – ob von oben, ob von unten, blieb unentschieden – erschreckte das selige Paar und trieb es in seine korrekten Räume zurück, die ihr Geheimnis so trefflich wahrenden Paneele schlossen sich unten wie oben.

Doktor Windmüller ahnte noch nichts von dem Geheimnis des Paneels zwischen dem Rosa Zimmer und der Stanza del' Brustoloni, als er kurz darauf bei Fiore vorsprach, um sie in sein Vorhaben einzuweihen.

Sie kam sich ein wenig beschämt vor, wie sie so ruhig und ohne auch nur den kleinsten Wink zu erteilen, daneben stand und zusah, wie Windmüller die Stelle suchte, an der das Paneel sich öffnen ließ. Allerdings hielt er sich nicht lange damit auf, da es darauf nun nicht mehr ankam, sondern er nur der eigenen Neugier wegen noch einen Versuch machte.

„Wir werden schon noch dahinterkommen, wenn nicht von dieser, dann von der anderen Seite", sagte er nach kurzer Prüfung. „Warum ich eigentlich kam, ist die Bitte, heute Nacht hier Wache halten zu dürfen. Es wäre nämlich nicht unmöglich, dass Ihre ungebetene Besucherin der vergangenen Nacht noch einmal den uns unbekannten Weg in das Rosa Zimmer betritt, und ich würde die Dame gern dabei ertappen. Ich stehe unter dem Siegel des Dienstgeheimnisses und darf Ihnen keine nähere Aufklärung über die Angelegenheit geben, Komtesschen. Ich bin mir also bewusst, dass ich mit meiner sonderbaren Zumutung ganz von Ihrem guten Willen abhänge."

„Verfügen Sie vollständig über mich, denn ich möchte die Angelegenheiten des Hauses Terraferma ganz zu den meinen machen", versicherte Fiore mit glühenden Wangen. Windmüller horchte auf, sah sie prüfend an und schmunzelte.

„Umso besser", sagte er befriedigt. „Wir wollen aber nicht weiter darüber reden, damit mein nächtliches Eindringen bei Ihnen nicht als Übergriff betrachtet und mein Plan vereitelt wird. Wenn alles zur Ruhe gegangen ist, haben Sie dann vielleicht die

Güte, mich in den Saal neben dem Rosa Zimmer einzulassen. Ich kann von dort durch die herabgelassene Portiere die Tür gegenüber beobachten und schlage vor, dass Sie sich scheinbar, wie gewöhnlich, zur Ruhe begeben. Ist es so recht?"

„Vollständig", stimmte Fiore zu. „Weiß Gi ... weiß der Marchese von Ihrem Vorhaben?"

„Hm", machte Windmüller. „Er weiß es nicht, aber ich meine, dass er eingeweiht werden sollte. Wäre es Ihnen unangenehm, wenn ich ihn als Helfer im Hintergrund hielte?"

„Oh, gar nicht", erwiderte Fiore mit Nachdruck.

„Sie sind das vernünftigste ‚weibliche Frauenzimmer', das mir je begegnet ist", lachte Windmüller. „Erlauben Sie mir, den Propheten spielen zu dürfen, indem ich Ihnen weissage, dass Sie einmal eine ideale Diplomatenfrau abgeben werden."

„Das ist eine billige Prophezeiung", rief Fiore im gleichen Tone. „Nachdem ich mich eben mit ‚Gian' gründlich verplappert habe, ist die ganze Wahrsagerei überhaupt nichts wert."

„Bin ich etwa der Erste, der Ihnen Glück wünschen darf?", fragte er herzlich.

„Ich freue mich, dass Sie's sind. Aber es ist sonst ein Geheimnis, das noch keine Stunde alt ist", entgegnete sie.

„Geheimnisse sind meine Spezialität", meinte er, „nur ist's mein Beruf, sie zu enthüllen. In diesem Falle aber werde ich geduldig warten, bis ich mich ungehindert freuen darf, und werde also heute Nacht mit doppelter Wichtigkeit die Anstandsdame beziehungsweise den Anstandsonkel spielen. Sie können dabei ganz beruhigt sein, denn ich habe Übung in dieser Rolle."

Im Grunde war's Windmüller aber viel weniger scherzhaft zumute, als er es ausdrückte, denn er war gar nicht so sicher, dass sein Plan zu irgendeinem Erfolg führen würde; es war sogar zehn gegen eins zu wetten, dass Donna Xenia das Rosa Zimmer meiden würde, nun da sie wusste, dass es bewohnt war; aber Windmüller war entschlossen, diesen Versuch zu wagen, den er darauf gründete, dass die Principessa offenbar in ihrem ehemaligen Logis etwas suchen wollte, zum mindesten aber irgend einen Zweck mit ihrem wiederholten Auftauchen erfüllen musste. Was für ein Zweck dies auch war; die Hauptsache blieb, sie festzusetzen und sie damit ihrer Selbstgefangenschaft zu entreißen, in der sie sich ja nur unter dem Zwang einer unerhörten Furcht vor – ja, vor was und vor wem eigentlich? – befinden musste ...

XVI.

Auf Fiore legte sich, als Windmüller sie verlassen hatte, um Don Gian aufzusuchen, plötzlich wie ein Alp das Bewusstsein, dass sie den Abend in Gesellschaft der Krähenhausens zuzubringen hatte, und sie zerbrach sich den Kopf nach einer Entschuldigung, um diesem entbehrlichen Genuss zu entkommen. Kopfschmerzen vorschützen? Sie sah in den Spiegel und musste lachen, als ihr daraus ihr blühendes Gesicht, ihre hellen Augen entgegenblickten. Und Frau von Krähenhausen würde sicher kommen, sich von der Wahrheit der Entschuldigung zu überzeugen, sie würde natürlich nicht ein Wort davon glauben und wieder von ihrem Wiwigenz zu reden anfangen.

‚Es ist grässlich, aber ich werde mich einfach ins Bett legen müssen', dachte sie betrübt. ‚Was will ich denn sonst machen? Ich kann es doch nicht riskieren, dass der außerordentliche Wiwigenz auf allerhöchsten Befehl seiner Frau Mutter anfängt, mir den Hof zu machen! – Wie spät ist es jetzt? Erst fünf Uhr? Dann habe ich ja noch eine Gnadenfrist, denn so bald wird ja wohl das Trio Kumm, Wenn und Kich noch nicht heimkehren.'

Fiore Meldeck war ein Sonntagskind und hatte in ihren härtesten Bedrängnissen immer Glück gehabt. Sie war sich kaum der ihr geschenkten Gnadenfrist bewusst geworden, als ein Diener erschien und ihr den Besuch der Marchesa meldete. Überrascht über diese Auszeichnung von Seiten der alten Dame ging sie ihr durch den Saal entgegen und führte sie in die Stanza del' Brustoloni. Kaum hatte der feierlich folgende Diener die Tür hinter ihnen geschlossen, als die Marchesa sie zärtlich und bewegt in die Arme schloss.

„Welch frohe Botschaft hat Gian mir eben gebracht! Weißt du, dass deine Mutter meine Tochter hätte werden sollen? Ich habe sie geliebt wie mein eigenes Kind und habe sie so ungern hergegeben. Und nun bist du meines Enkels Braut geworden!

Ich hab's oben nicht ausgehalten und musste kommen, dich ans Herz zu drücken!"
Fiore schlang wortlos ihre schlanken Arme um den Hals der alten Dame.

„Jetzt habe ich wieder ein Zuhause", flüsterte sie selig.

Und dann saßen die beiden, die Alte und die Junge, zusammen und plauderten, bis dann Loredana, gefolgt von Don Gian, hereingestürmt kam, voll von der großen Neuigkeit, um die neue Schwägerin zu umarmen. Dem glücklichen Quartett verflog die Zeit wie auf Flügeln, bis mit einem Mal die scharfe Stimme von Frau von Krähenhausen, die mit ihren Herren zurückgekehrt war, sozusagen die Stunde schlug.

„Die hatte ich ja ganz vergessen!", rief Fiore mit komischem Schrecken.

„Ich auch!", gestand Don Gian lachend. „Besonders aber hatte ich vergessen, dass ich ja bei Herrn von Krähenhausen feierlich um deine Hand anhalten muss. Soll ich's gleich tun?"

„Ich weiß nicht", meinte Fiore zweifelnd. „Mein Vormund lebt in Krähwinkel und erwartet einen solchen feierlichen Akt sicher mittags um Zwölf in Frack, weißer Binde, weißen Handschuhen und Zylinder, ein Blumenbukett in der Hand. So hab' ich's wenigstens in Krähwinkel gesehen und als ich darüber lachte, bin ich mit erhobenem Zeigefinger darüber belehrt worden, dass es sich so für einen Heiratskandidaten schickt."

„Da wir aber nicht im ehrwürdigen Krähwinkel, sondern bloß in Venedig sind ..."

„Kinder, diese Leute sind so lächerlich kleinstädtisch, es ist wahr", fiel die Marchesa ein. „Aber wir verdanken ihnen unsere Fiore. Hätten sie bei uns nicht gemietet, so hätten wir dich, mein liebes Töchterchen, nicht kennengelernt."

Fiore stutzte, öffnete die Lippen, um etwas zu sagen, besann sich aber eines anderen und meinte stattdessen: „Wir werden aber die ersten und letzten Mieter sein, die im Palazzo Terraferma eingezogen sind, nicht wahr, Gian?"
Der Marchese seufzte ein wenig und antwortete nicht gleich.

„Wenn's nach mir ginge – gewiss", sagte er dann zögernd. „Aber es geht leider nicht nur nach uns, sondern nach den Umständen. Ich bin durch Abtragung von Schulden meines Bruders und seiner Frau gezwungen, zur Vermietung zu greifen, wenn ich meine Laufbahn nicht aufgeben will. Es wird mir schwer, darüber zu sprechen, aber schließlich bin ich es dir doch schuldig, reinen Wein über meine Verhältnisse einzuschenken, Fiore. Ich kann dir einen alten, in Venedigs Geschichte berühmten Namen bieten, aber an irdischen Gütern eben nur, was knapp zum standesgemäßen Leben reicht ..."

„Als ob ich danach fragen würde!", fiel Fiore lebhaft ein. „Nein, nein! Der Palazzo Terraferma soll und darf keine Mieter mehr sehen, denn ich komme ja nicht mit leeren Händen, und ich hoffe, du wirst nicht zu stolz sein, um anzunehmen, was ich mitbringe, sondern es als das Deine betrachten. Was sollte ich allein wohl auch mit dem vielen Geld anfangen?", schloss sie lachend.

„Fiore, was redest du da?", rief die Marchesa erstaunt. „Ich meine doch, gehört zu haben, dass du, wie die gute Candiani sich ausdrückte, ‚nichts hast'."

„Habt ihr das gehört?", fragte Fiore mit einem glücklichen Lächeln. „Wie schön! Ich meine, wie schön für mich, dass ihr alle mich ja trotzdem aufgenommen und als die Eure begrüßt habt, als wäre ich des seligen Krösus einzige Erbin. Oh, ihr wisst nicht, was ihr mir damit schenkt: Das Bewusstsein, dass ihr mich um meiner selbst willen liebt, nur weil Gian mich gewählt hat! Nun, des seligen Krösus Erbin bin ich zwar nicht, aber die meiner Patin, die mich bei sich aufnahm, als Papa starb, und weil er ihre Jugendliebe war, so hat sie mir alles hinterlassen, was sie besessen hat. Ich dachte selbst niemals, dass es viel sein könnte, denn sie lebte so einfach und sah, wie's mein Vetter Fritz Meldeck sehr geschmackvoll ausdrückte, wirklich wie eine ‚alte Vogelscheuche' aus. Aber originell wie sie war – sie hatte ein goldenes Herz und hat mir mehr als ihre paar Millionen hinterlassen; das Andenken an ihre herzliche Liebe. Und was nun die Krähenhausens betrifft; sie hatten ‚keinen Platz' für mich, als Papa starb und Vater Kumm mir zum Vormund bestimmte. Nachdem aber meine Patin heimgegangen war und es etwas zu verwalten gab, da hatten sie auf einmal Platz und schlugen mich breit, zu ihnen zu ziehen, und inzwischen ..."

„Inzwischen bist du unsere Mieterin!", fiel Donna Loredana fröhlich ein.

„Eigentlich ja, aber uneigentlich habe ich's für höflicher gefunden, den Krähenhausens damit den Vortritt einzuräumen."

„Darum also!", rief die Marchesa und fügte lächelnd hinzu: „Es wird ein schwerer Schlag für Gina Candiani sein, wenn sie erfährt, dass sie einmal in ihrem Leben etwas nicht gewusst hat, was ihre lieben Nächsten angeht!"

„Ich bin auch sehr froh, dass ich's nicht gewusst habe", erklärte Don Gian, „obwohl ich mir schon Vorwürfe gemacht habe, dich in meine Sorgen hereingezogen zu haben, Fiore."

„Tugend wird belohnt", rief Donna Loredana. „Es hätte uns eigentlich stutzig machen können, dass Fiore ‚mit nichts' Kleider von Paquin trägt, und wir dachten, dass Frau von Krähenhausen solch eine offene Hand hat ..."

Ein Klopfen an der Tür unterbrach dieses Geständnis, das Fiore köstlich amüsierte, und auf ihr ‚Herein' erschien Herr von Krähenhausen in dem Zimmer.

„Kumm!", machte er einleitend. „Pardon, ich dachte, mein Mündel wäre allein. Äh, ich küsse Eurer Exzellenz die Hand. – Donna Loredana – Herr Marchese – ich grüße Sie! – Kumm! Bin sehr erfreut, die Herrschaften hier vorzufinden – die reine Familienpartie sozusagen!"

„In der Tat", nahm die Marchesa das Wort. „Es ist eine Familienpartie im wahren Sinne des Wortes, denn mein Enkelsohn hat sich eben mit Komtesse Meldeck verlobt und hatte die Absicht, sobald als möglich bei Ihnen offiziell um ihre Hand anzuhalten."

„Verlobt?", rief der alte Herr. „Gratuliere! Gratuliere herzlichst!", setzte er strahlend hinzu, besann sich dann aber und kriegte einen sichtlichen Schreck. „Ich freue mich natürlich", stotterte er, „außerordentlich sozusagen, aber ich weiß doch nicht, ob meine Frau – ich werde gleich gehen, es ihr zu sagen. – Oder wollen Sie lieber selbst, Herr Marchese – es wäre in der Tat besser, wenn Sie selbst ..."

„Natürlich werden wir es Frau von Krähenhausen anzeigen", fiel Fiore ein. „Die Hauptsache ist doch aber, dass *Sie* sich freuen und zustimmen, da Sie ja doch der Vormund sind."

„Kumm!", machte Herr von Krähenhausen betreten. „Ich hätte es wohl nicht gleich sagen sollen – meine liebe Frau und ich pflegen alle Angelegenheiten immer gemeinsam zu beraten – wir wollen es überlegen. Jawohl, wir wollen es überlegen."

„Gewiss – überlegen Sie nur! Aber an der Tatsache kann es ja nichts mehr ändern, dass Sie Ihre herzlichste Zustimmung gegeben haben", sagte die Marchesa, der der arme Pantoffelheld leidtat. „Ich danke Ihnen in unser aller Namen dafür und bin glücklich, dass Sie an unserer Freude teilnehmen. Ja, wenn man ein so reizendes Mündel hat, muss man doch darauf gefasst sein, sie irgendwann einem anderen abtreten zu müssen."

„Kumm! – Kumm!", machte Herr von Krähenhausen mit einem Blick auf die Tür. „Ich freue mich wirklich von Herzen", setzte er dann energisch hinzu. „Fiore ist ein so liebes Mädchen – ja, ja, Fiore, das sind Sie! Und dass Sie gut gewählt haben, dafür bürgt mir Ihr ganzer solider, höchst solider Charakter. Das sage ich unabhängig von den Ansichten meiner lieben Frau – wohlgemerkt. – Ich wollte, sie wüsste es schon", schloss er mit einem tiefen Seufzer.

Fiore ist heute noch eine junge Frau und hat nach menschlichem Ermessen noch ein langes Leben vor sich. Sollte sie aber hundert Jahre alt werden, so wird sie sich selbst dann nicht erinnern können, jemals einen ungemütlicheren Abend verlebt zu haben als den ihres Verlobungstages im Kreise der Familie von Krähenhausen. Vater ‚Kumm' wollte ja gern harmonisch sein, wagte es aber nicht. Mutter ‚Wenn' war ausfallend, spitz und bitter. Und nur der ‚Außerordentliche' vermochte es, eine gewisse Harmlosigkeit in den kleinen Kreis zu bringen, wofür Fiore ihm dankbar war und ihm dafür im Stillen die Krone seiner Sippe zugestand, während sie diejenige nicht unbedingt beneidete, der er dereinst diese Schwiegermutter zumuten würde. Ohne diese ihm anhängende Plage wäre er wirklich gar nicht einmal so übel gewesen, dieser Wiwigenz.

Fiore war jedenfalls seelenfroh, als sie sich endlich in ihre Zimmer zurückziehen konnte, und doch hatte sie dort noch lange zu warten, ehe sie annehmen konnte, dass im Haus alles zur Ruhe gegangen war. Sie hatte sich mit Hilfe der Kammerjungfer zum Schlafen vorbereitet und sie dann entlassen und empfand es heute als günstig, dass dieser dienende Geist sein Zimmer in dem von den Krähenhausens bewohnten Flügel jenseits des Saales hatte. Als sie dann allein war, zog sie sich wieder an, verschloss alle Türen und wartete nun in Gesellschaft ihrer jungen Glücksträume, wodurch die Zeit rascher verging, als es sonst wohl der Fall gewesen wäre, der Dinge, die da kommen sollten.

Es war nach elf Uhr, als es endlich leise an die Tür des Salons klopfte. Sie öffnete ebenso leise und ließ Windmüller, gefolgt von Don Gian, ein, wonach ersterer die Tür wieder verriegelte und sofort das elektrische Licht abdrehte, das Fiore während der Zeit des Wartens brennen gelassen hatte, während er gleichzeitig durch eine stumme Geste Schweigen empfahl. Fiore schlüpfte demgemäß auch durch die herabgelassene Portiere in das Rosa Zimmer, legte sich dort, wie sie war, auf das Bett und wartete ruhig, aber wachsam, indem sie dem Mondlicht zusah, das durch das offene Fenster schräg ins Zimmer fiel und dem rosa Silberbrokat der Tapeten und Vorhänge einen goldenen Schein gab.

Windmüller hatte Don Gian im Nebenzimmer seinen Platz angewiesen und selbst so vor der Tür Posten bezogen, dass er das Rosa Zimmer und durch dessen offenstehende Tür die Stanza del' Brustoloni gut einsehen konnte. Ihm machte das bewegungslose Ausharren auf einer Stelle nichts aus, er hatte es in wesentlich unbequemeren Lagen in seinem Beruf oft praktizieren müssen, während Don Gian, als die Zeit voran schritt, immer wieder die Stellung änderte.

Es schlug Mitternacht vom nahen Turm von San Polo, andere fernere Glocken stimmten ein, und wieder wurde es totenstill, kaum, dass noch eine verspätete Barke mit leisem Ruderschlag an der Mündung des Sackkanals vorüberglitt oder man von ferne Schritte über die Eisenbrücke an der Westseite des Palastes klappern hörte.

Und wieder schlugen die Glocken und kündeten die erste Morgenstunde. Der Mond war hinter dem Palast verschwunden, aber die Nacht so hell, dass man die Gegenstände in den Zimmern deutlich erkennen konnte, denn die Fensterläden waren auch in der Stanza del' Brustoloni nicht geschlossen worden, nur die in dem Salon, in dem die Herren saßen, so dass dort deren Anwesenheit nicht zu erkennen gewesen wäre.

,Vergebliches Warten!', dachte Don Gian, sich wieder einmal streckend, indem er sich wunderte, wie Windmüller es fertigbringen konnte, so unbeweglich zu verharren. Dieser aber gab die Sache noch nicht auf. Zwar hatte auch er keine große Hoffnung, Donna Xenia erscheinen zu sehen, aber die Möglichkeit war eben noch nicht ausgeschlossen. Drinnen im Rosa Zimmer rührte sich nichts. Es war dort so still, dass Windmüller dachte, Fiore müsse wohl eingeschlafen sein. Um die Ecke der Türöffnung lugend, sah er sie auf der rechten Seite, den Arm unter dem Kopf, auf dem Bett liegen, aber er konnte nicht erkennen, ob sie die Augen geschlossen hatte.

Doch nein, sie schlief nicht. Er sah, wie sie sich leise aufrichtete und zur offenen Tür hinsah. Hatte sie etwas gehört, das ihm entgangen war? Gespannt beobachtete er Fiore, ohne darum die Tür aus den Augen zu verlieren, denn es war offenbar, dass das junge Mädchen etwas hörte, es schien fast, als ob sie auch etwas sah. Und doch – es war nichts zu sehen und zu hören!

Windmüllers Gehör und seine Augen waren schon mit denen eines Luchses verglichen worden, er konnte sich jedenfalls darauf verlassen. Zwar war es jetzt wesentlich dunkler geworden, weil der Mond nicht mehr in die Fenster herein schien, aber er stand doch noch hoch genug am Himmel, dass man eine Person, die sich in Tür und Zimmer bewegte, zweifellos zu sehen vermocht hätte, wie er es auch sehen konnte, dass Fiore, das Profil zu der Tür gerichtet, jetzt lautlos vom Bett herabglitt, daneben stehenblieb und dann mit ein paar raschen Schritten, die der weiche Teppich völlig dämpfte, vor den Türrahmen trat.

„Was wollen Sie hier, Madame?", hörte er sie laut und klar fragen. „Wie kommen Sie hier herein? Das Zimmer ist, wie Sie sehen, bewohnt."

Mit ein paar Schritten stand Windmüller nun neben Fiore.

„Mit wem reden Sie, Komtesse? Wo ist ..."

Fiore legte ihre eiskalte Hand auf die seine und sah ihn mit großen, weitgeöffneten Augen an, in denen er in dem herrschenden unsicheren Licht einen eigenartigen Glanz sah.

„Sie ist wieder fort", sagte sie mit gedämpfter Stimme. „Sie stand hier, genau vor mir – es war wie ein Licht, wie ein leuchtender, grünlicher Nebel um sie. – Sie müssen sie doch auch gesehen haben!"

Windmüller schüttelte den Kopf, aber er widersprach nicht.

„Wo ist sie hingegangen?", fragte er nur.

„Ja, sahen Sie es denn nicht?", erwiderte Fiore erstaunt. „Durch die Türfüllung hier rechts. Sie ging genau auf wie jene andere links – auf und zu, während ich sie anredete. Machen Sie Licht, und ich werde es Ihnen zeigen! Ich dachte, Sie wären hinter dem Türrahmen und passten auf."

Windmüller drehte sich um und machte Don Gian ein Zeichen, die schweren Vorhänge an den Fenstern des Rosa Zimmers zuzuziehen, während er selbst es in der Stanza del' Brustoloni tat. Dann erst drehte er das elektrische Licht an.

„Nun zeigen Sie uns, wo Donna Xenia das Zimmer verlassen hat, Komtesschen", sagte er zu Fiore, die unbeweglich auf derselben Stelle geblieben war. Gleichzeitig machte er eine Geste zu Don Gian, der hinter seine Braut getreten war, um ihn daran zu hindern, auszusprechen, was ihm auf den Lippen lag.

„Hier", erwiderte Fiore mit derselben selbstverständlichen Sicherheit, mit der sie bisher gesprochen hatte, indem sie auf das mit der entgegengesetzten Seite korrespondierende Ornament des Blumenkörbchens auf dem Paneel zeigte. „Hier", wiederholte sie, das zierliche, vergoldete Schnitzwerk zurückschiebend, und wie links, so öffnete sich auch rechts nun das Paneel, lautlos und ohne jede Schwierigkeit, nur dass es nicht wie dort eine Wendeltreppe enthüllte, sondern einen schmalen Gang.

„Da ist sie hineingegangen", wiederholte Fiore. „Riechen Sie nicht den Gardenienduft? Und das ... das andere? Oh, diese Gardenien – sie machen mich schwindelig ..."

Und in der Tat griff Fiore um sich, als ob sie eine Stütze suchte, die sie in Don Gian auch fand. Windmüller nahm sie ihm aber aus den Armen und trug sie mehr, als er sie führte, zu dem Bett.

„Legen Sie sich hin, Komtesschen, und sehen Sie zu, dass Sie schlafen können", sagte er, ihr wie einem Kinde zuredend. „Sie sind übermüdet. Don Gian und ich, werden schon allein das andere besorgen."

Fiore streckte sich ohne Widerstreben auf dem Bett aus, schloss die Augen, und ehe Windmüller noch die Decke über sie ausgebreitet hatte, zeigten ihre ruhigen Atemzüge, dass sie sofort wie ein müdes Kind eingeschlafen war.

„Ist sie krank?", flüsterte Don Gian besorgt.

„Nein, nur geistig erschöpft", entgegnete Windmüller ebenso. „Und, um es gleich zu sagen: Ich habe nicht gesehen, was Komtesse Meldeck sah; Donna Xenia! Ich habe jede Bewegung Ihrer Braut verfolgt und hätte sehen müssen, was sie zu sehen meinte. Oder wirklich gesehen hat? Haben Sie die Gardenien gerochen? Nein. Ich auch nicht. Trotzdem aber ... Doch davon später. Lassen Sie uns nun auf Entdeckungsreise zwischen diesen Mauern gehen."

„Aber ich verstehe nicht ..."

„Nein, natürlich nicht. Und doch gibt es tatsächlich mehr Dinge zwischen Himmel und Erde, als ... Sie kennen ja den abgedroschenen Spruch", erwiderte Windmüller, indem er eine kleine Azetylenlampe aus der Tasche zog, sie entzündete und damit in den Gang hineinleuchtete.

Er war nicht lang, dieser Gang, nur wenige Schritte, und er führte zu einer kurzen Treppe von vier gemauerten Stufen, die wiederum auf einer Art von hölzerner Plattform endeten, von der abermals eine Flucht von Stufen sich im Dunkel verlor.

„Dort funkelt etwas", flüsterte Don Gian, auf einen Gegenstand deutend, der auf diesen Stufen lag. „Es sieht aus wie der goldbronzene Bügel einer Handtasche, einer modernen Handtasche ..."

Damit bückte er sich unter Windmüllers Arm hindurch, der die Laterne hielt, und wollte auf den an diesem verborgenen Ort so fremdartig anmutenden Gegenstand zueilen, als ihn – noch ehe er die erste der vier Stufen, die zu der Plattform führten, betreten hatte – Windmüllers Arm packte und mit eiserner Kraft zurückhielt.

„Zurück, Mann! Sie rennen ja in den sicheren Tod!", keuchte er in höchster Erregung. „Sehen Sie – hier!", fuhr er fort, ohne Don Gian loszulassen, indem er zu seinen Füßen dicht am Eingang auf einen eisernen Ring zeigte, der an einer dünnen

Kette befestigt war, die an der Wand entlang neben den vier Stufen bis zu der Plattform lief. „Gottlob, dass ich den Mechanismus gleich erkannte ...!"

„Was ist damit? Es sind zwei aneinandergefügte Dielen, wie ich sehe", sagte Don Gian verwundert.

„Es ist eine Trappola, eine Falltür", erwiderte Windmüller grimmig, indem er sich mit der Hand, die die Laterne hielt, über die Stirn fuhr, auf der dicke Schweißperlen standen. „Mit einem Wort, die Oubliette, von der im Palazzo Terraferma die Sage ging. Die Sage ist eine grausige Wirklichkeit, und der erste Schritt auf die Plattform hätte Sie in den sicheren Tod befördert. Hinter dem Letzten, oder vielmehr dem Vorletzten, der diesen Schritt tat, ist vergessen worden, die Trappola zu schließen. Sehen Sie – so!" Und, sich bückend, zog er an dem Ring die Kette zurück und streifte ihn über einen Haken, der sich dicht neben dem Eingang unten an der Wand befand. „So", sagte er, sich aufrichtend, „nun ist unterhalb der Plattform der Riegel vorgeschoben, nun dürfen wir beide mit Sicherheit darauf treten. Ich kenne diesen Mechanismus, habe ihn in einem Kastell bei Rom gesehen; zu Ihrem Glück, mein Bester."
Nun musste sich Gian den Schweiß von der Stirn wischen.

„Wer hätte das hier für möglich gehalten!", murmelte er mit einem Blick des Abscheus auf die trügerische Plattform.

„Es wird nicht die einzige Trappola in dieser Stadt sein, wo man unbequeme Mitbürger der Vergessenheit übergab – daher der Name Oubliette, von oublier, vergessen", entgegnete Windmüller, indem er einen Schritt vorwärts machte.

„Was sagten Sie eben? Dass man vergessen hätte, die Trappola hinter dem ... Vorletzten zu schließen? Warum hinter dem Vorletzten?", fragte Don Gian stockend, indem er Windmüller zurückhielt. Der wendete sich um und sah ihn ernst an.

„Weil die letzte, die ahnungslos diesen Weg nahm, keine andere gewesen sein dürfte als Donna Xenia."

„Oh Gott!", schrie Don Gian auf – so laut, dass Windmüller ihm die Hand auf den Mund legte und durch den Eingang zurücklauschte, ob Fiore von dem Ausruf nicht erwacht war.

„Es ist ja ganz klar", sagte er dann, als drinnen im Rosa Zimmer sich nichts rührte. „Sie kannte den Weg und wollte ihn als Ausgang benutzen, um den Palast darauf zu verlassen. Wir werden diesen Ausgang jetzt finden. Sie kannte den Weg, aber nicht die Oubliette. Als sie darauf trat, hat die Falltür sich geöffnet und sich dann für immer über ihr wieder geschlossen. In dem Augenblick des Sturzes aber ist ihr durch das plötzliche Weichen des Bodens unter ihr die Tasche dort aus der Hand geschleudert worden, um als Indiz für den grausigen Vorgang auf die Stunde der Entdeckung zu warten. Und das Instrument dazu war ... Ihre Braut, Herr Marchese, mit ihrer Gabe, mehr zu sehen als andere Sterbliche. Sie werden danach wohl auch verlernen, von einem Zufall zu reden, dem Zufall, der dieses Mädchen in Ihr Haus geführt hat, um nicht nur das Glück Ihres Lebens zu werden, sondern auch den letzten und besten Beweis für Ihre Schuldlosigkeit bei dem Verlust des bewussten Dokuments zu führen, das, wenn ich mich nicht täusche, dort in der Handtasche steckt."

Tief erschüttert folgte Don Gian dem Doktor, der mit erhobener Lampe nun auf die Plattform und von dieser auf die sich im Dunkel verlierende Treppe trat und die elegante Tasche aus Juchtenleder aufhob. Ein paar Stufen herabtretend, stellte er die Lampe auf die Falltür, die unter den Schritten der Darauftretenden leicht bebte. Don Gian zum Vorbeigehen Platz machend, öffnete er den nur durch eine Schiebevorrichtung verschlossenen Bügel und nahm einen versiegelten Umschlag heraus, den der Marchese auf den ersten Blick erkannte.

„Die Siegel sind unverletzt", bemerkte Windmüller, indem er Don Gian den Umschlag übergab. „Wir nehmen die Tasche natürlich mit uns hinauf. Sie enthält, soviel ich sehe, nur noch ein Taschentuch, ein Portemonnaie – hier die Rückfahrkarte für Rom und – ja, was ist denn das? Ein vergilbtes, gerolltes Pergament? Wahrhaftig, da haben Sie's. Es ist der Plan für das Geheimnis dieser dicken Mauer, die mir so viel Kopfzerbrechen gemacht hatte, ihr Grund- und Aufriss – und hier am Fußende ist eine Tür, die auf den Kanal hinausführt. – Donna Loredana wird ihn vergeblich suchen, diesen Plan. Sehen Sie, die Falltür und die Kette sind darin säuberlich eingezeichnet und mit Schattenstrichen der tiefe, durch den Rost, auf dem der Palast ruht, hinabgehende Schacht. Sie muss ihn übersehen oder nicht gewusst haben, was er bedeutet. Nun, eine Antwort auf dieses Entweder-Oder werden wir nicht mehr bekommen. – Lassen Sie uns nachsehen, wo diese Treppe mündet, wo sich diese Tür zum Kanal sich befindet, die von außen nicht zu sehen ist."

Die Treppe machte hinter der Falltür eine Biegung und mündete unten in einen ziemlich breiten Gang, der vor einer mit Holz verkleideten, mannshohen Tür endete. Sie war mit zwei eisernen Riegeln verschlossen. Windmüller schob die Riegel mit einiger Schwierigkeit zurück und konnte einen Ausruf der Überraschung nicht unterdrücken, denn es war die innen mit Holz verschalte Lastra, wo der Gondoliere hatte warten sollen, die sich langsam und schwer nach innen bewegte.

„Man soll nicht sagen, dass die Architekten von ehedem nicht erfinderisch waren", sagte er voller Bewunderung. „Die Herrschaften jener Zeit hatten es ja nötig, über Mittel und Wege zu verfügen, um dem sehr langen Arm des Rates der Drei zu entweichen, wenn er sich einmal nach ihnen ausstreckte. Ich kenne viele dieser sonderbaren Wege, aber dieser hier verdient entschieden den Preis. Die Lastra – die von außen so unschuldige Lastra! Wenn der brave Gondoliere sie sich öffnen gesehen hätte, wäre sie ja freilich kein Geheimnis mehr gewesen, doch vermutlich hätte dem Gondoliere kein Mensch die Geschichte geglaubt. Die Lastra war von innen gut verborgen, das Paneel droben hütete sein Geheimnis so gut, dass selbst ich es nicht ergründet habe. Nun, und durch eine Marmortafel kann kein Mensch aus einem Haus gehen. Insoweit war alles bewunderungswert ausgedacht, vorbereitet und überlegt. – Nur den Schatten der ausgleichenden Gerechtigkeit sah Donna Xenia bei ihrer verräterischen Tat nicht hinter sich her schreiten."

Wenige Minuten später standen Don Gian und Windmüller wieder jenseits der sorgfältig geschlossenen Paneeltür, und letzterer deutete mit einem freundlichen Lächeln auf die trotz des noch brennenden Lichtes friedlich schlafende Fiore.

„Gehen wir leise und stören wir sie nicht. Sie braucht den Schlaf!", flüsterte er, das Licht abdrehend und an seiner Handlampe die Schutzblende schließend. „Vermutlich wird sie morgen nichts von den Ereignissen dieser Nacht wissen. Ich schließe darauf durch den plötzlich bei ihr eingetretenen Schlaf, der

dem visionären Zustand unmittelbar folgte. – Kommen Sie!"
Don Gian folgte dem Ruf, wenn auch mit einem kleinen Umweg. Er trat leise neben das Bett und küsste die Stirn der Schlafenden, um deren Mund ein Lächeln spielte wie der Widerschein eines seligen Traums.

Im oberen Stock wollte Don Gian sich von seinem Gast verabschieden, doch dieser bat ihn, in sein Zimmer einzutreten.

„Schlafen werden wir jetzt doch alle beide nicht können", sagte er, „und es bleibt uns noch einiges zu besprechen. Meine Mission hier ist beendet, und ich werde am Vormittag nach Rom zurückkehren. Wenn ich mir den Rat erlauben darf: Kommen Sie mit und unterstützen Sie meinen Bericht bei Ihrem Chef!"

„Ich habe auch schon daran gedacht", erwiderte Don Gian bereitwillig. „Es dürfte auch von mir erwartet werden. Dann aber werde ich zurückkehren müssen, um ..."
Er brach ab, und ein schmerzlicher Zug flog über sein Gesicht.

„Ich wollte mir darum noch ein Wort gestatten", fiel Windmüller ein. „Es wird besser sein, Ihre Damen über die gemachte Entdeckung *nicht* aufzuklären. Wie ich die Sache kenne, kann ich nur sagen, dass ich es für geboten halte, Ihren Chef zwar einzuweihen, Donna Xenia aber vor den Ihrigen und der Welt der großen Gemeinde der Verschollenen beizuzählen ..."

„Ich kann aber doch, was übrig ist von ihren sterblichen Resten, nicht in diesem ... Loch liegen lassen!", brachte Don Gian vor. „Denken Sie daran, wie furchtbar sie gesühnt hat! Der Gedanke allein muss ja in jedem fühlenden Menschen volle Vergebung auslösen. – Wie könnte ich der Witwe meines Bruders ein christliches Begräbnis vorenthalten?"

„Ich wäre der letzte, dazu zu raten, wenn ich nicht die beinahe völlige Unmöglichkeit beurteilen könnte, die Unglückliche aus der Oubliette herauszuholen", entgegnete Windmüller ernst. „Sehen Sie auf dem Plan den mit Schattenstrichen angedeuteten Schacht. Berechnen Sie seine Tiefe und sagen Sie mir, wie Sie auf den Grund gelangen wollen, ohne den ganzen Teil des Palastes abtragen zu lassen? Bedenken Sie, wie viele Tage die Verunglückte schon in der Tiefe liegt. – Mehr brauche ich nicht anzudeuten. Sie ist da unten unauffindbar. Ich bin überzeugt, dass Ihr Chef meine Ansicht teilt. Kennen Sie einen Geistlichen, von dem Sie sicher sind, dass er verschwiegen ist, so lassen Sie ihn über dem Schacht den Segen für die Heimgegangene sprechen, schließen Sie dann das Paneel in der Türfüllung des Rosa Zimmers so, dass kein ... Zufall es mehr öffnen kann und lassen Sie Gras über das rätselhafte Verschwinden der Donna Xenia wachsen. Die Welt, die so leicht vergisst, wird in Jahresfrist noch hin und wieder von ihr als von einer Verschollenen reden, wenn die Zungen müde geworden sind, sich in Vermutungen zu erschöpfen. Ich kann wohl verstehen, dass die Kenntnis dieses Geheimnisses Ihnen das Haus Ihrer Vorfahren verleiden kann. Sie haben aber auch an die Ihrigen, besonders an Ihre würdige Großmutter, zu denken. Und dann Ihre Braut! Es wäre schrecklich, wenn dieser Schatten ihr junges Glück trüben würde! Sie wird morgen von den Ereignissen dieser Nacht kaum mehr viel wissen; ich habe gesehen, dass sie in Trance war, als sie vom Bett aufstand und vor die Tür trat. – Das sind seelische Zustände, psychische Rätsel, die noch unergründet sind und es vielleicht für immer bleiben werden."

XVII.

„Ja", sagte Frau von Krähenhausen bissig und mit nur schlechtverhohlener Schadenfreude, als sie am folgenden Tage den Besuch des Grafen Meldeck empfing. „Ja, Ihre Base ist mit den Damen Terraferma ausgefahren und der Marchese ist heute früh mit dem Doktor Windmeier, oder wie er heißt, nach Rom abgereist, nachdem er sich gestern mit Komtesse Fiore verlobt hat."

„Waaas?", machte Graf Meldeck. „Verlobt? Fiore hat sich mit dem Marchese verlobt?"

„Jawohl!", bestätigte Frau von Krähenhausen recht energisch. „Sie sich mit ihm und seinem großmächtigen Titel von Habenichts, und er sich mit ihren Millionen."

„Kumm!", fiel Herr von Krähenhausen ein. „Das ist denn doch wohl etwas – sagen wir, etwas zu scharf ausgedrückt, liebe Frau! Der Marchese, um ihm die Ehre zu geben, hat nicht gewusst, dass Komtesse Fiore eine reiche Erbin ist, sondern uns

– hahaha! – uns tatsächlich für die gehalten, die ihm den Phantasiepreis für diese Wohnung bezahlen!"

„Dummes Gerede!", rief Frau von Krähenhausen bissig, es dem Scharfsinn ihres Gatten überlassend, ob sich das auf ihn oder den Marchese bezog. „Ein Mädel, das nichts hat, zieht sich doch nicht an wie Fiore! Es sollte mir einer so etwas weismachen!"

„Nun, ich hab' auch nicht gewusst, dass Fiore so reich ist", bemerkte Graf Meldeck zur eigenen Verteidigung. „Gehört hatte ich wohl, dass sie etwas geerbt hat, aber Millionen ...! Das ist wohl ein bisschen hochgegriffen, gnädige Frau, denn diese Dame sah doch, gelinde ausgedrückt, eigentlich ziemlich schäbig aus."

„So hörte ich auch", stimmte sie zu. „Der Schein hat aber wieder einmal getrogen, denn sie hat neben anderen Vermächtnissen Fiore runde zwei Millionen vermacht. Nun, der Marchese wird sich ins Fäustchen lachen und die Braut dazu eben mit in Kauf nehmen."

„Es werden ihn ganz bestimmt sehr viele um diesen ‚Kauf' beneiden", nahm sich der Außerordentliche nun der Abwesenden an. „Komtesse Meldeck ist eine sehr schöne und sehr liebenswürdige junge Dame, die ..."

„Geschmacksache!", rief Frau von Krähenhausen abfällig. „Mich würde sie nicht begeistern."

„Kumm!", machte ihr Gatte mit einem warnenden Blick auf den Besuch.

„Und ist denn über die Hochzeit terminlich schon etwas bestimmt worden?", fragte Meldeck.

„Was weiß ich!", erwiderte Frau von Krähenhausen wegwerfend. „Die alte Marchesa hat etwas vom Oktober gefaselt und mir vorgeflunkert, dass sie natürlich in ihrem Alter die weite Reise bis zu uns nicht machen könne und Fiore darum bei ihr bleiben und hier verheiratet werden solle. Hat man so etwas schon erlebt, dass die Braut im Haus des Bräutigams Hochzeit macht? Ich finde es geradezu skandalös!"

„Unter den obwaltenden Umständen, liebe Mama, und weil man es der Marchesa doch nicht verdenken kann, wenn sie der Hochzeit ihres Enkels beiwohnen will, so finde ich es wirklich nicht unpassend", bemerkte Professor Wiwigenz.

„Aber *ich* finde es so", erklärte Frau von Krähenhausen scharf. „Ich hätte sonst nicht zugestimmt, so lange hierzubleiben. Aber man ist doch der guten Sitte ein Opfer schuldig. Ich habe es auch nur getan unter der Bedingung, dass ich die ganze Wartezeit bis zur Hochzeit nicht in diesem finstern, ungemütlichen, uralten Kasten absitzen muss, und siedle heute noch ins Grand Hotel über."

„Wo Fiore uns eine bequeme und geräumige Wohnung sofort zur Verfügung gestellt hat", plauderte Herr von Krähenhausen in der harmlosen Unschuld seiner Seele strahlend aus, was ihm einen fürchterlichen Blick von seiner Gattin eintrug. Dieser Blick verhieß eine Gardinenpredigt, die sich gewaschen haben dürfte.

„Es ist das Mindeste – *das* Mindeste, was sie für uns tun konnte, nachdem sie gesehen hatte, wie unbehaglich ich mich in diesem so genannten Palast fühle", erklärte sie.

„Ich wollte, ich hätte solch einen Palast", meinte Graf Meldeck lachend. „Was ist das übrigens für eine Marchesa Terraferma, von deren rätselhaftem Verschwinden heute alle Zeitungen voll sind? Wohl eine Verwandte?"

„Ja, und wie es den Anschein hat, eine höchst zweifelhafte Person", fauchte Frau von Krähenhausen. „Hoffentlich taucht sie bis zur Hochzeit nicht wieder auf. Man muss ja eine solche Person einfach schneiden, die sich derart aufführt und rätselhaft verschwindet. Man weiß doch, was das bedeutet!"

„Nun, nun, Mama ...", begann der Professor begütigend. Aber seine Mutter fuhr ihm sofort in die Parade und fragte ihn: „Willst du ein solches Betragen etwa entschuldigen!?"

„Auf alle Fälle ist die Sache sehr peinlich und schmerzlich für die Familie", behauptete er seinen milderen Standpunkt. Graf Meldeck aber beeilte sich, durch eine möglichst beschleunigte Abkürzung seines Besuches der aggressiven Atmosphäre des Krähenhausenschen Familienkreises zu entrinnen.

„Wenn Wiwigenz mit seinem Urlaub nicht so unverantwortlich gezögert hätte, so wäre Fiore nicht in die Netze dieser italienischen Spitzbuben geraten, sondern *er* hätte die Braut heimgeführt. Es lag einzig und allein daran, dass er zu spät kam", schloss Frau von Krähenhausen ihre Predigt, als sie mit den Ihrigen wieder allein war.

„Kumm!", machte Herr von Krähenhausen, ob zustimmend, ob zweifelnd, blieb unentschieden.

„Kich!", war auch das einzige, was der Außerordentliche zu seiner Entschuldigung anzuführen wagte. Was er sonst noch darüber dachte, blieb der Welt allerdings verborgen.

Das Rosa Zimmer gehört heute wieder zu den unbewohnten Räumen des schönen, alten Palastes im Herzen Venedigs, und außer einigen wenigen Personen ahnt niemand, selbst seine schöne, neue Herrin nicht, dass es der Ausgangspunkt zu einer infamen Tat war und zu der Sühne, die ihr auf dem Fuße folgte. Es ist vermutlich nicht das einzige Geheimnis, das dieses Zimmer zu hüten hat, doch irgendwann wird auch das der Donna Xenia vom Staub der Zeit bedeckt und vergessen werden unter dem Flügelschlag der kommenden Jahrhunderte.

Ende

Die Nummer 1 aus der Buchreihe

VERGESSENE BÜCHER NEU ENTDECKT

Diese Ausgabe ist eine moderne Aufarbeitung der spannendsten Texte aus der Romanreihe „Harald Harst: Aus meinem Leben", in denen es um die fantastischen Abenteuer der beiden Detektive Harald Harst und Max Schraut in Indien und Nepal geht. Die erfolgreiche Romanreihe erschien erstmals in den 20er Jahren des vorigen Jahrhunderts. Die Texte wurden im Abentheuer Verlag neu überarbeitet. Hiermit ist ein Werk für ein Lesevergnügen von ganz besonderer Art entstanden.

208 Seiten / Paperback 9,99 €
ÜBERALL IM BUCHHANDEL
ISBN: 978-3-945976-59-3

*Verschuldete Pein
gedenket stets Dein
und tut irgendwann
ein Gleiches Dir an.*

288 Seiten
illustriert
€ 11,95

Als Junge war der alte Totengräber ein fanatischer Schmetterlingssammler. Er jagte die Tiere, um sie zu präparieren. Immer wieder erschien ihm ein Falter mit goldenen Flügelrändern, die im Dunkeln hell leuchteten. Die vergebliche Jagd nach diesem Schmetterling trieb den Jungen an den Rand des Wahnsinns. – Als er nach einem entsetzlichen Unfall das Bewusstsein wiedererlangte, hatte sein Körper keine menschliche Gestalt mehr. Er erkannte, dass niemand anders als er selbst es gewesen war, den er verfolgt hatte und vor dem er nun fliehen musste. Tröstlich war, dass er jetzt fliegen konnte mit seinen goldumrandeten Flügeln …

ÜBERALL IM BUCHHANDEL
ISBN 978-3-945976-01-2
auch als eBook erhältlich

„Der kleine Prinz" von Antoine de Saint-Exupéry in einer neuen, deutschen Textfassung und seine Fortsetzung „Das Sternenglöckchen" von Karel Szesny hier in einem Band mit Illustrationen beider Verfasser.

372 Seiten
für Leser von 10 Jahren an

ÜBERALL IM BUCHHANDEL
Softcover ISBN: 978-3-945976-57-9 / Preis: 12,99 €
Hardcover ISBN: 978-3-945976-58-6 / Preis: 21,99 €